10 Tage Angst

Thriller

Angela Zimmermann

10 Tage Angst
Angela Zimmermann

Bibliografische Information der Deutschen Nationalbibliothek:
Die Deutsche Nationalbibliothek verzeichnet diese Publikation in der Deutschen Nationalbibliografie; detaillierte bibliografische Daten sind im Internet über http://dnb.dnb.de abrufbar.

Angela Zimmermann

10 Tage Angst

Thriller

Ella

Ella ist noch nicht richtig wach und bekommt das Klingeln an der Tür nur wie durch einen Schleier mit. Sie zieht sich die Decke über den Kopf, aber es nützt nichts. Es hört nicht auf, und so kommt sie nicht drumherum aufzustehen.

Wer ist denn heute früh so zeitig an ihrer Tür? Ein Blick auf den Wecker zeigt ihr jedoch, dass es bereits nach zehn Uhr ist. So spät ist sie schon lange nicht mehr aufgestanden. Wäre ihr Schlafzimmerfenster zur anderen Seite des Hauses hinaus, hätte sie wohl die Sonne längst wach gekitzelt. Das hat sie aber noch nie gestört, ganz im Gegenteil. Der kleine Balkon am Schlafzimmer zeigt in den Innenhof, wo abends kein Straßenlärm ist und man die untergehende Sonne genießen kann.

Langsam schiebt sie die Beine aus dem Bett und steht auf. Sie zieht sich den Morgenmantel über und fährt in ihre Hauspantoffeln. In den viel zu großen Schuhen, die sie aber unbedingt haben wollte, auch wenn es sie nicht in ihrer Größe gab, schlürft sie durch das Wohnzimmer in den Flur. Immer noch vollkommen verschlafen zieht sie ihre Beine schlurfend über das Laminat.

Ein kurzer Blick durch den Spion in der Tür und sie öffnet diese.

„Wo hast du deinen Schlüssel?", fragt sie schläfrig und geht mit gesenktem Kopf einfach in die Küche.

Hinter ihr betritt Sten die Wohnung und er ist es gewohnt nicht gleich begrüßt zu werden. Er übergeht die Frage, weil er ihn wieder einmal vergessen hat, und folgt Ella. Gelassen beobachtet er sie, an dem Türrahmen gelehnt, wie sie die Kaffeemaschine mit Pulver und Wasser befüllt und dann anmacht.

„Bekomme ich auch einen?", fragt er und erhascht jetzt doch ein zartes Lächeln von Ella.

„Na klar, hast ja auch Brötchen mitgebracht“, antwortet Ella, nachdem sie den frischen Bäckerduft wahrgenommen hat.

„Du siehst aber noch ganz schön müde aus“, foppt Sten sie, der sich mittlerweile hingesetzt hat.

„Du musst ja auch nicht so zeitig zu mir kommen“, kontert Ella und stellt zwei Teller, Tassen, Sahne und Zucker auf den Tisch.

„Aber hallo, es ist schon nach zehn“, sagt Sten und fährt mit seinen Fingern über Ellas kurzen blonden Haarschopf. Sie stehen in alle Richtungen von Kopf ab und Sten muss sich das Lachen verkneifen.

„Weg“, zischt Ella und schlägt gegen seine Hand. Sie mag es nicht, wenn er das macht, aber er tut es immer wieder sowie er die Gelegenheit dazu bekommt.

„Es ist wohl gestern spät geworden?“, lenkt Sten auf ein anderes Thema.

„Nein, eigentlich nicht“, kommt von Ella, die den Kaffee in die Tassen gießt und sich jetzt mit an den Tisch setzt. „Ich war um 22 Uhr zu Hause. Wir sind diesmal eher nach Hause, denn Sunny hat heute doch Frühschicht“, fügt sie noch hinzu.

„Da hast du zwölf Stunden geschlafen“, sagt er und kann offensichtlich nicht verstehen, wie man so lange schläft und dann immer noch todmüde ist, zumindest so aussieht.

„Ich bin erst gegen zwei ins Bett. Ich hatte noch ein paar Ideen und die musste ich zu Papier bringen“, verteidigt sich Ella und Sten nickt ihr nur still zu.

Ella ist Designerin für Damenmode und arbeitet zu Hause. So kann sie sich die Zeit einteilen, wie sie möchte. Und wenn dann eine Idee kommt, ist es egal, wie spät es ist. Sie entwirft Kleider, Anzüge und Blusen für die gehobene Preisklasse und sehr anspruchsvollen Frauen.

Sie arbeitet mit einer Agentur zusammen, die Ellas Entwürfe in echte Stücke aus Stoff und Tüll verwandelt und sie über ein Onlinegeschäft vermarktet. Bis jetzt ist es sehr gut gelaufen und mit der Beteiligung am Verkauf kann Ella gut leben. Es gab sogar schon Zeiten, wo Ella der Nachfrage nach neuen Modellen gar nicht hinterherkam. Aber es macht ihr Spaß und so kommt es dann auch mal vor, dass sie sich die ganze Nacht um die Ohren schlägt, nur um die Ideen auf Papier festzuhalten.

„Und was willst du eigentlich so zeitig bei mir?", fragt Ella nach ein paar Minuten, in denen sie das frische Brötchen mit Honig gegessen hat.

„Du hattest vor mit mir heute einkaufen zu gehen", kommt verständnislos von Sten, nachdem er den letzten Bissen von seinem Marmeladenbrötchen hinuntergeschluckt hat.

„Wollte ich das wirklich?" Ella grinst Sten an, hat aber wahrscheinlich doch vergessen, dass sie ihm das versprochen hat.

„Ich brauche eine neue Couch und du wolltest mit mir in ein Möbelgeschäft. Ich vertraue deinem guten Geschmack", schmeichelt er Ella und sie schenkt ihm dieses Mal ein verschmitztes Lächeln.

„Schon gut, ich muss mich nur etwas zurechtmachen."

„Okay, ich lese inzwischen", erwidert Sten und greift nach der Tageszeitung, die er vorhin mit hochgebracht hat. Er weiß, dass es sich nur noch um Stunden handeln kann.

„Ich beeile mich, versprochen", sagt Ella, denn sie hat die versteckte Botschaft schon verstanden. „Räumst du bitte den Tisch ab?", fragt sie und ist gleichzeitig auf den Weg ins Bad. Dort schaut sie erst einmal in den Spiegel und in ihre immer noch verschlafenen Augen. Sie wäscht ihr Gesicht mit kaltem Wasser und rubbelt es sich ab. Dann ein wenig Schminke, um die Augenringe wenigstens etwas verschwinden zu lassen. Ihre kurzen blonden Haare sind schnell gekämmt und mit ein wenig Gel in Form gebracht. Jetzt schaut sie sich zufrieden im Spiegel an. Aber sie schüttelt den Kopf, denn nicht nur, dass sie die Verabredung mit Sten vergessen hat, auch ihre Lust auf diesen Einkaufsbummel lässt zu wünschen übrig. Sie hat es jedoch versprochen und daran hält sie sich.

Nach fünfzehn Minuten ist Ella fertig und Sten fast mit der Zeitung durch. Gemeinsam machen sie sich endlich auf den Weg.

Es hat schon eine Weile gedauert, bis sie etwas Passendes gefunden haben. Ella macht mehrere Bilder und schickt sie dann Sunny auf das Handy. Sie möchte auch ihre Meinung haben, denn sie ist nicht gewillt das allein zu entscheiden. Sten kann das überhaupt nicht und hätte wohl die erste Couch genommen, an der sie vorbeigekommen sind. Ungeduldig wartet Ella auf eine Antwort, Sunny meldet sich jedoch nicht. Sie versucht sie anzurufen, aber sie nimmt den Anruf ebenfalls nicht entgegen.

„Wo ist sie denn?", entfährt es Ella genervt und wählt nochmals die Nummer von Sunny.

„Vielleicht ist sie noch einkaufen", redet Sten beruhigend auf sie ein.

„Ja, könnte sein. Aber mir wenigstens kurz schreiben ist doch drin", entgegnet Ella und ruft nun schon zum vierten Mal an.

„Wir schaffen das auch ohne sie", lächelt er und setzt sich auf die Couch, die ihm am besten gefällt.

„Die?", fragt Ella entsetzt, denn das ist ganz und gar nicht ihr Geschmack und von ihr hat sie auch kein Foto gemacht.

„Die finde ich echt toll", antwortet Sten und lässt sich nochmals darauf fallen, um wahrscheinlich die Federung zu prüfen. Sein Grinsen zeigt, dass er absolut zufrieden ist.

„Die ist aber wesentlich teurer, gegenüber den anderen", flüstert Ella, als sie sich neben ihn setzt.

„Ella, du weißt, dass ich gut verdiene. Die kann ich mir echt leisten", scherzt Sten und zieht sie in seine Arme.

Das macht er immer wieder mal, obwohl er weiß, dass es Ella nicht gefällt und so in der Öffentlichkeit erst recht nicht. Er versucht, ständig in ihrer Nähe zu sein, und dass er heute allein mit ihr hier ist, freut ihn am meisten. Er hat das absichtlich auf den Tag gelegt, weil er wusste, dass Sunny arbeiten ist. Er mag Sunny ebenfalls, und die beiden sind ja auch fast immer zusammen anzutreffen, Ella hat es ihm jedoch angetan. Er versucht, schon lange ihr Herz zu gewinnen, aber sie weist ihn stets wieder ab. Er gibt jedoch nicht auf. Irgendwann wird sie einsehen, dass er der Richtige für sie ist und dann wird er wohl der glücklichste Mann auf der Welt sein.

„Gut, lass uns eine Verkäuferin holen", sagt Ella und windet sich aus den Armen von Sten.

Sie schaut sich um und keine Minute später sitzen sie schon an einen Verkaufstisch. Die junge Frau macht die Papiere fertig und Sten muss nur noch eine kleine Anzahlung tätigen. Die Couch kommt in einer Woche, was erstaunlich schnell geht und so hat er gerade noch Zeit, die Alte aus seinem Wohnzimmer zu räumen.

Ella schaut währenddessen wieder auf das Handy, aber Sunny hat sich noch immer nicht gemeldet.

„In einer Stunde kommt sie doch zu dir. Mach dir keine Sorgen. Wer weiß wo sie ist", lächelt Sten Ella an, aber er erreicht sie nicht damit. Ella ist wirklich besorgt, denn so hat sich Sunny noch nie verhalten. Sie schreibt sonst immer eine kurze Nachricht oder ruft zurück. Heute bleibt aber beides aus und sie kann nur hoffen, dass sie wie abgemacht um 16.00 Uhr zu ihr kommt.

Sten versucht alles, um Ella abzulenken, aber es funktioniert nichts. Sie will einfach nur noch nach Hause und sehen, ob Sunny vielleicht schon da ist. So bringt er die fast abwesende und in ihren Gedanken gefangene Ella zurück in ihre Wohnung.

Es ist fast 17.00 Uhr und Ella kann keinen klaren Gedanken mehr fassen. Sunny ist immer noch nicht da und auf ihre unzähligen Nachrichten, die sie ihr geschrieben hat, kam nicht eine Antwort. Auch die fast zwanzig Anrufe liefen ins Leere. Wo ist sie nur? Ist ihr was passiert? Vielleicht ist ihr etwas dazwischen gekommen? Nein! Da hätte sie sich auf alle Fälle gemeldet.

Verzweifelt ruft sie Sten an, denn er behält meist den Überblick oder findet sogar eine Lösung. Auch nur seine beruhigenden Worte, die er immer auf Lager hat, würden ihr jetzt guttun.

Keine fünf Minuten später klingelt es an der Tür und Ella fährt erschrocken zusammen. Gerade hatte sie wieder den Telefonhörer am Ohr und hört Sunnys Mailbox ihr Sprüchlein aufsagen. Genervt drückt sie es aus und öffnet Sten die Tür. Ohne Vorwarnung fällt Ella ihm um den Hals und dann laufen auch schon die Tränen über ihr Gesicht. Er bleibt still und stützt Ella, die in ihrer Verzweiflung gefangen ist.

„Alles gut“, beginnt er und führt sie ins Wohnzimmer. Zusammen setzen sie sich auf die Couch und dann wischt Sten ihr die Tränen von den Wangen. „Ella, ihr ist schon nichts passiert“, sagt er, um sie zu beruhigen, aber auch er weiß, dass da etwas nicht stimmt. Die beiden wissen immer, ja immer, wo die andere ist oder was sie gerade macht. Sie sind praktisch wie Zwillinge, die alles gemeinsam machen und teilen. Da passt manchmal sogar er selbst nicht dazwischen.

„Wo kann sie nur sein?“, schluchzt Ella leise vor sich hin.

„Hast du eigentlich schon im Krankenhaus angerufen? Vielleicht haben sie einen Notfall und Sunny muss ein paar Stunden länger arbeiten“, platzt Sten heraus und Ellas Augen füllen sich voller Hoffnung. Sie hätte sich aber auch da bei ihr gemeldet. Den Gedanken schaltet sie jedoch aus und greift wieder nach ihrem Handy.

„Hallo, hier ist Ella. Kann ich Sunny sprechen?“, meldet sie sich schnell und übergeht die Frage, ob Sunny überhaupt noch da ist.

„Hallo Ella, hier ist Sabine. Ist Sunny nicht bei dir?“, wird die Gegenfrage gestellt und Ella würde wohl umkippen, wenn sie nicht schon sitzen würde.

„Wieso bei mir?“, kommt leise und nachdenklich von Ella.

„Sunny war heute gar nicht auf Arbeit. Ich habe versucht sie zu erreichen, aber sie ist nicht an ihr Handy gegangen. Normalerweise meldet sie sich, wenn sie nicht arbeiten kommen kann. Leider hatte ich deine Nummer nicht. Weißt du, wo sie ist?“, erklärt Sabine und löst so ein riesiges Gefühlschaos in Ella aus.

„Ich kann sie auch nicht erreichen“, japst Ella nach Luft. Irgendetwas schnürt ihr die Kehle zu. Es ist wahrscheinlich die Angst, die in ihr hoch kriecht. Angst um Sunny. Angst um ihre beste Freundin. Angst um ...!

„Wenn du etwas erfährst, dann gebe uns bitte Bescheid“, sagt Sabine und weil sie keine weitere Antwort bekommt, legt sie wieder auf.

Ella kann nicht mehr darauf reagieren. Sie zittert am ganzen Körper, die Stimme ist weg und die Tränen laufen, wie ein Wasserfall über ihr Gesicht.

„Sie wissen auch nicht, wo Sunny ist“, stellt Sten fest und Ella stimmt nur still zu.

Er nimmt sie in den Arm und beginnt zu überlegen.

Es ist nicht das Ding von Sunny, ohne ein Wort zu verschwinden. Das sagt er jedoch Ella nicht, damit sie sich nicht noch mehr aufgeregt und außerdem weiß sie das ja selbst. Aber was ist, wenn ihr zu Hause etwas passiert ist? Wenn das Handy nicht in Reichweite liegt und sie sich deswegen nicht melden kann. Oder hatte sie einen Unfall?

„Vielleicht hatte Sunny einen Unfall und kann sich deshalb nicht melden“, spricht er sehr vorsichtig, denn er vermag die Reaktion von Ella nicht einzuschätzen. So eine Ausnahmesituation hat es noch nie gegeben.

„Dann wäre sie doch im Krankenhaus und Sabine hätte das gewusst“, entgegnet Ella überzeugt und Sten kann nur mit den Schultern zucken.

„Was ist wenn ihr etwas in ihrer Wohnung passiert ist?", wagt er die nächste Frage und Ella steht mit einem Ruck auf den Beinen.

„Dann sollten wir mal nachschauen", platzt sie heraus und sucht im selben Moment nach ihrer Tasche. Sten sieht nur zu, wie sie ihr Handy hinein wirft, sich einen Pullover über den Kopf streift und im gleichen Atemzug auch schon die Schuhe anzieht.

„Kommst du?", fragt sie nur einen Augenschlag später an der Tür wartend.

„Ja, ja", entfährt Sten, der wieder einmal die Frauen nicht versteht. So schnell ist es doch nicht möglich, umzuschalten.

„Was brauchst du denn so lange", kommt aufgeregt von Ella, zieht ihn nach draußen und schließt die Tür ab.

Sten kann nur noch mit dem Kopf schütteln und läuft Ella hinterher, die anscheinend einen Sprint eingelegt hat. Er hat eine Hoffnung in ihr geweckt, die ihr wahrhaftig Flügel verleiht.

Sunny wohnt gerade einmal fünf Minuten zu Fuß von Ella entfernt, aber Sten kommt es vor, höchstens nur wenige Sekunden gebraucht zu haben.

Völlig außer Puste und nach Luft schnappend, nimmt Sten die letzten zwei Stufen und steht nun hinter Ella, die gerade die Wohnungstür von Sunny aufschließt. Fast ungebremst, wie auf dem gesamten Weg bis hier her, stürmt sie in die Wohnung. Er schließt die Tür und hört Ella lautstark nach Sunny rufen. Ein kurzer Blick in die kleine Küche und schon steht sie mitten im Wohnzimmer. Hektisch schaut sie sich um, aber es ist alles wie immer. Ordentlich und aufgeräumt, wie man es von Sunny kennt. Nur sie selbst ist nicht da.

„Schaust du mal ins Schlafzimmer?", fragt Sten mit pfeifender Stimme von der Anstrengung.

„Mach du mal", sagt Ella und lässt sich jetzt auch entkräftet in einen Sessel fallen.

„Aber wenn sie da nackt …“, stottert Sten und fängt ein verschmitztes, jedoch leicht erzwungenes Lächeln von Ella ein.

„Sag bloß, du hast noch keine nackte Frau gesehen?“, hänselt sie ihn, aber erhebt sich jetzt doch, um selbst nachzuschauen. Sten kann ihr nur leicht beschämt hinterherschauen, denn irgendwie hat sie schon den Nagel auf den Kopf getroffen. Ella ist die erste und einzige Frau, in die er sich verguckt hat. Also null Erfahrung. Aber das muss sie nicht wissen.

Ella betritt das Zimmer, was genauso ordentlich ist, wie die anderen. Zum Schluss hält sie den Kopf kurz in das Bad, Sunny könnte ja auch in der Dusche ausgerutscht sein. Aber sämtliche Räume sind leer. Langsam geht sie alles noch einmal akribisch ab und stellt fest, dass die Handtasche von Sunny nicht da ist. Wieso sollte sie denn auch ohne sie die Wohnung verlassen? Dann kommt Ella noch ein Gedanke und sie läuft abermals ins Bad. Ein Blick in die Wäschetruhe zeigt ihr, dass sie anscheinend nach ihren gestrigen Abend nicht einmal zu Hause gewesen ist. Sie zieht jeden Tag neue Sachen an, und außerdem würde sie niemals so ein gutes Oberteil auf Arbeit tragen. Also wo ist es? In der Truhe jedenfalls nicht. Wieder im Schrank? Niemals, sie hat eindeutig geschwitzt und würde es deshalb kein zweites Mal anziehen. Trotzdem läuft sie hinüber in das Schlafzimmer und durchsucht den großen Wäscheschrank. Sten folgt ihr und beobachtet sie mit weit aufgerissenen Augen.

„Was suchst du?“, fragt er aber dann doch, denn er kann nicht nachvollziehen, was Ella da tut.

„Sie war gar nicht zu Hause“, flüstert sie, als könnte sie jemand belauschen.

„Wie kommst du denn darauf?“, will Sten etwas unverständlich wissen.

„Ihre Sachen von gestern Abend sind nicht da.“

„Was willst du damit sagen?“

„Sie zieht nichts zwei Mal an, ohne es zu waschen", schüttelt Ella den Kopf und stellt wieder einmal fest, dass Sten die Frauen einfach nicht kennt.

„Wenn du das sagst. Und was machen wir jetzt?", fragt er und kann Ella immer noch nicht richtig folgen.

„Sie war nach unserem Billardabend gar nicht hier und ist irgendwann in der Nacht verschwunden", schluchzt sie, denn schon machen sich abermals Tränen auf den Weg in ihre Augen.

„Komm, wir gehen wieder zu dir", murmelt Sten in die Haare von Ella, denn ihr Kopf liegt auf seiner Brust. Er hält sie fest und wartet auf eine Reaktion. Hier können sie nichts mehr tun, das ist beiden klar.

Nach ein paar Minuten löst sich Ella aus den Armen von Sten, wischt sich das Gesicht trocken und dann verlassen sie wieder die Wohnung. Diesmal laufen sie langsam und ziemlich nachdenklich zurück. Sie reden nicht ein Wort und jeder ist in seinen Gedanken gefangen. Aber beide fragen sich ständig, wo Sunny ist?

Sie finden keine Antwort darauf und sind am überlegen, wer ihnen jetzt helfen könnte.

Bei Ella angekommen, packt sie plötzlich die Angst. Sie kann sich kaum wieder beruhigen und auch der Tee, den Sten ihr gemacht hat, hilft nicht.

„Wir sollten zur Polizei gehen", sagt sie mit zitternder Stimme.

„Wie kommst du denn jetzt darauf?" Sten schaut sie fassungslos an, für ihn ist es lange noch nicht so ernst, um die Polizei einzuschalten.

„Was, wenn sie entführt wurde?", platzt Ella das heraus, was sich Sten nicht einmal vorstellen wollte.

„Und wenn sie zu ihren Eltern aufs Land ist. Vielleicht brauchen sie Hilfe", hält er dagegen und versucht Ella auf andere Gedanken, als eine Entführung zu bringen.

„Da hätte sie mir Bescheid gesagt. Und außerdem sich auf Arbeit abgemeldet", entgegnet Ella und Sten muss sich eingestehen, dass sie wieder einmal recht hat.

„Lass uns bis morgen warten“, widerspricht er ihr trotzdem.

„Sie könnten aber die ganze Nacht schon nach ihr suchen“, bettelt Ella fast.

„Sie werden es nicht. Bei Erwachsenen ist das nicht so einfach, eine Vermisstenanzeige zu machen und damit sofort eine Suche auszulösen“, sagt Sten ziemlich leise, um Ella nicht noch mehr aufzuregen.

„Wieso denn?“, bekommt sie nur heraus.

„Sie ist volljährig und kann hingehen, wo sie will. Wenn die Polizei keine Hinweise auf eine Straftat hat, werden sie nur nach dem Aufenthaltsort suchen. Und das werden sie bei Sunny nicht gleich tun.“

„Und wenn sie in Gefahr ist?“

„Wir können das aber nicht von uns aus sagen, weil wir es doch nicht wissen“, versucht er Ella zu erklären.

„Dann kann uns die Polizei gar nicht helfen?“, schluchzt sie.

„Weißt du was?“, beginnt Sten erneut und er greift nach ihren Händen. „Ich bleibe heute Nacht bei dir und morgen früh, wenn wir immer noch nichts von Sunny gehört haben, gehen wir zusammen zur Polizei.“

„Ich rufe nur noch mal schnell Sunnys Mutter an“, erwidert Ella und atmet mehrmals tief durch.

„Es wäre vielleicht besser, sie nicht anzurufen“, widerspricht Sten schon wieder, denn langsam ist auch er sich sicher, dass Sunny nicht einfach irgendwohin gegangen ist, ohne Bescheid zu sagen.

„Warum nicht?“

„Sunny ist garantiert nicht dort und du würdest ihre Mutter in Angst und Schrecken versetzen. Es würde bestimmt keine zwei Stunden dauern und sie wäre hier. Du kannst sie anrufen, wenn wir morgen bei der Polizei waren. Am Ende machen die das sowieso.“

„Okay, dann warten wir bis morgen“, sagt Ella und schluckt ihren Schmerz hinunter. Zumindest versucht sie es.

Wie soll sie nur die Nacht überstehen? Wie wird wohl Sunny die Nacht überstehen und vor allem wo?

Die Fragen tanzen in ihrem Kopf herum und verursachen jetzt auch noch Kopfschmerzen. Nachdem sie eine Tablette genommen hat, holt sie Bettzeug für Sten, der es sich auf der Couch gemütlich macht und legt sich dann selbst ins Bett, aber an schlafen ist gar nicht zu denken.

Alles Mögliche geht Ella durch den Kopf, eines ist jedoch absolut sicher, Sunny würde nicht einfach gehen, ohne ihr etwas zu sagen. Ella ist es unbegreiflich, wie sie verschwinden konnte. Wo ist sie nur? Sie zerbricht fast an den Gedanken, Sunny vielleicht nie wieder zu sehen.

Sie kennen sich seit der Schulzeit und sind schon gemeinsam durch viele Höhen und Tiefen gegangen. Sie fühlten sich nicht nur als Freundinnen, nein, sie waren wie Schwestern. Durch die Berufslehren wurden sie eine Zeit lang getrennt, aber das Band war immer zu spüren. Seit zwei Jahren sind sie wieder zusammen und das intensiver, als je zuvor. Ab dem Tag, wo Sunny wieder zurückkam, entdeckten sie, dass da mehr ist, nicht nur die Freundschaft. Jede hat für sich Erfahrungen mit Männern gemacht, aber es war für beide nicht befriedigend. Sunny lebte sogar mit einem Mann zusammen, Ella dagegen konnte nie eine tiefgreifende Verbindung aufbauen. Beiden fehlte etwas, um von Liebe zu reden oder sich überhaupt komplett auf einen Mann einzulassen, so wie Ella. Jetzt ist es jedoch anders. Sie sahen sich wieder und lernten sich auf einer ganz anderen Ebene neu kennen. Sie verliebten sich und fanden endlich das, was sie jahrelang gesucht haben. Ja, sie sind zusammen und das nennt man wohl lesbisch. Bis heute haben sie es verschwiegen. Gegenüber ihren Eltern, wie ebenfalls keine seiner Freunde darüber Bescheid wissen. Sten weiß genauso nichts davon und so muss es auch bleiben. Sie möchten es so lange wie es geht geheim halten, dass haben sie sich geschworen. Sie haben keine Lust auf Anfeindungen und Unverständnis. Sie wollen einfach ihre

Liebe genießen und leben. Aber das alles hat nichts mit der momentanen Situation zu tun. Nein?

Ella überlegt, ob irgendjemand etwas von ihrer Beziehung wissen könnte. Sie kommt zu dem Schluss, dass das nicht möglich ist. Sie sind doch extra nicht zusammengezogen und jede hat ihre eigene Wohnung. Es kann keiner wissen! Daran klammert sich Ella und vermag sich einfach nicht vorstellen, dass Sunny entführt wurde, zumindest nicht wegen ihrer Beziehung.

Leise weint sie sich über all die Fragen und den Ängsten dann doch in einen unruhigen Schlaf. Nach ein paar Stunden weckt sie wieder auf und ist erstaunt, dass sie nicht einmal von Sunny geträumt hat. Ist das ein gutes oder schlechtes Zeichen? Ella sitzt im Bett und findet darauf keine Antworten. Automatisch greift sie zum Handy und ruft die ihr zu bekannte und vertraute Nummer an. Es klingelt, aber es nimmt niemand ab. Hört es Sunny nicht? Schläft sie vielleicht? Es ist noch dunkel draußen und der Wecker zeigt Ella, dass es gerade mal 5.00 Uhr morgens ist. Oder kann sie nicht ran gehen? Aber warum denn nicht? Ist sie irgendwo gefangen? Aber ein Entführer hätte ihr doch das Handy weggenommen und vor allem abgeschaltet.

Wie auf Kommando ruft Ella noch einmal an und nun ist es, genau nach diesem Gedanken, plötzlich ausgeschaltet. Was soll das denn jetzt? Hat Sunny es ausgemacht? Will sie nicht mit ihr reden? Oder hat es jemand anders? Augenblicklich steigt wieder Panik in Ella hoch und sie springt aus dem Bett.

„Ich kann Sunny nicht mehr anrufen", schreit sie fast und rüttelt Sten an den Schultern.

„Was?", fährt er erschrocken hoch und weiß im Moment gar nicht, wo er ist.

„Das Handy von Sunny ist aus", jammert Ella und setzt sich fast auf die Beine von Sten, die er gerade noch wegziehen kann.

„Ella, beruhige dich", fordert er und setzt sich auf. „Wir machen uns erst mal einen Kaffee und dabei können wir überlegen, was wir als Nächstes tun“, redet er weiter und nickt Ella aufmunternd zu.

Sie steht auf und geht in die Küche. Wie in Trance und immer einen Blick auf ihr Handy, es könnte ja auch sein, dass Sunny zurückruft, macht sie die Kaffeemaschine fertig und legt ein paar Aufbackbrötchen in den Backofen. Sie hat zwar keinen Hunger, der ist ihr schon lange vergangen, aber sie ist ja nicht allein, und Sten möchte bestimmt etwas essen.

Er hat sich inzwischen an den kleinen Tisch in der Küche gesetzt und Ella sieht ihm an, wie er angestrengt überlegt. Seine Stirn liegt in Falten und er schüttelt immer wieder mit dem Kopf.

„Was überlegst du?“, fragt sie und setzt sich zu ihm.

„Was habt ihr Freitag Abend genau gemacht? War Sunny noch mit hier?“, formuliert er vorsichtig seine Fragen.

„Wir waren wie immer freitags in der Bar, vorne an der Ecke“, antwortet Ella und ihre Gedanken drehen sich plötzlich darum, ob er von ihrer Beziehung etwas mitbekommen hat. Egal, das würde jetzt auch nichts ändern, oder? Sten wäre bestimmt beleidigt, weil sie ihm es verheimlicht haben, außerdem steht er auf sie und das weiß sie ganz genau.

„Wann seid ihr gegangen?“, will Sten weiter wissen.

„Wir haben eine Runde Billard gespielt und ein Glas Wein getrunken. Gegen zehn sind wir los, weil Sunny Frühschicht hatte“, sagt Ella und überlegt, ob da nicht doch etwas gewesen ist. Aber alles war wie immer, wie jeden Freitag.

„Also war sie gar nicht mit hier?“, hakt Sten nach und Ella schüttelt nur mit dem Kopf. „Hast du sie später noch mal angerufen?“ Er lässt nicht locker, er will alles wissen.

„Nein, sie wollte doch gleich ins Bett. Und ich habe bis nach Mitternacht gearbeitet. Außerdem rufe ich sie nie noch mal an, warum denn auch.“

„Vielleicht ist sie gar nicht zu Hause angekommen“, denkt Sten laut.

„Das habe ich gestern doch schon gesagt. Denkst du jetzt ebenso, dass sie entführt wurde?“

„Aber warum?“, kommt die Gegenfrage von ihm.

„Das kann ich dir nicht sagen, aber deswegen war in ihrer Wohnung alles in Ordnung. Und ihre Tasche war ja auch nicht da“, schlussfolgert Ella und sieht die aufgeräumte und unberührte Wohnung praktisch vor ihren Augen.

„Eben“, meint Sten nur kurz, der versucht seine Gedanken zu sortieren.

„Und was jetzt?“

„Jetzt frühstücken wir und dann gehen wir noch mal in Sunnys Wohnung.“

„Was soll das denn bringen?“

„Vielleicht ist sie wieder da.“

„Glaubst du das wirklich?“, fragt Ella und muss schlucken, denn plötzlich machen sich erneut Tränen auf den Weg. Wie schön wäre es, wenn sie da ist. Aber dann hätte sie sich garantiert gemeldet. Sie ist weg und sie müssen sie finden, ansonsten geht Ella an dem Verlust ihrer Liebe zugrunde.

„Nein, eigentlich nicht“, gibt Sten ehrlich zu und steht auf. Er drückt Ella einen Kuss auf die Stirn, in der Absicht, dass sie sich wieder fängt, und dann gießt er den Kaffee in die Tassen.

Sie frühstücken in absoluter Stille und die bringt beide dazu, sich immer wieder Fragen zu stellen, die stetig mehr werden. Keiner will wahrscheinlich das Wort Entführung noch einmal in den Mund nehmen, obwohl die Tatsache, dass es so ist, nicht mehr abzuwenden scheint.

Sunny

Langsam kommt Sunny zu sich und ihre Augen brennen von dem grellen Licht. Sie schaut sich hektisch um und Panik steigt in ihr hoch. Sie kann sich kaum rühren und versucht, mit der geringen Beweglichkeit, an sich hinunterzuschauen. Aber das gelingt ihr nicht ganz, nur so viel nimmt sie wahr, sie ist stehend an irgendetwas mit Händen und Füßen gefesselt. Sogar am Hals ist sie festgebunden. Und dann macht ihr etwas noch mehr Angst, sie hat Wäsche an, die ganz sicher nicht ihr gehört. Es ist ein BH und ein knappes Höschen, beides aus feinster schwarzer Spitze.

Wieso hat sie Dessous an? Und wer hat sie ihr angezogen? Die Frage erledigt sich in dem Moment, wo die Tür aufgeht und ein großer kräftiger Mann hereintritt. Sie trifft ein flüchtiger Blick von ihm und der sagt ihr sofort, dass sie in Schwierigkeiten steckt.

Weil sie in ihrer momentanen Lage sowieso nicht viel unternehmen kann, lässt sie ihre Augen erst einmal etwas ruhiger, aber immer noch mit Angst erfüllt, durch den Raum schweifen. Sie muss in einem Keller sein, denn es gibt keine Fenster und die Wände wirken kalt und sind nicht verputzt.

Rechts von ihr erkennt sie mehrere Computer. Warum braucht man denn gleich so viele und auch noch dazu im Keller? Sie denkt nicht länger darüber nach und schaut weiter. Links ist eine Tür und daneben führt eine Treppe hinauf. Dort ist wohl der Weg in die Freiheit, der für sie jedoch unerreichbar ist, zumindest im jetzigen Moment. Dann geht ihr Blick gerade aus und da ist eine Werkbank, an der gesamten Wandfläche. Auf ihr sind unzählige Geräte und Werkzeuge verteilt. An dieser ist der Kerl gelehnt und beobachtet sie mit einem hämischen Gesichtsausdruck. Sunny wird es heiß und kalt zugleich. Irgendwie sieht er sehr gut aus und seine stahlblauen Augen würden wohl so mancher Frau den Kopf verdrehen. Aber nicht ihr. Sie hat sich der Männerwelt abgewandt. Und dann beginnt sie zu zittern, denn ihr wird klar, dass, wenn er sich nicht hinter einer Maske versteckt, heißt das für sie, dass sie hier wahrscheinlich nicht mehr lebend herauskommt.

Welcher Entführer würde sein Opfer gehen lassen und dann nur noch darauf warten, dass sie ihn festnehmen, weil sie der Polizei ein hundertprozentiges Phantombild gegeben hat. Und das wäre es, denn das Gesicht würde sie niemals mehr vergessen, es hat sich längst in ihr Gehirn gebrannt.

Sunny versucht, ruhig zu atmen und das nur durch die Nase, denn in ihrem Mund hat sie irgendeinen Ball, wodurch sie auch keinen Ton von sich geben kann. Ängstlich sind ihre Augen auf ihn gerichtet und beobachten ihn ganz genau. Trotz der Angst brennt sich weiterhin jede Einzelheit, jede Bewegung von ihm sowie die schnell wechselnde Mimik, was anscheinend ein Spiel von ihm ist, augenblicklich in ihr Gehirn. Wer weiß, wofür sie es einmal gebrauchen kann. Er dagegen verschränkt seine starken Arme vor seiner nackten braungebrannten Brust und scheint den Anblick von Sunny, wahrscheinlich auch ihre Angst, einfach nur zu genießen.

Schon beim Fesseln, was ihm keinerlei Schwierigkeiten bereitete, obwohl Sunny ohne Bewusstsein war, hat er sich außerordentlich Mühe gegeben. Kabelbinder kamen für ihn nicht infrage, das war ihm viel zu einfach. Ob das jedoch seinem Opfer imponierte, sei dahin gestellt.

Weiche Lederriemen legte er Sunny an. Diese soll sie als Geschenk sehen, aber das tut sie natürlich nicht. Undankbares Ding! Bei dem Gedanken muss er lächeln und umso verdutzter schaut ihn Sunny an. Keiner weiß, was gerade der andere denkt und genau das macht ihm Spaß, aber Sunny immer mehr Angst und sie versucht, sich das nicht anmerken zu lassen.

Sein Blick fällt wieder auf die Riemchen. Schmuck sehen sie aus, mit den vielen Strasssteinchen. Nicht zu eng, aber so, dass sie sie nicht abstreifen kann. Die Arme sind waagerecht abgespreizt und die Handgelenke sind an den Querbalken befestigt. Dann noch ein schmaler Lederriemen um den Hals, der sieht jedoch eher nach einem Hundehalsband aus, mit den silbernen Metallspitzen. Der ist an der Säule hinter ihr festgemacht. Natürlich zieren auch ihre Füße solch zarten Riemchen. Im Ganzen ist Sunny an einem Kreuz gefangen, deren Herstellung für ihn das Einfachste war und daran ist sie ihrem Peiniger komplett ausgeliefert.

Seine Augen bleiben an ihrem Gesicht hängen. Da ist dieser Knebel, den er erst vor einigen Tagen gekauft hat. Nicht weil er das Schreien der Frauen nicht erhören könnte, ganz im Gegenteil, das wird seine größte Befriedigung sein, nein, er hat ihn einfach gereizt. Er ist etwas Besonderes. Ein Ball aus weichem Leder, der genau in ihren Mund passt. Es sieht gut aus, wie sich die vollen roten Lippen darum schmiegen. Irgendwie hat es schon etwas Sexuelles an sich, aber das ist nicht seine Absicht, zumindest noch nicht. Er hat etwas ganz anderes im Sinn, obwohl er bei Sunny schon auf diese Gedanken kommen könnte und bestimmt auch wird, aber er hat sich vorgenommen, solange wie möglich dagegenzuhalten. Er liebt dunkelhaarige Frauen und Sunny ist eine Schönheit. Vielleicht tut er sich nicht gerade einen Gefallen mit den Ketten, den Lederriemchen und den Dessous, die er ihr natürlich angezogen hat, aber er hat einen Plan und an den wird er sich halten. Alles zu seiner Zeit.

Er dreht Sunny den Rücken zu und greift nach einem großen Messer. Genüsslich und langsam fährt er mit dem Zeigefinger die scharfe Klinge entlang. Sie blitzt in dem grellen Neonlicht der Deckenlampe, das einzige Licht in diesem kleinen Keller.

Hinter ihm beginnt Sunny zu wimmern. Ihre Laute waren vor Stunden noch kräftig, woran sie sich jedoch nicht erinnern kann, weil sie immer wieder weggedämmert ist. Sie ist sich nicht sicher, aber da sie überhaupt nicht weiß, wie sie hier hergekommen ist, wird er ihr wohl etwas zur

Betäubung gegeben haben. Sie vermutet irgendeine Droge, das ist jedoch nicht mehr wichtig, jetzt verlassen sie nämlich langsam ihre Kräfte.

Er muss sich beeilen, denn er will nicht, dass sie schon aufgibt. Sie soll doch alles mitbekommen, ansonsten macht es keinen Spaß.

Zu viele hat er schon verloren, bevor er fertig war. Womit? Das weiß nur er.

Diesmal hat er sich aber die Richtige ausgesucht. Er weiß es genau! Sie hat mehr Kraft und auch mehr Willen. Lange hat er sie beobachtet. Fast jede Minute und alle Einzelheiten der letzten Wochen hat er ausspioniert. Er war ihr immer ganz nahe, aber unerreichbar für ihn. Jetzt gehört sie jedoch ihm.

Wenn er nur wüsste, wie viel Willen Sunny wirklich hat. Sie wird kämpfen und es ihm schwer machen, auch wenn sie schon ahnt, dass sie eigentlich gegen ihm keine Chance hat.

Ganz langsam dreht er sich zu Sunny um und augenblicklich schweigt sie. Seine Augen fixieren sie und ihr kommt es vor, als würde er seine Vorgehensweise im Kopf ablaufen lassen.

Nur Sekunden später geht er einen Schritt auf sie zu, das Messer in der linken Hand, wo man ja Linkshänder für sehr intelligent hält, aber ob es auf ihn zutrifft, ist zu bezweifeln. Genüsslich lässt er das Messer, mit dem Zeigefinger der rechten Hand an der Messerspitze drehen und nimmt die immer größer werdende Angst von Sunny in sich auf, wie ein ausgehungerter wilder Wolf.

„Du hast einen ganzen Tag verpasst. Den wirst du heute nachholen müssen", raunt er Sunny zu, aber sie kann damit nichts anfangen. Das scheinen ihm ihre Augen zu sagen, denn er spricht weiter. „Heute ist schon Sonntag, mein Schatz. Ich habe dich wohl mit einer zu hohen Dosis betäubt. Das tut mir echt leid, aber jetzt bist du ja endlich munter. Ach, und weil du so lange geschlafen hast, musste ich dich anziehen. Aber ich denke doch, dass sich das in den nächsten Tagen ändern wird."

Sunny dreht sich fast der Magen um. Er hat sie wirklich angefasst. Und nicht nur das. Er hat sie ausgezogen und ihr diese Dessous übergestreift. Einen ganzen Tag war sie ihm ausgeliefert und sie hat nichts mitbekommen. Was hat er noch alles mit ihr angestellt? Sie will sich das gar nicht vorstellen. Allein bei dem Gedanken, wie seine Hände ihre zarte Haut berühren, bekommt sie Brechreiz. Diesen muss sie unterdrücken, denn sie weiß genau, wie schnell man an Erbrochenen ersticken kann, vor allem mit diesem Ball im Mund.

Er muss sie auf dem Weg nach Hause überfallen haben, aber sie kann sich an nichts mehr erinnern. Sie kann nur hoffen, dass das Betäubungsmittel keine weiteren Nachwirkungen hat. Obwohl, wenn sie noch einmal abdriftet, muss sie das hier nicht bei vollem Bewusstsein erleben. Aber wie lange wird das alles dauern? Was hat er vor. Umbringen anscheinend nicht, nachdem, was er gerade gesagt hat.

Ihre Gedanken werden abrupt unterbrochen, denn die blitzende Klinge des Messers ist ganz nah vor ihren Augen. Der Ekel, der in ihr hochgekommen ist, schlägt in panische Angst um.

Sie zerrt an den Lederbändern und sie reißen nun doch ihre zarte Haut an den Handgelenken und dem Hals auf. Vor Schmerz hält sie inne und scheint sich ihrem Schicksal zu ergeben, aber so ist es nicht. Sie will sich nur nicht selbst verletzen, denn das er es tun wird, ist ihr klar. Jede weitere Wunde kann ihre Kräfte mildern, die sie für das Überleben braucht. Wird sie das? Überleben? Sie will es zumindest versuchen, egal was es für einen Preis kosten könnte. Sie will leben, sie will hier raus und das hier soll nicht ihre letzte Station sein.

Sie wird aus ihren Gedanken gerissen, als er das Messer an ihrem Hals entlanggleiten lässt, aber ohne die kleinste Wunde zu verursachen. Er beobachtet sie ganz genau, als die Klinge über ihr Gesicht streift. Instinktiv hält Sunny die Luft an, um den Schmerz zu verarbeiten, jedoch ist auch diesmal nicht der geringste Ritz zu sehen. Nun zieht er einen Hocker heran und stellt ihn genau unter Sunnys ausgestreckten rechten Arm. Darauf steht eine kleine Schüssel und jetzt ist das Messer direkt darüber. Sunny sieht alles im Augenwinkel und kann sich nicht vorstellen, was er damit bezweckt. Aber sie soll es gleich erfahren, denn er setzt das Messer an und schneidet in Sunnys Fleisch. Nicht zu tief, aber genau so, dass aus der Wunde Blut tropft. Die Schüssel fängt jeden Einzelnen auf und Sunny kann mit dem Anblick gut umgehen, jedoch nicht mit dem plötzlichen Schmerz.

Ein Schrei bleibt ihr im Hals stecken, der Lederball verhindert, dass er herauskommt. Ihr wird schwarz vor Augen, die sie jedoch nicht schließen kann. Erst jetzt bemerkt sie, dass er ihr die Lider an den Augenbrauen festgeklebt hat. Deshalb hat sie die ganze Zeit, mit weit aufgerissenen Augen, alles in sich aufgesaugt. Sie soll alles sehen, aber ihr Unterbewusstsein verhindert es. Ganz sacht fällt sie in die Dunkelheit der Ohnmacht. Es ist wohl das Beste, was ihr in diesen Augenblick passieren kann, denn sie ist sich nicht sicher, dass es das Einzige ist, was er mit ihr anstellen wird.

In dem Moment, wo ihr Kopf nach vorne fällt, dreht er sich wütend um und wirft das Messer gegen die Wand. Hat er wieder eine schwache Frau erwischt? Sollen nicht Frauen Schmerzen besser ertragen können, als Männer? Oder ist sie von dem Betäubungsmittel noch zu beeinträchtigt? Egal, es ist nicht so gelaufen, wie er es sich vorgestellt hat, und das ärgert ihn zutiefst.

Laut knurrend und mit wutverzerrtem Gesicht geht er die Treppe hinauf und verlässt den Keller. Er lässt Sunny allein, was sie aber nicht mitbekommt, denn sie ist immer noch in ihrer Ohnmacht gefangen. Und das Blut tropft stetig in die kleine Schüssel!

Ella

Ella steht vor dem Haus, in dem Sunny ihre Wohnung hat. Ihr steigen Tränen in die Augen, aus Verzweiflung und Angst, Sunny vielleicht nicht wiederzusehen.

Sie waren gerade oben und die Vorahnung, dass Sunny nicht da ist, hat sich bestätigt.

„Komm steig ein, wir fahren jetzt zur Polizei", fordert Sten Ella auf und schiebt sie sacht in Richtung seines Autos.

Ohne Widerrede steigt sie ein und Sten fädelt sich kurz darauf in den Verkehr ein. Es dauert keine fünf Minuten, in denen Ella nicht einen klaren Gedanken fassen kann und sie sind da. Sten parkt auf dem Parkplatz für Besucher der Polizeistation ein und muss Ella praktisch aus dem Auto herausziehen.

„Was ist los? Du wolltest doch schon gestern hier her." Sten klingt plötzlich ziemlich genervt.

„Ich weiß. Ich komme doch schon", sagt sie, steigt aus, gibt der Autotür einen Stoß, sodass sie zufällt, und läuft mit gesenktem Blick hinter Sten her.

Sie betreten das Gebäude und finden sich gleichzeitig in einer großen Eingangshalle wieder. Sten sucht nach einer Person, an der sie sich richten können. Es laufen einige Polizisten umher, aber sie scheinen alle irgendwie beschäftigt. Dann entdeckt er weiter hinten eine Theke und da sitzt, über irgendwelche Unterlagen gebeugt, ein Polizist. Sten greift nach Ellas Arm, die gedankenversunken neben ihm steht und zieht sie einfach mit sich. Erst als sie bei dem Polizisten sind, kommt sie wieder zu sich und schon machen sich abermals Tränen auf den Weg. Langsam und lautlos laufen sie ihr über die Wangen und damit erweckt sie schnell das Interesse des Beamten.

„Wie kann ich Ihnen helfen?", fragt er und springt von seinem Stuhl auf. Seine Augen sind an Ella geheftet und Sten scheint er überhaupt nicht wahrzunehmen.

„Wir wollen eine Freundin als vermisst melden“, kommt ernst von Sten und jetzt schaut der Polizist auch ihn an.

„Wie lange ist sie denn schon weg?“, will der Polizist wissen.

„Seit Freitagabend, oder Sonnabend früh“, seufzt Ella und atmet nun tief durch.

„Genauer wissen Sie es nicht?“, schüttelt der Polizist mit seinem Kopf.

„Wir überwachen unsere Freunde nicht die ganze Nacht“, entfährt Sten, denn er ist der Meinung, dass sie es ihm schon gesagt hätten, wenn sie es genauer wüssten.

„Schon gut“, beschwichtigt der Polizist und redet auch gleich weiter. „Wir nehmen Vermisstenanzeigen erst auf, wenn wir sicher sind, dass eine Straftat vorliegt, oder zumindest zwei Tage vergangen sind.“

„Sie ist weg und ich kann sie nicht erreichen. Das macht Sunny nicht. Sie sagt mir immer, wohin sie geht“, schluchzt Ella, denn sie hat Angst, hier am Ende keine Hilfe zu bekommen.

„Vielleicht hat sie es dieses Mal nicht getan. Sie ist doch bestimmt volljährig und da kann sie sich aufhalten, wo sie will“, hält der Polizist dagegen und Sten kann es nicht glauben, dass er denkt, wir wollten ihm einen Bären aufbinden.

„Es ist wirklich ernst. Sie hätte gestern arbeiten gehen müssen, aber auch da war sie nicht. Und sie hat sich auch nicht im Krankenhaus abgemeldet“, sagt Sten etwas lauter.

„Im Krankenhaus?“, fragt der Polizist und zieht eine Augenbraue hoch.

„Sunny ist Krankenschwester“, kommt unverständlich von Ella.

„Ach, so meinen Sie das“, versucht der Polizist verlegen zu lächeln.

„Was ist nun? Suchen sie jetzt nach Sunny?“ Sten versucht, ruhig zu bleiben, aber seine Stimme fängt vor Wut schon an zu flattern.

„Eins nach dem anderen", kommt gelassen von dem Polizisten und dann dreht er sich um. Nur Sekunden später legt er ein Formular auf die Theke und einen Stift dazu. „Bitte füllen Sie das erst einmal aus."

„Aber Sunny ist verschwunden", murmelt Ella und schluckt die nächsten Tränen tapfer weg.

Dann beginnt Ella den Fragebogen auszufüllen, denn der Blick des Polizisten sagt ihr, dass ohne dieses Formular erst recht nichts weiter passiert. Es geht ihr schnell von der Hand, weil sie jedes Detail von Sunnys Leben kennt. Nach nicht einmal zwei Minuten schiebt sie es wieder dem Beamten zu, der nicht schlecht staunt.

„Okay. Sie ist also wie vermutet volljährig", brummelt der Polizist, als er das Blatt überfliegt.

„Was denn sonst. Wenn wir nach einem Kind suchen würden, hätten wir das gesagt. Aber da würde es wohl auch schneller gehen", fährt Sten den Mann gestresst an.

„Nicht so!", sagt der Polizist, der sich durch den Tonfall angegriffen fühlt. „Vielleicht kommt sie auch in ein paar Tagen wieder", schmettert er nun auch etwas genervt Sten an den Kopf. Zwischen den beiden beginnt die Luft zu knistern und ihre gegenseitigen Blicke sprechen Bände.

„Das würde Sunny aber nie machen", geht Ella dazwischen und auf die ganze Situation und die etwas lauter gewordene Diskussion, wird ein weiterer Polizist aufmerksam.

„Guten Morgen. Ich bin Herr Kerber. Kann ich denn weiterhelfen?", stellt er sich vor und schiebt sich mit einem vielsagenden Blick zu seinem Kollegen, zwischen ihn und Sten. Somit kann er die aufgeheizte Stimmung abschwächen.

„Wir vermissen unsere Freundin", antwortet Sten jetzt wieder mit einer etwas ruhigeren Stimme.

„Haben Sie denn ein Bild von der jungen Frau?", fragt er höflich und zieht die Aufmerksamkeit von Ella und Sten auf sich. Der andere Polizist setzt sich wieder an seinen

Schreibtisch und überlässt wahrscheinlich gern Herrn Kerber die Arbeit.

„Natürlich", murmelt Ella und beginnt in ihrer Tasche zu suchen. Sie hat extra eines eingesteckt und reicht es letztendlich dem Polizisten, der neben ihr steht.

„Oh", entweicht ihm und sein Blick zeigt allen, dass ihm der Anblick von Sunny anscheinend sehr gefällt. Aber das bringt uns Sunny nicht zurück. Er legt es zu dem Formular und spricht weiter. „Da steht auch die Adresse drauf, wo die junge Dame wohnt? Und eine Telefonnummer, wo wir Sie erreichen können?", fragt er und zieht das Blatt Papier zu sich heran.

„Ich habe alles aufgeschrieben", schüttelt Ella mit dem Kopf. „Aber sie ist nicht zu Hause und ich auf ihrem Handy ist sie nicht mehr erreichbar", erklärt Ella noch einmal.

„Wann haben Sie sie denn das letzte Mal gesehen und wo?", möchte der Polizist wissen und hat auch schon einen Kugelschreiber in der Hand.

„Freitag Abend, wir waren zusammen in einer Bar", antwortet Ella und er schreibt es auf die Rückseite des Formulars.

„Wann haben Sie sich getrennt?", kommt die nächste Frage, wie bei einem Automaten.

„So gegen 22 Uhr", antwortet Ella und hofft, dass dieser Polizist endlich genug hat, um die Suche zu starten.

„Gut, dann werde ich mich um alles Weitere kümmern", sagt Herr Kerber, steckt den Stift weg und versucht etwas zu lächeln, aber in dieser Situation kommt es nicht gerade gut an, weder bei Ella, noch bei Sten.

„Wie geht es denn weiter?", fragt Sten und man sieht ihm an, dass er jeden Schritt genauestens wissen will.

„Ich werde als Erstes jemanden in die Wohnung schicken", beginnt der Polizist.

„Da ist sie nicht", fällt Ella ihm nochmals ins Wort. Hat er ihr denn nicht zugehört?

„Das kann schon sein, aber so können wir uns ein Bild von der jungen Frau machen und vielleicht auch Spuren finden und sicherstellen“, redet er ruhig weiter und nimmt es Ella nicht übel, ihn unterbrochen zu haben. „Wenn Sie vielleicht noch einen Schlüssel für uns hätten, da müssen wir die Tür nicht gewaltsam öffnen.“

„Sicher“, kommt sofort von Ella und sie macht Sunnys Schlüssel von ihrem Bund ab.

„Dann können wir aber nicht mehr in die Wohnung“, widerstrebt es Sten.

„Sie bekommen ihn heute Abend oder morgen schon wieder“, sagt Herr Kerber und nickt Ella dankend zu.

„Und was passiert dann?“, fragt sie, weil es ihr immer noch nicht reicht.

„Zusätzlich werden wir sie zur Fahndung ausschreiben und das Foto an alle Kollegen verteilen“, antwortet Herr Kerber immer noch ruhig.

„Ja, und dann?“ Ella kann die Ruhe nicht verstehen, mit der der Polizist das alles sagt, aber er kennt wohl zu Genüge solche Situationen und weiß genau, was zu machen ist.

„Dann müssen wir warten, ob sie von einem Kollegen gesehen wird oder ob sie am Ende von selbst wieder zurückkommt.“

„Sie denken auch, dass sie einfach nur einen Trip macht?“, fragt Sten und sieht den Polizisten nun genauso böse an, wie vorhin den anderen.

„Wenn wir Ergebnisse von der Spurenaufnahme haben, können wir auch genauer suchen. Aber leider haben wir bis jetzt noch nichts. Also bitte ich Sie, uns etwas Zeit zu geben. Wir werden Ihre Freundin bestimmt finden. Vielleicht nicht gleich heute, jedoch wird so eine hübsche Frau wohl nicht so einfach vom Erdball verschwinden“, versucht der Polizist die Stimmung etwas aufzuheitern, aber es klappt nicht.

Ella und Sten sind nicht davon überzeugt, was sie jedoch nicht sagen. Außerdem finden sie die Bemerkung, dass Sunny so hübsch ist und nicht einfach verschwinden kann, für unpassend. Wenn jemand Frauen hasst und sie entführen will, dann schaut er bestimmt nicht erst auf ihr Aussehen, außer er hat es nur auf sie abgesehen. Aber Sunny hat keine Feinde und Ella wüsste wirklich nicht, wer speziell sie entführen sollte.

„Sie rufen mich an, wenn Sie irgendetwas finden?“ Ella schaut den Polizisten an und muss sich an Sten festhalten, denn ihre Beine scheinen nachzugeben. Sunnys Verschwinden zehrt zu sehr an Ella und ihr Körper scheint schlapp zu machen. Sten bemerkt es sofort und stützt sie, so gut er kann. Auch Herrn Kerber bleibt es nicht verborgen und jetzt zeigt sich doch etwas Mitleid in seinem Gesicht.

„Bitte gehen Sie nach Hause. Vielleicht meldet sich Ihre Freundin bei Ihnen. Sie sollten da sein und uns, wenn es so sein wäre, informieren. Wir werden alles tun, um sie zu finden“, spricht er leise und besonnen, und so kommt es auch bei Ella an. Zumindest hofft sie, dass der Polizist das nicht nur zu ihrer Beruhigung sagt, sondern wirklich versucht, Sunny zu finden.

„Danke, wir werden uns melden, wenn sie wieder da sein sollte“, entgegnet Sten und nickt den beiden Polizisten zu. Mehr will er nicht sagen und jetzt muss er sich auch erst einmal um Ella kümmern. Sie ist kurz vor dem Zusammenbrechen und sollte schnellstens nach Hause. Er greift ihr unter die Arme und dann verlassen sie gemeinsam die Polizeistation.

Bei Ella muss er sie zwei Etagen nach oben tragen, denn sie kann inzwischen nicht mehr laufen. Ihre Kräfte sind endgültig verschwunden und ein Weinkrampf schüttelt sie. Mühsam schleppt er sich Stufe zu Stufe und seine Kräfte schwinden ebenfalls zunehmend.

Endlich in Ellas Wohnung, legt er sie in ihr Bett und macht ihr einen Tee. Sten hat schon oft bewiesen, dass er ein guter Hausmann wäre, aber für Ella ist das unwichtig. Er ist und bleibt ein Freund und ihre Liebe gehört Sunny.

Sten bleibt noch, bis Ella den Tee ausgetrunken hat und am Ende eingeschlafen ist. Mit der Gewissheit, dass sie ihn immer, ob Tag oder Nacht anrufen kann, hat sie die nötige Ruhe gefunden.

Ella wälzt sich doch wieder unruhig hin und her. Sie hat etwa zwei Stunden geschlafen und plötzlich hört sie einen Klingelton. Er scheint aus dem Wohnzimmer zu kommen. Nach kurzem Überlegen ist ihr klar, dass es eine E-Mail war, die auf ihrem Laptop eingegangen ist. Mit einem Satz ist sie hoch und sitzt wenige Sekunden später am Schreibtisch. Es ist bestimmt die Polizei, die vielleicht eine Spur zu Sunny gefunden hat. Aber sie wird bitter enttäuscht. Schon beim Öffnen sieht sie keinen Absender und das würde die Polizei sicher nicht machen. Also atmet sie tief durch und dann bleibt ihr Blick an der Betreffzeile hängen. Da steht „Sunny".

Ihre Augen sind sofort an dem Text gefesselt und während sie liest, scheint sie zu vergessen, zu atmen.

Hallo Ella,
ich hätte auch dich holen können, aber mit Sunny macht es
richtig Spaß.
Sie ist schlau, jedoch ich bin besser und deshalb ist sie jetzt
bei mir.
Ich denke, du weißt, dass es sinnlos ist, die Polizei
einzuschalten. Wenn du das tust, wirst du sie
wahrscheinlich nicht wiedersehen.

Ella schnürt es die Kehle zu und so fällt es ihr sehr schwer, wieder Luft zu holen. Sie schnappt nach dem kleinsten Luftzug und ihr wird schwindelig. Ihr Herz schlägt so schnell, dass es in ihren Ohren dröhnt. Es springt ihr fast aus der Brust und ihr kann nur noch eines helfen. Sie schleppt sich in die Küche und dann auf ihren Balkon. Die frische und klare Luft bringt sie dazu tief durchzuatmen und den ersten Schreck zu verarbeiten. Langsam lichten sich ihre Gedanken, aber gleichzeitig wird ihr schlecht.

Sunny ist entführt! Hat sie das nicht schon gedacht? Aber, dass es wirklich so ist, kann man fast nicht ertragen. Wer hat sie? Wo ist sie? Wer hat ihr da geschrieben?

Die E-Mail! Ella rennt zurück und schaut sich jedes Wort noch einmal an.

Aber der Text macht sie nur wütend. Was denkt sich der denn?

Ist sie etwa dumm? Sie wird es ihm zeigen und Sunny finden. Mehr Spaß, weil sie hübscher ist? Ist sie hässlich? Wie hat er sie nur überwältigt, wenn sie so schlau ist, aber er ist anscheinend doch besser, wie er es auch geschrieben hat. Und wo weiß er das eigentlich alles her? Er muss es vorher schon gewusst haben. Er kennt dementsprechend auch Ella. Hat er sie beobachtet? Weiß er auch von dem Verhältnis zwischen ihr und Sunny? Hat das vielleicht mit der Entführung zu tun? Ist der Entführer etwa eine Frau, die neidisch ist? Aber niemanden ist ihre Beziehung bekannt. Oder doch? Kennt er auch Sten? Sten ist noch viel schlauer. Hat er das nicht beachtet? Zusammen mit Sten wird sie Sunny finden.

Wütend schlägt Ella mit der Faust auf den Tisch. Wütend darüber, dass Sunny entführt wurde und auch über sich selbst, weil sie sich so viele Fragen stellt, anstatt schnellstens Sten anzurufen.

Sofort greift sie nach ihrem Handy und tippt seine Nummer ein. Sie muss auch nicht lange warten, bis sie seine Stimme hört.

„Hallo Ella, hast du etwas geschlafen?", fragt er besorgt, denn sie sollte sich wirklich ausruhen.

„Ja, aber ich habe gerade eine E-Mail bekommen", spricht sie aufgeregt in den Hörer.

„Okay, von der Polizei?"

„Nein, vom Entführer", antwortet Ella erstaunlicherweise gefasst.

„Mach bitte keine Witze."

„Nein, mache ich nicht. Ich kann aber keinen Absender sehen", entgegnet Ella.

„Vielleicht ist sie ein Fake", kontert Sten.

„Was? Wie soll denn jemand wissen, dass Sunny weg ist", widerspricht Ella und vermag es nicht seine Gedankengänge nachzuvollziehen.

„Da hast du recht. Schicke die E-Mail zu mir und ich werde schon herausfinden, von wem sie ist."

„Das ist ja auch das, was du den ganzen Tag machst."

„So ungefähr. Zumindest gehört so etwas zu meinem Beruf dazu." Ella sieht Sten förmlich lächeln.

„Gut, sie ist schon auf den Weg zu dir", sagt sie und schickt die E-Mail an ihn weiter.

„Werde mich gleich daransetzen. Ich rufe dich an, wenn ich etwas gefunden habe."

„Danke, ich kann es einfach nicht glauben, dass derjenige über uns so Bescheid weiß, wenn er sogar meine E-Mail-Adresse hat", kommt von Ella und sie fällt schon wieder in den Strudel von Fragen.

„Bitte rege dich nicht zu sehr auf. Wir schaffen das, zusammen werden wir sie finden", redet Sten auf Ella ein, ohne zu wissen, was da alles noch auf ihn zukommt.

„Ich hoffe es", flüstert sie und drückt die E-Mail weg, um sie nicht länger sehen zu müssen.

„Bis dann", murmelt Sten etwas abwesend und Ella ist sich sicher, dass er den Text gerade liest. Im selben Moment legt er auf und sie umgibt eine unheimliche Stille. Unbehagen kriecht in ihr hoch und sie fühlt sich irgendwie beobachtet. Das Geschriebene hat sie vollkommen durcheinandergebracht. Wie kann jemand alles über einen wissen, ohne das du ihn kennst, geschweige in deiner Umgebung bemerkt hast. Echt erschreckend.

Mit diesem Gefühl verkriecht sie sich zurück in ihr Bett und am liebsten würde sie es niemals mehr verlassen. Aber eines fehlt. Das Bett fühlt sich unendlich leer an. Ohne Sunny ist alles sinnlos, einsam und kalt. Sie muss sie finden. Sie will sie wieder bei sich haben.

Sunny

Er drückt die Zigarette mit der Schuhspitze aus, die er in seiner Wut in wenigen Zügen geraucht hat.

„Verschwinde", faucht er Baxter, seinen Hund, der schwanzwedelnd vor ihm steht, an. Sofort läuft er in die gegenüberliegende Scheune und versteckt sich, er scheint sein Herrchen genauestens zu kennen und will wahrscheinlich einem Wutausbruch aus dem Weg gehen.

Er atmet einmal tief durch und geht zurück nach unten in den Keller. Sunny ist noch nicht wieder wach und so zieht er den Hocker mit der Schüssel weg. Sie ist gut gefüllt und auch die Blutstropfen werden immer weniger. Mit einem nun doch zufriedenen Lächeln stellt er sie beiseite und bindet ein Handtuch um die Wunde. Durch den Druck, der vermutlich schmerzt, kommt Sunny zu sich.

Tränen machen sich auf den Weg über Sunnys Wangen und ihre aufgerissenen Augen beginnen sofort zu brennen.

Er kommt auf sie zu und zieht vorsichtig die beiden Pflaster von ihren Augenlidern. Sunny kann sie wieder schließen. Mit Tränen und mehrmaligen Blinzeln, wäscht sie schnell den kratzenden Staub und Schmutz weg, der sich auf ihre Augäpfel gelegt hat.

Er schaut ihr zu und dann wischt er mit einem Finger, fast zärtlich, die Tränen auf ihren Wangen weg. Sunny weiß nicht, was sie davon halten soll und in ihr keimt die Hoffnung auf, dass er vielleicht doch nicht so schlimm ist. Aber da enttäuscht er sie noch im selben Moment.

„Weine nicht. Jetzt nicht! Spar dir deine Tränen, du wirst sie noch zur Genüge vergießen", sagt er ganz nah an ihrem Ohr, mit einer von dem Rauchen zerkratzten Stimme.

Mit einem hämischen Grinsen dreht er sich wieder weg und Sunny läuft ein kalter Schauer über den ganzen Körper, der sie erzittern lässt. Eine Gänsehaut legt sich auf ihre Haut und sie will sich nicht vorstellen, was er damit gemeint hat. Was wird sie ertragen müssen? Wie lange wird sie das aushalten? Hat sie wirklich keine Chance, hier lebend herauszukommen? Will sie mit diesen Erfahrungen überhaupt weiterleben? Könnte sie das, oder würde sie daran zerbrechen? Würde Ella ihr helfen können? Würde ihre Liebe das überstehen?

Plötzlich steht er hinter ihr und macht das Band auf, das den Lederball an seiner Stelle festhält. Sie vergisst die Fragen und ist glücklich auch ihren Mund wieder schließen zu können. Er ist so trocken, dass es weh tut. Sie muss eine Weile warten, bis sich etwas Speichel gebildet hat, mit dem sie ihre ausgetrockneten Lippen benetzen kann. Als Nächstes schluckt sie den wenige Flüssigkeit hinunter, aber ihr Hals, aufgeraut von der Trockenheit, kratzt fürchterlich. Wie lange hatte sie nur dieses Ding im Mund?

Während sie sich darauf konzentriert ihre Kehle feucht zu bekommen, macht er ihre Beine los. Dann jeden Arm und sie fallen schlaff an ihren Körper hinunter. Sie kann sich kaum bewegen und sich etwa wehren, kommt ihr gar nicht in den Sinn. Sie ist einfach froh, die Fesseln los zu sein.

Als Letztes löst er das Band am Hals. Er greift Sunny unter die Arme und sie stört es nicht, dass er sie da berührt, wo sie es überhaupt nicht will. Sie lässt sich einfach nur von ihm führen.

Nicht die Treppe hinauf, nein, durch die Tür, die sie schon eher wahrgenommen hat. Sie gehen einen finsteren Gang entlang und dann öffnet er eine weitere.

„Bis morgen mein Schatz. Versorge deine Wunde, du findest hier alles, was du brauchst", flüstert er Sunny zu und sie bekommt einen kleinen Schubs von ihm, wodurch sie in einen winzigen, aber hell erleuchteten Raum stolpert.

Sie steht mitten in dem Zimmer und hinter ihr schließt sich die Tür.

Immer noch starr vor Angst bleibt sie stehen und sieht sich wieder hektisch um.

Ihr Arm schmerzt und sie drückt automatisch das Handtuch fester auf die Wunde. Um die kann sie sich später kümmern, jetzt muss sie erst einmal sehen, wo sie ist.

Es scheint ein weiterer Kellerraum zu sein, denn auch hier gibt es kein Fenster. Jedoch hört sie ein stetes Klacken. Es ist wahrscheinlich ein Filter, da sie einen leichten Luftzug spürt. Nach kurzer Suche entdeckt sie ihn an einer Wand, wenige Zentimeter unter der Decke. Also an Luftnot wird sie hier nicht sterben.

Der zweite Tag! Die Worte kommen in ihrem Kopf zurück und sie fragt sich, ob sie letzte Nacht auch schon hier drin war. Nein! Oder doch? Sie kann sich beim besten Willen nicht erinnern.

Ihr Blick schweift weiter. In der Mitte des Raumes steht ein Bett, ordentlich und frisch bezogen, aber unberührt. Wenn sie schon hier gewesen sein sollte, muss er es wieder in Ordnung gebracht haben.

Neben ihr ist ein Tisch. Auf ihm steht eine Flasche Wasser und ein Teller, voll mit Wurst belegter Brötchen. In der hintersten Ecke ist eine Toilette und eine Dusche. Wie sie auf den ersten Blick zu erkennen vermag, ist auch da alles sauber. Sie geht ein paar Schritte in diese Richtung und sieht sogar ein Duschgel stehen. Verständnislos schüttelt sie den Kopf. Wie kann er sie gefangen halten und ihr wer weiß was antun und auf der anderen Seite versorgt er sie, wie in einem Hotel? Was bezweckt er damit? Will er sie am Leben erhalten, um sie länger quälen zu können?

Auf der gegenüberliegenden Seite steht ein Schrank und ihre Neugierde ist geweckt. Was hat er noch so auf Lager? Was wird sie wohl darin finden? Hat er ein Herz und gibt ihr sogar etwas anderes zum Anziehen? Sie kann doch nicht nur in diesen knappen Dessous herumlaufen.

Sie versucht, erst einmal ihre Arme und Beine zu bewegen. Es funktioniert, aber ihr scheint es so, als hätte sie stundenlang Sport getrieben. Sie hat Muskelkater und das ziemlich heftig. Das kommt bestimmt von dem Anbinden und der damit unterdrückten Beweglichkeit und dazu das ständige Anspannen der Muskeln. Aus Angst, oder dem Versuch sich zu befreien.

Schnell schiebt sie die Bilder weg und geht auf den Schrank zu. Sind da ihre Sachen drin? Zumindest die, die sie am Freitagabend anhatte.

Sie öffnet ihn und vor ihr hängen ordentlich aufgereiht noch mehr Dessous. Sie rückt mit einem unwohlen Gefühl eines nach dem anderen zur Seite, aber ihre eigene Wäsche findet sie nicht. Soll sie also doch nur in diesen Sachen herumlaufen?

Gefällt ihm das so sehr? Geilt er sich etwa daran auf? Ihr wird speiübel bei dem Gedanken und sie bittet inständig, dass er seine Finger von ihr lässt. Sie will keinen Mann und das wird sich auch nicht ändern. Aber sie weiß, dass sie nicht in der Position ist, um das entscheiden zu können oder zu dürfen.

Unten im Schrank entdeckt sie ihre Handtasche. Sofort greift sie nach ihr und wühlt aufgeregt darin herum. Alles ist da, ihre Papiere, ihre Schminke und allerlei kleines Unwichtiges, was wohl jede Frau in ihrer Tasche hat. Nur ihr Handy und ihr Schlüssel sind weg. Aber was hat sie denn erwartet. So verpeilt wird dieser Kerl ja nicht sein, ihr das Handy zu lassen. So schätzt sie ihn auch nicht ein, ganz im Gegenteil. Wenn sie sich umschaut, weiß sie genau, dass hier nichts zufällig ist. Er hat gewusst, wen er sich da holt und alles für sie vorbereitet.

Sie schmeißt die Tasche zurück und schließt angewidert die Schranktür. Sie dreht sich um und dann fällt ihr ein ziemlich großer Karton auf. Er steht neben dem Tisch und sie kann sich echt nicht vorstellen, dass er darin eine Überraschung für sie hat.

Langsam und immer noch mit Muskelschmerzen setzt sie sich an den Tisch. Den Karton im Augenwinkel öffnet sie jedoch erst einmal die Wasserflasche. Sie füllt das Glas, was sogar verkehrt herum dasteht und lässt das kühle Nass, mit weiteren aufkommenden Fragen, durch ihre ausgetrocknete Kehle hinunterlaufen.

Ist das Wasser sauber? Ja, sie hat die Flasche gerade geöffnet. Oder hat er etwas hineingespritzt? Sie untersucht den Verschluss, findet jedoch keinen Hinweis darauf, dass ihn jemand mit einer Spritze durchstochen hat. Aber warum sollte er das auch tun? Er gibt ihr Essen und Trinken, da wird er sie nicht gleichzeitig ständig unter Drogen halten. Oder doch? Sie könnte sich nicht richtig wehren und am Ende seine Spielchen über sich ergehen lassen und vor allem, vielleicht sogar mitmachen. Es kommt nur darauf an, welche Drogen er ihr verabreichen würde.

Sie bekommt auf all ihre Fragen keine Antworten und kann sich nur selbst ein Bild machen. So wendet sie sich dem Karton zu. Sie macht ihn auf und ihre Augen starren das an, was sie da sieht. Komplett sprachlos räumt sie die Sachen aus und legt eines nach dem anderen vorsichtig auf den Tisch. Verbandsmaterial, Wundsalben, Pflaster, sogar Desinfektionsmittel und vieles mehr. Er will, dass sie ihre Wunden versorgt? Weiß er, dass sie Krankenschwester ist? Oder denkt er, dass alle Frauen das können? Aber was bringt ihm das? Er erlegt ihr auf, sich gesund zu pflegen, damit er sie dann wieder verletzen kann? Wie lange soll das denn gehen? Was hätte er davon? Und wozu braucht er eigentlich ihr Blut? Er fängt es in einer Schüssel auf, so viel hat sie vor ihrer Ohnmacht noch mitbekommen. Was wird er damit machen?

Ihr geht einiges durch den Kopf, aber eines bleibt immer wieder im Vordergrund. Er will sie anscheinend nicht umbringen. Aber was für ein Spiel spielt er mit ihr? Und will sie das eigentlich mitspielen? Sie muss! Und das weiß Sunny ganz genau. Wenn sie es nicht tun sollte, dann kommt sie bestimmt hier nicht mehr heraus oder sie würde in Drogen untergehen.

Sie schiebt die Sachen erst einmal beiseite und geht zur Dusche. Zu ihrem Erstaunen liegt da ein Jogginganzug auf einen Stuhl. Den hat sie vorhin gar nicht gesehen. Schnell schlüpft sie aus dem wenigen Stoff, den sie auf ihrer Haut trägt und stellt sich unter die Dusche. Sie lässt das wohltuende warme Wasser über ihren immer noch schmerzenden Körper rieseln. Nach einigen Minuten und nachdem sie sich abgetrocknet hat, versorgt sie die Wunde. Sie ist wirklich nicht tief, aber hat wieder angefangen zu bluten. Sie desinfiziert und verbindet sie, so gut es mit links geht. Zusätzliche Schmerzen, wegen einer Entzündung will sie nicht und das könnte erst recht gefährlich für sie werden.

Danach zieht sie den Jogginganzug an. Er ist flauschig weich und kaum hat sie sich auf das Bett gelegt, um sich ein wenig auszuruhen, weicht erstaunlicherweise etwas die Angst und letztendlich schläft sie erschöpft ein.

Ella

Ella läuft wie ein aufgeschrecktes Tier durch ihre Wohnung und wartet auf den Rückruf von Sten. Sekunden werden zu Minuten und sie verliert fast das Zeitgefühl sowie ihren Verstand.

Was dauert denn so lange? Er ist doch Spezialist in dieser Sache.

Verzweifelt holt sie ihr Handy und wählt gerade die Nummer von Sten, als auf ihren Laptop wieder der Ton erklingt, der anzeigt, dass eine weitere E-Mail eingegangen ist.

Zaghaft setzt sich Ella davor und ihr vor Angst zitternder Finger schwebt über der Taste zum Öffnen der Nachricht. Sie hält in der anderen Hand das Handy, das in diesen Moment anfängt zu klingeln. Vor Schreck lässt sie es fallen, aber zum Glück ist es nicht kaputt und läutet immer noch.

Sie hebt es auf und sieht, dass es Sten ist.

„Hallo", sagt Ella mit bebender Stimme.

„Du solltest mal zu mir kommen", kommt ernst von ihm.

„Gleich?", piepst Ella.

„Was ist denn los? Du klingst ja komisch", will Sten wissen, der nun merkt, dass etwas nicht stimmt.

„Es ist gerade noch eine E-Mail gekommen", krächzt Ella.

„Was steht drin?" Sten hält sich erstaunlicherweise kurz.

„Ich muss sie erst öffnen. Warte", entgegnet sie und drückt auf die dementsprechende Taste.

Ihre Augen fliegen über den Text und ihr wird himmelangst.

Du kannst sie suchen, du wirst sie aber nicht finden.
Ich bin dir stets einen Schritt voraus!

„Ella, bist du noch da?", ruft Sten in den Hörer und holt Ella aus der Angst, in der sie gefangen ist, zurück.

„Ich schicke sie dir und komme auch gleich vorbei", antwortet Ella, die die Zeilen nicht laut vorlesen kann.

„Okay, bis nachher", sind die letzten Worte und die Verbindung zu Sten ist weg.

Sie leitet die E-Mail an ihn weiter, schließt das Programm und zieht sich an.

Nur wenige Momente später ist sie auf dem Weg zu ihm. Sten wohnt ebenfalls nicht weit entfernt und so braucht sie gerade mal zehn Minuten. Erschöpft und am ganzen Körper zitternd, klingelt sie und Sten öffnet so schnell, als hätte er schon hinter der Tür gestanden. Ella zwängt sich an ihm vorbei, geht durch bis ins Wohnzimmer und lässt sich auf die Couch fallen.

„Hast du was herausgefunden, woher die E-Mails kommen?", fragt Ella und schaut Sten erwartungsvoll mit großen Augen an.

„Ich weiß nicht so recht, wie ich es dir sagen soll", antwortet er und sitzt wieder vor seinem Laptop.

„Hast du eine Adresse?", drängelt Ella.

„Die IP-Adresse gehört zu dir", flüstert er fast und beobachtet Ella ganz genau.

„Was?", entgegnet sie fassungslos nach einigen Sekunden, in denen sie erst begriffen hat, was er eben gesagt hat.

„Willst du mich veralbern?", donnert Sten los und Ella zuckt zusammen.

„Warum sollte ich das?", schluchzt sie, weil ihr plötzlich Tränen über den Wangen laufen.

„Das musst du mir erklären", erwidert Sten und ist von dem Gefühlsausbruch von Ella nicht beeindruckt.

„Wie soll ich das denn bitte machen?", zischt sie ihn an.

„Na, indem du einfach an deine eigene Adresse schreibst", will Sten erklären, aber er ist sich plötzlich selbst nicht mehr sicher, denn Ella hat kaum Ahnung mit solchen

Sachen. Die Mädels kommen doch ständig zu ihm, wenn es etwas an dem Laptop zu reparieren oder einzustellen gibt. Sie weiß vielleicht gar nicht, dass man das überhaupt machen kann.

„Du denkst nicht wirklich, dass ich Sunny irgendetwas angetan habe", faucht sie und ist im Begriff zu gehen.

„Das habe ich doch gar nicht so gemeint", rudert Sten schnell zurück und sie bleibt stehen.

„Und du bist dir wirklich sicher, dass die E-Mails von mir selbst kommen?", fragt sie mit einem finsteren Unterton, denn jetzt breiten sich bei ihr Zweifel aus.

„Ja, hundertprozentig", stellt Sten fest.

„Vielleicht warst du es", sagt Ella und sieht ihn tief und böse in die Augen.

„Wie kommst du jetzt darauf? Warum sollte ich es denn machen?", entfährt es Sten entsetzt.

„Wo ist Sunny?", geht sie auf ihn los.

„Ella, was willst du damit sagen?", fragt Sten und weicht überrascht, der immer wütend werdenden Ella so gut es geht aus. Er hat sie verdächtigt und in Sekunden hat sich das Blatt gewendet. Jetzt steht er unter Verdacht.

„Wo ist sie?", wiederholt sich Ella.

„Das weiß ich doch nicht."

„Wolltest du sie aus dem Weg haben, um an mich heranzukommen?"

„Sunny ist genauso wie du eine gute Freundin. Ich habe dich gern. Ja, aber es liegt an dir, ob du mir näher kommen willst oder nicht. Deshalb tue ich doch Sunny nichts an", verteidigt sich Sten.

„Ich glaube dir nicht", sagt Ella ernst, denn ihr ist klar, dass das für ihn überhaupt kein Problem ist. Er weiß fast alles über Computer und dass er auf sie scharf ist, hat er nie geleugnet.

„Entschuldige bitte, aber du bist nicht ganz dicht. Das kann ich nicht glauben, dass du mich verdächtigst." Sten schüttelt seinen Kopf.

„Aber ich soll es gewesen sein? Du bist hier der IT-Spezialist", hält Ella dagegen und überlegt gleichzeitig, wo er Sunny versteckt haben könnte. Gesetz dem Fall, sie lebt noch, aber daran will Ella gar nicht denken.

„Ja klar, da gibt es jedoch genug Hacker, die sind noch viel besser als ich", entgegnet Sten und Ella schiebt die fast unglaublichen Gedanken bei Seite.

„Und so einer soll Sunny haben? Was will denn ein Hacker von ihr?" Ella scheint nun gar nichts mehr zu verstehen.

„Das eine hat doch nichts mit dem anderen zu tun. Mit seinen Fähigkeiten hat er euch vielleicht ausspioniert und die Entführung kann einen ganz anderen Hintergrund haben", erklärt Sten Ella. Er sieht dabei nur die Schönheit von Sunny, die dafür der Grund sein könnte.

„Ich kann ihm also nicht zurückschreiben?", will sie wissen.

„Du kannst dir selbst schreiben, er wird es mit Sicherheit lesen. Er kann alles sehen und lesen, was auf deinen Laptop ist."

„Und genau das kann ich nicht und das habe ich dir auch gesagt", regt sich Ella wieder auf.

„Schon gut, aber ich könnte es dir zeigen. Ob es jedoch etwas bringt, mit dem Hacker in Verbindung zu treten, kann ich dir nicht sagen", kommt von ihm jetzt vorsichtiger.

Mit einem Entführer verhandeln zu wollen, geht meistens nach hinten los. Am Ende will er noch Geld und das hat Ella ebenso nicht. Das Beste ist wohl, gegenüber der Mails die Füße stillzuhalten und einen anderen Weg zu suchen, Sunny zu finden.

Ella setzt sich wieder auf die Couch und verbirgt ihr Gesicht in ihre Hände. Sie beginnt abermals zu weinen und Sten ist sofort bei ihr. Sie lässt es zu, dass er sie in die Arme nimmt. Sie hat verstanden, dass er keine Schuld hat und nichts mit dem Verschwinden von Sunny zu tun haben kann, genauso wenig, wie sie selbst. Beide beschuldigen sich gegenseitig und der, der jetzt lacht, ist wahrscheinlich der Entführer.

„Wir sollten zusammen halten und versuchen sie zu finden", sagt Sten ganz leise an Ellas Ohr und geht seine Gedanken noch einmal durch.

„Er hat geschrieben, dass ich sie nicht finden werde", seufzt Ella.

„Das werden wir ja mal sehen. Ich kann auch einiges und ich versuche alles, um ihm auf die Spur zu kommen. Das verspreche ich dir", flüstert er weiter, obwohl er sich nicht sicher ist, denn mit einem Hacker von diesem Format, hatte er noch nichts zu tun.

„Wir wissen doch gar nicht, wie viel Zeit wir haben", kommt von Ella und schaut Sten traurig an.

Er wischt ihr die Tränen aus dem Gesicht, als wieder ein Ton erklingt. Diesmal ist es auf dem Laptop von Sten und nur zögerlich steht er auf. Jetzt hat auch er eine E-Mail erhalten. Sie muss aber nicht von ihm sein, denn seine Arbeitskollegen melden sich oftmals am Wochenende bei ihm.

Zwei Klicks und dann kann Sten lesen, was da geschrieben steht.

Na, denkt sie jetzt, du warst es?
Du wirst nie bei ihr landen!
Und versuch gar nicht erst, mich zu finden, ich bin besser,
als du je sein wirst.

Sten stiert auf den Bildschirm und Ella steht neben ihm. Beide sind von der E-Mail geschockt. Wie kommt die auf den Laptop von Sten?

„Er hat mich auch gehackt", stößt Sten hervor und seine Hände ballen sich zu Fäusten.

„Die kommt von mir", entgegnet Ella und zeigt auf die Zeile, wo ihr Absender drinnen steht.

„Durch deine E-Mails ist er jetzt auch auf meinem Computer." Sten ist sichtlich wütend.

„Das konnte ich doch nicht ahnen", will sich Ella fast entschuldigen.

„Aber ich hätte es wissen müssen. Ich habe dir gesagt, dass du sie mir schicken sollst und daran hing wahrscheinlich ein Virus, mit dem er jetzt auf meinem Gerät ist", erklärt er und will Ella damit die Schuldgefühle nehmen, jedoch muss er sich eingestehen, dass der Kerl wirklich clever ist. Aber besser als er? Das will er nicht auf sich sitzen lassen.

„Er hätte dich vielleicht auch so gehackt, denn er weiß ja offensichtlich, dass wir befreundet sind", denkt Ella laut und trifft somit genau den Punkt.

„Stimmt, vielleicht war er auch vorher schon auf meinem Laptop", nickt Sten Ella zu.

Gerade will er den Laptop zu machen, da erscheinen unzählige Fotos auf dem Bildschirm. Bilder die Sten zeigen, wie auch Sunny, aber vor allem Ella. In allen Lebenslagen hat Sten von ihr Bilder gemacht. Sie wissen gar nicht, wo sie als Erstes hinschauen sollen und Ella scheint es zu überfordern, denn sie sieht am Ende nur noch sich.

„Du bist ja wie ein Stalker", platzt sie heraus und macht ein paar Schritte zurück.

„Aber es sind nur schöne Bilder. Ich habe dich nun mal gern", will sich Sten verteidigen und versucht, alles wieder zu schließen, dabei wird es nur noch schlimmer.

„Und du hast wirklich nichts mit dem Verschwinden von Sunny zu tun?", fragt Ella plötzlich wieder mit unsicherer Stimme.

„Ella, du hast mit mir zusammen auf der Couch gesessen, als die E-Mail kam", widerlegt Sten Ellas Behauptung.

„Aber...", jammert sie.

„Eben, genau das will er, dass wir uns streiten und nicht gemeinsam nach Sunny suchen. Denn du allein würdest es nicht schaffen", redet Sten auf Ella ein. Er wird alles tun, damit kein Keil zwischen ihnen getrieben wird.

„Du musst mir helfen", kommt von ihr und sie fällt wieder weinend in die Arme von Sten.

Er stützt sie und er ist sich einmal mehr sicher, dass er sie wohl nie anders halten darf. Ella wird ihn nie die Liebe erwidern, die er für sie empfindet. Aber das muss jetzt in den Hintergrund rücken, weil Sunny ihre Hilfe braucht. Sie müssen zusammen halten, denn keiner könnte es wohl allein schaffen.

„Lass uns zu dir gehen. Ich glaube, es ist besser, wenn ich für ein paar Tage zu dir ziehe", sagt er und es schmerzt ihn, weil der Grund dafür einfach nur unbegreiflich ist.

„Aber du schläfst nur auf der Couch", antwortet Ella und sieht ihn eindringlich an.

„Was dachtest du?", lächelt Sten und sie schaut ihn glücklich an, denn auf ihn kann sie sich wirklich verlassen.

„Dann los, packe ein paar Sachen ein", lacht nun Ella, wenn es ihr auch schwerfällt.

Nach wenigen Minuten kommen sie zusammen vor dem Haus, in dem Ella wohnt an. Sten nimmt die kleine Reisetasche von der Rückbank und fühlt sich plötzlich beobachtet. Er schaut sich um, aber er kann nichts entdecken. Ella sieht es und begreift sofort, denn in so einer Situation befand sie sich auch schon einmal. Schnell öffnet sie die Haustür und huscht hindurch. Von innen hält sie die Tür auf und wartet auf Sten. Er folgt ihr und atmet sichtlich erleichtert durch, als sich die Tür hinter ihnen schließt. Hier kommt nur herein, wer einen Schlüssel hat und das sind ausschließlich die Bewohner. Sten und Sunny haben einen, aber auch nur mit der Zustimmung des Vermieters.

Auf der vorletzten Stufe vor ihrer Wohnung bleibt Ella abrupt stehen und ihr Herz macht einen Sprung. Sten sieht an ihr vorbei und kann Ellas Lächeln, was sich über ihr gesamtes Gesicht ausbreitet, verstehen. Aber er versteht auch etwas anderes. Er drückt Ella zur Seite und schiebt sich an ihr vorbei.

An der Wohnungstür von Ella steckt Sunnys Schlüssel. Sten hat ihn ebenfalls sofort erkannt, denn Sunny hat immer solche albernen Anhänger daran. An diesen hängt ein blauer Schlumpf und er kennt ihn sehr gut.

„Du bleibst hier stehen", fordert Sten Ella auf und sie kann nicht nachvollziehen, was er will.

„Sunny ist wieder da", sagt sie und will sich an ihm vorbeidrängeln.

„Nein, ist sie nicht. Er schreibt uns doch keine E-Mails und lässt Sunny dann gehen", flüstert Sten, denn er vermutet jemanden in der Wohnung.

Hat er vielleicht gedacht, Ella kommt allein nach Hause? Er hat die halbe Stunde ausgenutzt, als sie bei ihm war. Er muss hier sein, er hat Ella beobachtet. Sein Gefühl auf der Straße hat ihn also nicht getäuscht. Sten ist froh, jetzt bei ihr zu sein.

Er stellt seine Tasche leise ab und schleicht an die Tür. Er legt sein Ohr daran, aber hört absolut nichts.

„Denkst du etwa, der ist da drin?", flüstert Ella ebenfalls und ihr wird klar, dass sie in Schwierigkeiten sein könnten.

Kann Sten sie beschützen? Will er sie auch noch entführen? Oder will er ihnen nur Angst machen? Sten hat unten bereits etwas gespürt und Ella kann sich sicher sein und könnte auf die Instinkte von Sten schwören. Er hat schon manchmal so einen Draht gehabt und hier kann es ihnen nur behilflich sein.

„Warte bitte", kommt ganz leise von Sten und Ella traut sich kein Stück weiter.

Seine Hand liegt auf der Klinke. Er muss sich jetzt selbst erst einmal Mut zusprechen, denn keiner weiß, was sie in der Wohnung erwartet.

Langsam übt er Kraft auf die Klinke aus und drückt sie ganz vorsichtig nach unten. Er macht sie fast lautlos auf und schleicht wie eine Katze hinein. Durch den Flur, ein kurzer Blick in die Küche und dann das Wohnzimmer. Ella schaut aufgeregt um die Ecke und sieht Sten gerade im

Wohnzimmer verschwinden. Sie wartet und Sten ist so leise, dass sie absolut nichts hört. Ihr Herz wird immer schneller, je länger es dauert und Sten sich wieder bei ihr meldet. Die Sekunden fühlen sich plötzlich wie Minuten an und Ella hält es kaum noch aus. Gerade als sie einen Schritt in den Flur macht, weil sie schlagartig Angst um Sten hat, kommt er zurück und nickt ihr zu.

„Alles in Ordnung. Es ist keiner hier", sagt er, aber seine Augen suchen immer noch jeden Winkel der Wohnung ab.

Auch Ella geht durch sämtliche Räume und gemeinsam kommen sie zu dem Ergebnis, dass sich niemand hier befindet und auch nichts verändert wurde. Und die Freude darüber, dass Sunny wieder da sein könnte, verfliegt in Sekunden und macht in ihnen Platz, für die unbeschreibliche Wut auf den Entführer. Sten ist der Meinung, dass er auf alle Fälle hier war und es der nächste Schachzug von ihm gewesen ist, um noch mehr Angst zu streuen. In gewisser Weise hat er das auch geschafft und es dauert eine Weile, bis die beiden wieder zur Ruhe kommen.

Nach einem gemeinsamen Abendessen, wo mehr liegengeblieben ist, als gegessen wurde, geht Ella zeitig zu Bett. Sie ist komplett fertig und sie schläft auch gleich ein. Einen guten Freund als Bewacher zu wissen, ist das Beste, was einen passieren kann.

Chris

Nachdem er sich davon überzeugt hat, dass Sunny tief und fest schläft und er darüber froh ist, denn sie wird morgen all ihre Kraft brauchen, weil es da erst richtig losgeht, setzt er sich vor seine Monitore. Er schaltet einen nach dem anderen an, aber er sieht nichts, was ihn interessieren könnte. Alles ist dunkel und ruhig. Sten schläft auf der Couch und spielt den Wachhund. Nichts anderes hat er von ihm erwartet, es wird ihnen jedoch nichts nützen. Ihn hat er von Anfang an mit in sein Spiel eingebaut. Er kennt seine Fähigkeiten, aber er ist sich auch sicher, ihm überlegen zu sein. Genau das hat er vor einigen Stunden bewiesen und wird es immer weiter tun. Erst am Morgen werden sie es bemerken. Ein hämisches und zufriedenes Grinsen breitet sich auf seinem Gesicht aus.

Ella beobachtet er etwas länger. Sie schläft genauso ruhig wie Sunny und er wird es zu verhindern wissen, dass sie das je wieder zusammen machen werden.

Er schweift von seinen Beobachtungen, die ihm nichts Besonderes zeigen ab und fällt wieder einmal in seine Erinnerungen.

Er ist jetzt dreißig Jahre alt und zwanzig davon waren die reinste Hölle für ihn. Geboren wurde er als Christian, aber seine Mutter rief ihn immer nur Chris. Und das hatte auch einen Grund. Chris kann ebenso ein Mädchenname sein und seine Mutter sah anscheinend eines in ihm. Er sollte kein Junge werden und das musste er seine ganze Kindheit über spüren und schmerzlich ertragen. Die ersten Jahre hat er das nicht richtig wahrgenommen, aber als er etwa zehn geworden ist, begriff er das ganze Ausmaß, was sich um ihn herum aufbaute. Er bekam mit, was es bedeutet, dass seine Mutter andersartig ist, und nicht wie die anderen liebevollen Mütter. Seine war lesbisch und so kam nie ein Mann über ihre Schwelle. Wie sehr hat Chris sich einen Vater gewünscht, den er nie bekommen sollte. Seinen

Erzeuger scheint nicht einmal seine Mutter zu kennen. So musste er der bitteren Wahrheit ins Gesicht sehen, als Nora, die Geliebte und Gespielin seiner Mutter, mit in die gemeinsame Wohnung zog.

Mit zehn Jahren begann Chris sich zu wehren. Zumindest waren es Versuche, dem allen entkommen zu können. Als Erstes stutzte er sich den Kopf fast kahl, um endlich wie ein Junge auszusehen, obwohl es ihm angewidert hat den Rasierer zu benutzen, mit dem sich die beiden ihre Muschis rasierten. Er wusste das genau, denn er hat sie durch das Schlüsselloch beobachtet. Er hatte jedoch kein Geld, um sich selbst einen zu kaufen, und mit einem einfachen Rasierer wollte er nicht anfangen, das hätte wohl zu lange gedauert. Zudem war er stets unter Beobachtung der beiden. Und er hat noch vieles mehr gesehen, was den heutigen Hass heraufbeschwor.

Also nahm er diesen Rasierer, denn er musste es tun. Das war der erste Schritt seiner Rebellion. Dann informierte er sich im Internet über Lesben und Schwule und deren Vorlieben und Sexpraktiken. Am Ende hatte er als zehnjähriger mehr Wissen, wie manch ein Erwachsener.

So stand er eines Tages mitten im Wohnzimmer und machte sich mit aufgeblähter Brust Luft. Er schrie die beiden an, dass eine Frau für Männer da ist und Kinder bekommen sollte. Aber sie hat eine Frau in unser Leben geholt. Er bezeichnete sie als Fotzen, blöde Lesben, Muschileckerinnen und vieles mehr. Zuerst waren sie überrascht von seinem Auftreten, aber sie wussten sich schnell Rat. Sie haben ihn dafür bestraft. Und mit dieser Strafe begann nun erst richtig der unbeschreibliche Leidensweg für ihn.

Eines Morgens zog ihm seine Mutter ein rosa Kleid an und dazu Ballerinas. So fuhr sie ihn in die Schule, nachdem er von beiden mit vereinten Kräften in das Auto verfrachtet wurde. Sie schmissen ihn dann einfach vor der Schule aus den etwas langsamer fahrenden Wagen. Er konnte sich nur noch schnellstens irgendetwas suchen, wo es ihm möglich war, sich zu verstecken. Es war aber zu spät. Viele haben ihn so gesehen und natürlich ausgelacht und gedemütigt. Er rannte hinter die Schule und riss sich das Kleid vom Leibe. Nur in Unterhose und barfuß machte er sich, auf Umwegen, auf den Weg nach Hause. Wo sollte er auch hin. Ab dem Zeitpunkt hatte er jedoch nichts mehr zu lachen. Alle hänselten ihn, was kaum noch zu ertragen war. Sie stempelten ihn für schwul oder als Transe ab, obwohl keiner von ihnen wusste, wovon sie sprachen. Aber Chris wusste es, er hat alles im Internet gelesen und viele Bilder und Videos gesehen. Über Frauenpaare sowie über die Liebe zwischen Männern.

Zu Hause kam er natürlich nicht an. Die Polizei griff ihn so nackt, wie er war auf. Auf der einen Seite war er froh, dass ihn keiner weiter sehen konnte, aber anderseits kam wohl die nächste Strafe auf ihn zu, weil er von der Polizei nach Hause gebracht wurde.

So weit kam es jedoch nicht, denn auf der Wache erschien eine Frau vom Jugendamt, die ihn dann begleitete. Zu Hause passierte dann Erstaunliches. Er erkannte seine Mutter und Nora fast nicht wieder. Sie waren sehr freundlich und nahmen ihn sogar bedauernswerterweise in den Arm. Alles, was er sagte, obwohl er sich kaum traute etwas von sich zu geben, widerlegten sie. Er zeigte der Frau seinen Schrank, in dem mehr Kleider waren, als Sachen für einen Jungen und erhoffte ihre Hilfe. Aber auch dafür hatten sie eine Erklärung. Die Tochter von Nora war ja öfter bei ihnen und sie bräuchte schließlich ebenfalls etwas zum Anziehen.

Die Frau vom Jugendamt machte sich viele Notizen und ging dann wieder, ohne ein weiteres Wort zu Chris. Ohne Hilfe, die er sich so wünschte. Sie ließ ihn einfach allein in einer Lage, die keiner einschätzen konnte.

Auf den Gesichtern seiner Peinigerinnen machte sich ein Grinsen breit, als sie die Tür geschlossen hatten, was er wohl nie wieder vergessen sollte. Jetzt ging es erst richtig los. Sie zogen ihn vollkommen aus und spritzten ihn mit eiskaltem Wasser ab. Dann kamen Worte, die jahrelang in seinen Ohren dröhnten.

„Du wirst nie ein Mann werden. Schau dir deinen kleinen Schwanz an, damit wirst du nie eine Frau bekommen." Dabei hielt ihn eine fest und die andere zog an seinem damals wirklich noch kleinen Schwanz. Er schrie und stampfte um sich, aber er konnte sich den Frauen nicht erwehren. Er war erst zehn Jahre, schmächtig und ziemlich unsportlich und hatte keine Chance. Zur Strafe banden sie ihm dann auch den kleinen Penis nach hinten und stellten ihn vor einen Spiegel. Er sollte sich schon einmal daran gewöhnen, eine Frau zu sein. Irgendwann würde man ihn seinen Schwanz wegoperieren und er könnte ein wundervolles Leben führen. Frauen sind die schönen Geschöpfe und mit Männern kann man nichts anfangen. Nicht einmal sein Vater, den er natürlich nie kennenlernen durfte, hat es wenigstens drauf gehabt, ein Mädchen zu zeugen. Nein, ein Versager bringt auch nur einen Versager zustande.

Er hasste sie, konnte sich jedoch, so lange er nicht älter war und vor allem größer und kräftiger, nicht wehren. So verkroch er sich vor Angst, sie würden ihn immer mehr Schlimmeres antun. Aber es sollte wohl bei den eiskalten Duschen und dem Abbinden des Penis bleiben, obwohl sie ihn manchmal noch zusätzlich am Bett fest banden, damit er ihn nicht befreien konnte. Letztendlich dachte er, dass ihnen nichts weiter einfiel. Gut so. Mehr hätte er auch kaum ertragen können.

Jedoch sollte er sich irren. Als er zwölf war und sich an all das fast gewöhnt hatte, gab es einen Tag, den er ebenfalls niemals vergessen würde. Neugierig wie er war, beobachtete er die beiden immer wieder, so auch bei ihren Liebesspielen. Er war angewidert, aber er wollte so viel über Frauen wissen, wie nur möglich. So stöberte er in den Sachen der beiden herum und fand so einiges an Liebesspielzeug. Gerade als er einen Dildo in der Hand hatte, kam seine Mutter dazu. Er konnte nicht mehr reagieren, es ging alles viel zu schnell. Sie packte ihn und schubste ihn in sein Zimmer. Er fand sich kniend vor seinem Bett wieder. Seine Mutter drückte seinen Oberkörper auf die Matratze und Nora zog ihm die Hose nach unten. Wo sie auf einmal hergekommen war, konnte er nicht nachvollziehen.

„Was geht dich unser Zeug an? Wenn du so neugierig bist, sollst du auch wissen, wofür das da ist", zischte seine Mutter ihm ins Ohr.

Chris versuchte, gegen sie anzukämpfen, aber seine Kräfte ließen immer noch zu wünschen übrig. Seine Mutter saß auf seinem Rücken und Nora rammte ihn den Dildo in den Arsch. Ein nicht wiederzugebender Schmerz durchfuhr ihn und sie stieß wie eine Wilde immer wieder das Ding in ihn hinein. Als sie dann noch diese Vibration einschaltete und sein Körper wie unter Strom stand, verlor er fast die Besinnung, aber diesen Gefallen wollte er ihnen nicht tun.

„Du bist ein Schlappschwanz. Du wirst nie eine Frau haben", wiederholte sie sich, wie so oft schon.

„Spürst du das? Gewöhne dich dran. Das ist deine Zukunft und du wirst viele dieser Dinger im Arsch haben, dein Leben lang", fauchte sie ihn an und stieg nach endlosen Minuten wieder von ihm herunter.

Beide ließen von ihm ab und gingen laut lachend aus seinem Zimmer. Er lag da, mit dem Dildo im Hintern und konnte sich nicht bewegen. Alles tat ihm weh, am meisten sein Hintern. Er versuchte, das Ding herauszuziehen, aber die Schmerzen waren zu groß. Es gelang ihm, nur die Vibration abzuschalten, weswegen sein ganzer Körper zitterte. Wozu soll das nur gut sein? Spüren die Frauen das anders? Egal, er war froh, dass es vorbei war.

Wie lange er so dalag, konnte er nicht sagen, den Dildo hat er sich irgendwann herausgezogen. Tagelang war es ihm nicht möglich, normal zu sitzen, geschweige auf die Toilette zu gehen.

Nach dieser Erfahrung hat er sich eines geschworen. Sie werden dafür büßen und nicht zu wenig. Die Zeit wird kommen, ganz bestimmt. Dieser Schwur verstärkte sich noch, als sie ihn wieder einmal nackt, nass und vor Kälte zitternd in seinem Zimmer einsperrten. Er nahm sein Bettlaken, um sich abzutrocknen, und zog sich frische Sachen an. Alles schmerzte an ihm, aber vor allem sein Stolz begann immer mehr Risse zu bekommen. Irgendwann würden sie das alles bereuen, irgendwann ist er ein Mann und dann wird er es ihnen zeigen.

Innerlich zerrissen und voller Wut stand er am Fenster. Er wollte abhauen, aber sie haben den Fensterriegel abgebaut. Er konnte es nicht mehr öffnen und seine verzweifelten Blicke fielen hinunter auf die anderen spielenden Jungs. Sie spielten Fußball und hatten ein glückliches Leben. Seines konnte nicht einmal er selbst beschreiben, er spürte nur, dass in ihm der Wunsch auf Rache immer größer wurde.

Die Jahre vergingen und mit der Zeit vergriffen sie sich immer weniger an ihm. Er wurde zunehmend zu einem Mann. Einen stattlichen jungen Kerl. Dazu hat er am meisten selbst beigetragen, denn er machte fast täglich Sport und pflegte sich äußerst penibel. Er wollte seiner abtrünnigen Mutter und ihrer abartigen Gespielin zeigen, dass er die schönste Frau bekommen kann.

Aber dazu gehörte mehr als ein gutgebauter Körper. Er musste lernen, mit einer Frau umzugehen. Er liebte sie und daran haben all die Erniedrigungen nichts geändert. Seine Mutter hat er nie als richtige Frau angesehen und ihre Gleichgesinnten erkannte er schon von weitem. Diesen ging er aus dem Weg, aber da waren all die anderen schönen jungen Mädchen.

Er fasste einen Entschluss, den Körper einer Frau richtig kennenzulernen und auch, wie man damit umgeht. Er wollte eine dieser Frauen irgendwann glücklich machen und vielleicht sogar eine Familie gründen. Eine richtige Familie! Und er würde seine Kinder lieben, egal ob Junge oder

Mädchen. Die ganze Liebe, die er nie bekam, würde er ihnen schenken.

Ihm blieb also nichts weiter übrig, als zu einer Nutte zu gehen. Ein junges Mädchen anzusprechen, hatte er sich nie getraut und ja auch nicht gelernt. Vielleicht wäre es anders gewesen, wenn er einen Vater gehabt hätte. So blieb ihm nur dieser Weg.

Vor seinem inneren Auge erscheint eine wunderhübsche junge Frau. Ihre schwarzen langen Haare fallen locker über ihre Schultern. Sie reichen fast bis zu ihrem wohl gerundeten Hintern hinunter. Sie ist perfekt geschminkt, nicht zu viel, aber genug, um den Männern den Kopf zu verdrehen.

Er sitzt vor den Monitoren, die immer noch nichts außer Dunkelheit zeigen und bevor er sich in den Erinnerungen an Rosa verliert, schläft er ein.

Ella

Ella öffnet ihre Augen und es ist schon hell. Sie hat erstaunlicherweise sehr ruhig geschlafen, jedoch ohne etwas zu träumen. Sie steht auf und sieht aus dem Fenster. Die Kinder der Nachbarin gehen gerade in die Schule und so ist Ella klar, dass es schon fast acht Uhr sein muss. Sie drückt den Rücken durch und schleicht durch das Wohnzimmer, weil Sten ebenfalls noch schläft.

In der Küche macht sie sich einen Tee und hofft, dann etwas arbeiten zu können. Sten lässt sie schlafen, denn sie weiß ja nicht, wie viel Kraft sie noch brauchen werden.

Mit der Tasse in der Hand, in der der heiße Tee dampft, wendet Ella sich dem Kühlschrank zu, wo sämtliche Notizen kleben. Sie will schauen, ob heute noch etwas Wichtiges anliegt, was sie nicht verpassen sollte.

Ihre Augen bleiben jedoch an einem Zettel hängen. Der sticht regelrecht hervor, mit seiner grellen gelben Farbe und der war gestern noch nicht daran. Außerdem besitzt sie solche gelben Klebezettel nicht. Sie überfliegt die Worte und ihr ganzer Körper wird von einer Angst ergriffen, die sie so noch nie kennengelernt hat.

Ellas Blut beginnt durch die Adern zu rasen und ihr Herz scheint explodieren zu wollen. Sie ist vollkommen erstarrt, sodass ihr Körper nicht einmal zittert. Die Tasse fällt währenddessen, wie in Zeitlupe, zu Boden.

Das laute Klirren des Porzellans, das in hunderte Teile zerspringt und den Tee, der sich über dem Fliesenboden verteilt, bekommt sie nicht mit.

Jedoch Sten. Er schreckt auf, schmeißt die Bettdecke einfach zu Boden und ist blitzschnell in der Küche.

Ella steht mitten im Raum, um sie herum die Scherben der Tasse und in vom Tee getränkten Hausschuhen. Mit weit aufgerissene Augen und einen offen stehenden Mund, aus dem ein Schrei entweichen wollte, aber aus der staubtrockenen Kehle kommt nicht der kleinste Laut, starrt sie vor sich hin.

Ellas Gesicht ist aschfahl, ihr Körper komplett versteift und sie kann die nicht vom Kühlschrank abwenden.

Sten folgt diesem Blick und sieht nun ebenfalls den Zettel. Aber er muss erst einmal Ella helfen. Sie hat aufgehört zu atmen, und so schüttelt er sie an den Schultern, bis sie tief Luft holt. Im selben Moment entweicht die Starre aus ihrem Körper und ihre Beine geben nach. Sten fängt sie auf, damit sie nicht in die Scherben fällt, zieht sie ein Stück durch den Raum und setzt sie endlich auf einen Stuhl. Er geht sicher, dass sie nicht noch da herunterfällt, und erst dann dreht er sich wieder um. Er nähert sich dem Zettel und lässt jetzt auch die geschriebenen Worte auf sich wirken.

Hallo ihr beiden.
Habt ihr gedacht, dass ihr mich ausschließen könnt?
Denkt ihr etwa, zusammen könntet ihr etwas gegen mich unternehmen?
Ich werde immer überall sein und habe euch stets im Blick, aber ihr werdet mich nicht sehen. Und ihr könnt sicher sein, rund um die Uhr werde ich wissen, was ihr macht.
Wenn ihr Sunny wieder haben wollt, müsst ihr euch an meine Bedingungen halten, die ihr bald erfahren werdet.

Sten läuft aufgeregt durch alle Zimmer. Er kann nichts Ungewöhnliches entdecken, aber wie auch, denkt er, der Entführer würde irgendwo sitzen und auf sie warten? Sie haben beide nichts mitbekommen. Wie kann das sein? Sollte er wirklich so clever sein? Und was meint er, mit immer im Blick haben? Er kann doch nicht unsichtbar hier in der Wohnung herumgeistern.

„Er war heute Nacht hier", krächzt Ella und sie zittert am ganzen Leib.

„Wir haben es echt beide nicht bemerkt", stellt Sten entsetzt fest und wird aus seinen Gedanken gerissen.

„Wie ist er denn hier reingekommen? Er hat doch Sunnys Schlüssel an der Tür gelassen?", fragt Ella und Sten muss über ihre Naivität nur den Kopf schütteln.

„Er hat sich den Schlüssel nachgemacht. Das ist heute für jeden machbar“, sagt er und Ella schaut ihn mit Tränen in den Augen an.

„Es ist ihm jetzt jederzeit möglich, hier aus und ein zu gehen?“, will sie ängstlich wissen.

„Ich denke nicht nur hier“, antwortet Sten nachdenklich, denn auf den Computern ist er schon. Und jetzt auch in den Wohnungen?

„Wie meinst du das?“

„Er kann hier rein, wie ebenso bei Sunny und am Ende auch bei mir“, schließt er seine Gedanken ab.

„Bei dir? Sunny hat keinen Schlüssel von dir bei sich dran.“

„Nein, aber du hast meinen an deinem kleinen Schlüsselbrett hängen.“

„Er hat nicht nur die Kontrolle über Sunny, sondern auch über uns“, sagt Ella mit einer kräftiger werdenden Stimme und ihre Farbe im Gesicht kommt langsam wieder. „Vielleicht sollten wir das der Polizei sagen. Genauso von den E-Mails“, spricht sie weiter, aber Sten schüttelt sofort den Kopf.

„Du schreibst dir die E-Mails selbst, Ella. Wie bitte schön, willst du das den Polizisten erklären? Und dass er vielleicht alle Schlüssel nachgemacht hat, können wir erstens nicht beweisen und zweitens, dass er Sunnys Schlüssel hat, ist ja wohl auch klar“, entgegnet Sten und sieht wirklich keinen Sinn darin, das der Polizei zu sagen.

„Wir können denen doch die E-Mails zeigen. So etwas würde ich doch nicht selber schreiben“, sagt Ella aufgeregt.

„Warum denn nicht? Wenn du den Verdacht von dir abwenden willst“, hält Sten dagegen.

„Wie bitte? Ich habe doch nichts mit ihrer Entführung zu tun“, wettert sie los.

„Ja, wir wissen das, die Tatsache ist jedoch, dass dort dein Absender darauf steht, und jeder würde denken, dass du Sunny vielleicht hast verschwinden lassen“, erklärt Sten, aber Ella ist außer sich.

Sie geht an ihren Laptop und öffnet das E-Mail-Programm. Sie will sich alles noch einmal durchlesen.

„Du kannst sie gleich mal ausdrucken“, ruft ihr Sten nach und macht sich daran, die Scherben der Tasse aufzulesen.

Ella klickt immer wütend werdender hin und her, aber sie findet nichts mehr.

„Sie sind weg“, schimpft sie und schmeißt die Maus vor Wut fast vom Tisch.

„Wie weg?“, steht Sten augenblicklich neben ihr.

„Ich finde nichts mehr“, zuckt sie mit den Schultern.

Sten setzt sich auf die Couch und öffnet seinen Laptop. Ella hat die E-Mails ja zu ihm geschickt und vielleicht sind sie da noch nicht gelöscht. Aber er schaut ebenso ins Leere. Der Entführer hat gute Arbeit geleistet. Nun haben sie gar nichts mehr in der Hand.

„Er hat auch bei mir alles entfernt“, sagt Sten und geht mit gesenktem Kopf und sehr nachdenklicher Miene wieder in die Küche. Er ist sich sicher, dass er nicht besser ist als er. Er muss ihm das Handwerk legen. Wie in Trance macht er die Kaffeemaschine fertig und dann wischt er den Tee vom Boden auf.

Ella sitzt einfach nur da und wartet. Auf was, weiß sie wohl selber nicht.

Die Situation sieht aussichtslos aus und wieder steigt in ihr die Angst um Sunny auf.

Wie geht es ihr? Muss sie sehr leiden? Was stellt er mit ihr an? Wird Ella sie wieder sehen? Und was soll sie machen, wenn sie sie nicht finden? Kann sie ohne sie weiterleben?

„Nein“, schreit Ella und katapultiert damit Sten wieder zu sich.

„Was ist?“, steht er fast panisch vor ihr.

„Nichts, ich habe nur schlechte Gedanken gehabt“, entschuldigt sie sich schnell.

„Komm mit in die Küche, wir frühstücken erst einmal“, redet Sten beruhigend auf sie ein und sie geht ohne Widerrede mit.

„Was sollen wir nur tun?“, fragt Ella leise und lässt sich heute einmal von Sten bedienen.

„Ich weiß es noch nicht. Wenn jedoch wieder eine E-Mail kommt, dann musst du sie sofort ausdrucken. Wir müssen etwas in der Hand haben“, sagt Sten ebenso leise.

„Ich denke, damit können wir nicht zur Polizei gehen?“

„Nein, aber vielleicht finde ich eine andere Lösung und sie könnten uns dann doch helfen“, überlegt er laut und Ella lässt es einfach so im Raum stehen.

Sie merkt, wie es in Sten arbeitet und dabei will sie ihn nicht stören. Er findet meistens einen Weg und vielleicht auch dieses Mal. Ella setzt unterbewusst all ihre Hoffnung auf ihn.

Ella beißt gerade in ein Brötchen, was sie sich mit aller Kraft hineinzwingt, als der Klingelton einer neuen E-Mail die Stille zerreißt. Sie verschluckt sich fast und Sten verschüttet den Rest seines Kaffees. Sie schauen sich an, aber keiner traut sich, aufzustehen und ins Wohnzimmer zu gehen. Keiner will derjenige sein, der die nächste Nachricht als Erster liest.

Die Stille legt sich wieder über sie, aber es macht sich auch eine unerträgliche Angst breit. Ella hält es nicht mehr aus und steht nach nicht endenden Minuten auf. Ihre Füße sind wie aus Blei und wollen sich nicht bewegen. Sie benötigt alle Kraft, um bis ins Wohnzimmer zu kommen. Mit einem Auge schon auf dem Bildschirm, lässt sie sich auf den Stuhl fallen. Sie muss zuerst die Computermaus suchen, weil sie sie vorhin weggeschleudert hat, und dann öffnet sie die eingegangene E-Mail. Sie starrt auf die Zeilen und kann sie im ersten Moment nicht verstehen.

Spielregeln!
Du hast 10 Tage Zeit, Sunny zu finden.

Du solltest alles daran setzen, dies schnellstens zu tun, denn jeden Tag wird sie sich ein Stück weiter von dir entfernen. Findest du sie in der Zeit nicht, wird sie wohl nicht mehr unter uns weilen.
Du aber auch nicht!
Ich werde dafür sorgen, dass du dann mit Sunny gemeinsam auf der anderen Seite sein wirst.
Sollte Sunny die Zeit nicht durchstehen, weil sie nicht stark genug ist, wirst du sie ebenfalls begleiten.
Wir werden uns also sehen, es liegt jedoch an dir, wann und wie es sein wird.
Und denke daran, heute ist schon der 3. Tag!
Ach, und die Polizei einschalten, wäre unnütze Zeit. Ich werde euch nichts geben, mit dem ihr etwas beweisen könntet!
Aber das habt ihr ja bestimmt schon mitbekommen.

Ella liest es ein zweites und ein drittes Mal und dann drückt sie automatisch auf die Druckoption. Neben ihr beginnt der Drucker zu rasseln und wieder einmal hämmert sie sich in den Kopf, so schnell wie möglich einen Neuen zu kaufen. Er ist uralt und sie hat auch schon Schwierigkeiten, Patronen dafür zu bekommen. Sie schielt in die Richtung und betet, dass er durchhält. Langsam schiebt sich das bedruckte Blatt heraus und ehe sie sich versieht, greift Sten schon danach. Er hat sich angeschlichen und liest nun mit finsterer Miene die Zeilen.

„Er gibt mir die Schuld, wenn Sunny stirbt", schlussfolgert Ella, die endlich das Geschriebene begriffen hat.

„Sunny ist stark", erwidert Sten nur kurz.

„Und wenn nicht, dann bringt er mich auch um", schluckt Ella schwer und ihre Angst steigt wieder ins Maßlose. Zumindest ist ihr jetzt klar, dass sie sich keine Gedanken mehr darüber zu machen braucht, allein weiterleben zu müssen. Dieser Fall wird wohl nicht eintreten, dafür wird er sorgen. Es ist eine abscheuliche

Vorstellung, aber die Entscheidung liegt nicht bei ihr. Er hat sie vollkommen in der Hand und spielt mit ihnen. Deshalb nennt er es wohl auch Spielregeln.

„Hier wird niemand jemanden umbringen. Zumindest nicht so lange, wie ich alles daran setzen werde, sie zu finden und dich zu beschützen", grummelt Sten und nimmt Ella in den Arm.

„Die Zeit läuft uns davon. Wir haben nur noch 7 Tage", sagt Ella leise. Die Sorge um Sunny steigt immer mehr und jetzt kommt dazu, dass ihr Leben ebenfalls auf dem Spiel steht. Es ist ein böses Spiel, ein nicht begreifbares. Und am Ende wird nur er gewinnen, denn er ist stets einen Schritt voraus, egal was sie machen werden.

„Beruhige dich", flüstert Sten ganz nah an ihrem Ohr, denn er vibriert förmlich mit, so sehr zittert Ella.

„Aber wie sollen wir sie finden?"

„Ich werde heute meinen Laptop mit auf Arbeit nehmen und versuche mit einem anderen Programm, das Hacker Profil aufzuspüren", erklärt Sten und packt seine Sachen ein.

„Du darfst ihn aber nicht auf deiner Arbeit auf die Computer lassen", bekommt Ella Angst, denn sie will nicht, dass noch mehr Leute mit in diese Sache hineingezogen werden.

„Nein, ich passe schon auf. Und ich werde auch niemanden etwas sagen. Ich hole mir nur das Programm und mache den Rest zu Hause. Und da wird ein neues Schloss eingebaut, damit ich sicher sein kann, dass ich wenigstens da nicht überwacht werde."

„Kann ich das nicht auch?", fragt Ella neugierig.

„Nein, er würde einen anderen Weg finden und wer weiß, was ihn dann noch so einfällt. Er kann nur durch diese Tür, du wohnst im zweiten Stock. Das muss unser kleiner Vorteil sein", erklärt Sten vorsichtig.

„Kann ich dich immer anrufen, wenn etwas passiert?", hakt Ella nach, denn diese Sicherheit will sie haben.

„Ja klar. Du darfst nur niemanden aufmachen."

„Du weißt schon, er hat einen Schlüssel“, versucht sie zu lächeln, aber ihr Gesicht ist immer noch von der offensichtlichen Bedrohung wie eingefroren.

„Wenn ich gehe, stellst du einen Stuhl unter die Klinke. Dann kannst du von innen entscheiden, wen du aufmachst und wen nicht“, versucht, Sten ihr die Bedenken zu nehmen. Sie nickt und ist damit einverstanden.

„Du kommst heute Abend aber wieder her. Du lässt mich nicht nachts allein“, fleht Ella ihn an.

„Sicher. Und du musst dir was suchen, mit dem du dich ablenken kannst.“

„Ich sollte die Entwürfe fertig machen und zu meiner Chefin schicken. Ich habe voll zu tun“, lächelt sie jetzt doch wieder etwas lockerer.

Sten gibt Ella ein Küsschen auf die Stirn, obwohl er es anders viel lieber hätte, und verlässt die Wohnung. Ella eilt mit einem Stuhl in den Flur und stellt ihn unter die Klinke, kaum das Sten sie geschlossen hat. Sie probiert mehrmals, ob die Tür aufgeht und erst als sie den Stuhl so fest gestemmt hat, dass sie bestimmt niemand von außen öffnen kann, ist sie beruhigt und macht sich sofort an ihre Arbeit. Ablenkung ist jetzt wirklich das Beste, denn im Moment vermag sie nichts für Sunny tun zu können. Sie muss durchhalten, bis Sten einen Weg gefunden hat und sie betet zu Gott, dass er ihn schnell findet.

Sunny

„In fünf Minuten bist du fertig. Im Schrank hängt genug. Ziehe eins davon an", brüllt Chris vor der Tür von Sunny und schlägt einmal kräftig dagegen. Der Schlag versetzt Sunny sofort in Angst und sie sitzt kerzengerade auf dem Bett.

„Das kannst du vergessen", murmelt sie so leise, dass sie es selbst kaum hört, verschränkt die Arme vor der Brust und harrt dem aus, was da kommen mag.

Sie zittert am ganzen Körper, sie will jedoch nicht so leicht nachgeben. Sie weiß, dass sie ihm nicht entkommen kann, auch dem nicht, was er mit ihr anstellt, aber er soll merken, dass sie kämpft. Es fällt ihr zwar unheimlich schwer, aber sie denkt immer wieder an Ella und das spornt sie an durchzuhalten.

Sunny atmet tief durch, denn sie hört die schweren Schritte stetig näher kommen. Dann geht auch schon die Tür auf und er starrt sie erst einmal verdutzt an. Hat sie sich wirklich gegen seine Anweisung entschieden? Sie macht echt nicht, was er von ihr verlangt? Irgendwie gefällt ihm das, denn damit zeigt sie ihm, dass sie nicht aufgibt.

„Du solltest dich anziehen", knurrt er sie an und mit zwei Schritten steht er auch schon vor dem Bett.

„Ich will nicht", wagt sich, Sunny zu sagen, weicht jedoch ein Stück vor ihm zurück.

„Du hast nichts zu wollen und jetzt zieh dich um", faucht er sie an, aber sie denkt gar nicht daran.

Sie schüttelt den Kopf und im nächsten Moment packt er sie schon und zerrt ihr den Pulli unsanft herunter.

„Dann werde ich dir helfen", raunt er ihr zu und Sunny erschaudert.

„Nein, lass mich los. Das kann ich selber", erwidert sie schnell, denn sie will seine Hände nicht überall an ihrem Körper spüren, obwohl er das jeder Zeit machen kann, vor allem, wenn sie gefesselt ist. Und er wird es tun. Aber so lange die Entscheidung bei ihr liegt, sich allein anzuziehen, wird sie das auch selbst erledigen.

Widerwillig erhebt sich Sunny und holt eines der Dessous aus dem Schrank und schmeißt es auf das Bett.

Argwöhnisch beobachtet Chris sie und steht nun seinerseits mit verschränkten Armen da und sieht ihr amüsiert zu. Mit dem, was sie ausgesucht hat, obwohl sie einfach nach dem Ersten gegriffen hat, was in der Reihe hing, scheint er zufrieden zu sein. Seine Augen beginnen zu leuchten und mit der Zunge fährt er genüsslich über seine vollen Lippen. Sunny könnte es sogar schön und anziehend finden, aber nicht in dieser Situation.

„Dreh dich um", zischt sie ihm zu.

„Sei nicht albern. Ich stelle hier die Forderungen", schnauzt er sie an. „Wer hat dir eigentlich erlaubt zu reden", fährt er sie zudem an und kommt auf sie zu.

Sunny schluckt und hofft, nicht zu weit gegangen zu sein. Sie will ihn auf keinem Fall verärgern, denn wer weiß, was er sich dann als Bestrafung ausdenkt. Das, was er bisher tut, reicht ihr vollkommen.

Schnell zieht sie den Jogginganzug aus und streift sich das etwas von nichts über. Es ist nicht viel mehr wie gestern, nur in einer anderen Farbe. Kaum das sie fertig ist, packt er sie am Arm und zerrt sie mit sich. Die Tür fällt laut ins Schloss und schon sind sie durch den kurzen Gang, in dem ihr bekannten Raum angekommen. Sie konnte sich nicht einmal umschauen, so schnell ging es.

„Keine falsche Bewegung", knirscht er zwischen seine Zähne und stellt Sunny mit den Rücken an die eiskalte Säule.

Sofort bekommt sie eine Gänsehaut und schon legt sich das erste Band um ihren Hals. Ihre Arme sind noch frei, aber sie wagt sich nicht, sich zu wehren. Es hätte wohl auch keinen Sinn. Sie könnte zwar um sich schlagen, jedoch ist sie am Hals schon fest mit der Stange verbunden. Sie würde hier niemals wegkommen und so lässt sie alles über sich ergehen. Als ihre Arme und die Beine ebenfalls angebunden sind, wartet sie darauf, den Knebel verpasst zu bekommen. Aber diesen lässt er weg. Stattdessen schiebt er wieder den Hocker unter einen ihrer Arme, diesmal den Linken und stellt die kleine Schüssel darunter. Sunny weiß, was jetzt kommt und erstaunlicherweise lässt sie das heute kalt. Sie erträgt den Schnitt mit dem Messer und seinem hämischen Grinsen lacht sie förmlich entgegen. Etwas irritiert wendet er sich ab und Sunnys Blut tropft wieder stetig in die Schüssel. Sie hat ihn anscheinend durcheinandergebracht. Er ist doch nicht so eiskalt oder täuscht sie sich da? Sie muss ihn unbedingt auf das Genaueste beobachten. Aber erst einmal betrachtet sie den Schnitt in ihrer Haut.

Wie lange hat er das wohl trainiert, dass er genauso tief schneidet, wie es nur nötig ist? Die Frage geht Sunny durch den Kopf, denn sie weiß als Krankenschwester, wie schwer das sein kann. Jede Haut ist anders und eine große Ader sollte er nicht treffen, ansonsten wäre sie schneller verblutet, als er denkt und ein Unheil verhindern könnte. Sie ist in ihren Gedanken gefangen und bemerkt nicht, wie er sich seines T-Shirts entledigt. Erst als er sich an die Werkbank lehnt und sie mit seinen eiskalten blauen Augen fixiert, kommt sie wieder zu sich.

Er steht gerade mal drei Meter von ihr entfernt und präsentiert ihr seinen makellosen Körper. Macht der das mit Absicht? Er kann Sunny damit nicht beeindrucken, dessen ist sie sicher. Oder nicht?

Sunnys Blick streift über den nackten Oberkörper und bleibt am Ende an den unbeschreiblichen schönen Augen hängen. Irgendwie beschleicht sie das Gefühl, diese Augen schon einmal gesehen zu haben. Aber wo? Und wann? Bildet sie sich das nur ein? Kann man solche Augen vergessen? Wenn man nicht auf Männer steht, bestimmt.

„Na, gefällt dir, was du siehst?", fragt er amüsiert und Sunny schaut schnell verlegen zu Boden und vergisst ihre Gedanken. „Nicht so schüchtern. Das kannst du alles haben, wenn du willst", legt er noch nach und Sunny schüttelt den Kopf. Was denkt er denn? Dass er unwiderstehlich ist?

„Weißt du, warum Frauen da sind?“, redet er weiter. „Ihr seid da, damit Männer euch lieben und auf Händen tragen können.“ Seine Stimme schwingt lieblich zu ihr herüber und verwirrt sie noch mehr.

„Das würdest du tun?“, fragt Sunny zweifelnd und weiß selbst nicht, warum sie sich auf den Dialog einlässt.

„Wie könnte ein Mann so eine schöne und noch dazu schlaue Frau wie dir widerstehen? Jeder würde sich in dich verlieben wollen.“

„Es gibt genug Frauen auf der Welt. Warum gerade ich?“, fragt sie und redet sofort weiter: „Du scheinst ja Lesben wirklich zu hassen“, hält Sunny plötzlich dagegen, denn sie hat jetzt begriffen, dass das der Grund sein muss, das sie hier ist.

„Ja“, kommt unbeeindruckt darüber, dass sie es so schnell geschnallt hat, von ihm.

„Ich weiß, dass ich dich irgendwoher kenne, aber...“, sagt Sunny leise und die blauen Augen versetzen sie jetzt erst recht in Angst.

„Sicher, du hast mich schon einige Male gesehen“, antwortet er mit einem unheimlichen Grinsen.

„In der Bar“, wird ihr plötzlich klar.

„Nicht nur dort. Ich war fast überall, wo du in letzter Zeit warst“, lacht er siegessicher und Sunny erkennt das Ausmaß der Beschattung.

„Du hast mich fasziniert und ich musste dich beobachten.“

„Du hast mich entführt“, knurrt Sunny unverständlich.

„Weil ich dich vielleicht liebe.“

„Vielleicht?“ Sunny kann seine Worte nicht fassen.

„Ja, und es wird sich zeigen.“

„Was?“

Er dreht sich weg und Sunny sieht nun den muskulösen Körper beben und merkt, wie schwer sein Atem geht. War das jetzt alles zu viel? Sie hofft nicht. Was hat er aber mit Lesben zu tun? Hat er vielleicht eine Frau an eine andere verloren und sein Stolz ist zutiefst verletzt? Und die angebliche Liebe zu ihr, was ist damit? Irgendwie kann sie nicht ein Wort mehr von ihm trauen.

„Warum ich?", traut sich Sunny in die Stille, die sich über sie gelegt hat, zu fragen.

„Weil meine Mutter eine war und ich eine verdammt beschissene Kindheit hatte, weil ich ein Mädchen sein sollte", schreit er und steht wieder ganz nahe vor ihr. Die Wut lässt seine Augen fast schwarz wirken, das schöne Blau ist verschwunden.

Sunny weiß, dass sie in einer verzwickten Lage ist und das die eigene Mutter eine Lesbe ist, scheint noch schlimmer zu sein, als eine Freundin. Aber ihm deshalb nachgeben, nein, das wird sie nie. Sie will nichts von Männern wissen, sie will nur Ella.

„Ich liebe Frauen und ich bin ein Mann. Und so ist es richtig und sollte immer so sein. Deine Schönheit wird keine Frau mehr faszinieren, wenn du es bei keinem Mann zulässt. Du allein bist für das hier Schuld und du wirst ewig damit leben müssen, falls ihr die Bedingungen erfüllt", sagt er wieder ruhig und gefasst, wobei er Sunny tief in die Augen sieht.

„Was für Bedingungen?", piepst sie, denn das andere hat sie wirklich verstanden, obwohl sie sich auf keinen Fall die Schuld geben wird. Sie kann doch nichts für seine Kindheit.

„Es gibt Spielregeln", antwortet Chris und geht wieder zurück zur Werkbank.

„Du nennst das hier ein Spiel?", kommt fassungslos von Sunny, denn so sieht es absolut nicht aus.

„Ella kennt sie schon und jetzt werde ich sie dir erklären", sagt er eiskalt.

„Ella?"

„Ja, ich stehe so zu sagen mit ihr in Kontakt", lacht er und zeigt auf die Monitore. „Ich habe alles unter Kontrolle."

Sunny schaut nach rechts, die Bildschirme hat sie diesmal gar nicht für voll genommen, und erblickt sofort Ella, die über einigen Blättern gebeugt ist und etwas zeichnet. Sie ist sich sicher, dass sie arbeitet und fragt sich, wie sie so ruhig sein kann, wenn sie doch weiß, dass sie entführt worden ist. Auf den anderen Monitoren sind weitere Bereiche von Ellas Wohnung zu sehen. Er beobachtet sie und das den ganzen Tag. Sunny wird langsam das Ausmaß seiner Überlegenheit bewusst.

„Also die Spielregeln", beginnt er und lenkt Sunnys Aufmerksamkeit wieder auf sich.

„Die wären?", murmelt sie, obwohl sie sich nicht sicher ist, sie hören zu wollen. Aber sie hat hier nichts zu wollen und das hat sie auch schon begriffen.

„Es werden 10 Tage sein. In diesen 10 Tagen sollte dich Ella finden. Tut sie das, dann kannst du mit ihr wieder in dein Leben zurückgehen. Gesetz dem Fall, dass du es hiernach noch willst", fängt er an und hebt auch genauso schnell die Hand, um Sunny zu zeigen, dass sie sich alles erst einmal anhören soll. Sie hatte schon tief Luft geholt, aber sie verharrt still. Der Gedanke, warum sie es dann nicht mehr wollen würde, bleibt in ihrem Kopf hängen.

„Sollte sie dich nicht finden, wirst du hier nicht lebend herauskommen. Aber ich werde dich nicht umbringen, dafür habe ich einen guten Freund, den du noch kennenlernen wirst. Wenn du allerdings vor Ablauf der Zeit gedenkst, deinem Leben ein Ende zu setzen, egal wie du es machen würdest, ob du vielleicht denkst nichts mehr zu essen oder zu trinken, oder deine Wunden nicht mehr versorgst und die sich entzünden, vollkommen unwichtig. Dann wird Ella mit dir sterben. Wie du auch immer das Zeitliche segnen wirst, Ella wird dich auf die andere Seite begleiten. Ich will euch doch nicht trennen und eine Lesbe kann schlecht allein weiterleben. Sie würde nur noch eine Frau mehr von der Männerwelt fernhalten", sagt er mit einem Grinsen, was in Sunny die Wut wachsen lässt.

„Und du würdest mich wirklich mit ihr gehen lassen?", fragt sie skeptisch, denn sie kann sich das beim besten Willen nicht vorstellen.

„Falls sie dich ernsthaft finden sollte, dann halte ich mein Wort", sagt Chris wieder ernster.

„Ich würde dich anzeigen", konfrontiert Sunny ihn.

„Das denke ich nicht", er klingt sehr überzeugend.

„Ich werde dein Gesicht nie wieder vergessen", sagt sie mit fester Stimme.

„Das ist schön zu wissen, denn so einen Mann wie mich, wirst du auch nicht wieder finden", lächelt er überlegen und selbstverliebt.

„Deine Eitelkeit wird dich eines Tages umbringen. Ich kann dich der Polizei so gut beschreiben, dass sie dich umgehend finden werden", entgegnet Sunny siegessicher.

„Ich werde schneller sein. Ich werde alles, was ihr tut und auch nur denkt im Blick haben", beginnt er und zeigt wieder auf seine Monitore. „Ehe ihr nur an die Polizei denken könnt, werdet ihr tot sein. Ich werde euer Schatten sein und euch überallhin folgen", jetzt ist er auf der Siegerseite und Sunny ist sich nicht mehr sicher, hier überhaupt wieder heraus zu wollen. Was wäre das für ein Leben, wenn man weiß, dass man keinen Schritt unbeobachtet machen kann? Und so wird es sein. Er ist so gut durchorganisiert, dass ihm wahrscheinlich nicht ein Fehler unterläuft.

„Also, wenn ich sterbe, wird Ella das auch", wiederholt Sunny, um das alles zu verstehen.

„Genau", entgegnet Chris kurz.

„Ich kann an den Spielregeln nichts ändern?"

„Nein, außer du wählst ein Leben mit mir. Dann wird auch Ella nichts passieren", lacht er und Sunny starrt ihn entsetzt an.

„Niemals!"

„Man sollte nie, nie sagen", hält er dagegen.

Sunny schüttelt nur ihren Kopf und weiß nichts mehr, was sie ihm jetzt noch entgegnen könnte.

Sie muss die Regeln so hinnehmen und darauf hoffen, dass Ella und Sten sie finden. Das Sten ihr hilft, ist ihr vollkommen klar. Er würde keine von ihnen allein lassen.

Er ist der beste Freund, den man sich wünschen kann. Aber wo ist er? Hat er Ella in Stich gelassen? Oder sucht er schon nach einem Weg? Ja, so wird es sein, auf ihn kann sie sich verlassen. Ihr Blick hängt wieder an Ella. Sie geht gerade in die Küche und macht sich wahrscheinlich etwas zu essen. Sunny beobachtet jede Bewegung von ihr und merkt so nicht, was Chris dagegen tut.

Er hat ein kleines Feuer in einer Feuerschale angezündet und einen Stab hineingelegt. Genüsslich und mit Vorfreude schaut er zu, wie der Stahl sich in der Glut rot färbt. Er hat sich so lange darauf vorbereitet und heute ist es die Premiere für ihn, es an einer echten Frau durchzuführen.

Er dreht sich wieder Sunny zu und sieht ihre Sorge und die Angst um Ella wie um sich selbst, in ihren Augen. Irgendwie tut sie ihm sogar leid und er ist fast neidisch, auf eine so tiefe Liebe, die die beiden haben.

Sie soll aber ihn lieben! Er will sie haben! Er muss sie einfach umpolen. Und dazu bedarf es nicht nur Worte, sondern auch Taten. Das, was er jetzt vorhat, wird sie vielleicht zum Umdenken bringen. Aber werden die Schmerzen, die er ihr zufügt, sie nicht noch weiter von ihm wegtreiben?

Nein! Daran darf er jetzt keinen Gedanken verschwenden. Sie muss merken, dass ihr Leben falsch ist und das wird er ihr in die Haut brennen.

Es gibt kein Zurück! Er hat einen Plan und daran hält er sich!

Er dreht sich um und holt den Stab aus der Glut. Das leuchtende Rot brennt ihm fast in den Augen. Es ist so weit und so geht er die wenigen Schritte auf Sunny zu.

Ihr Blick fällt sofort auf die glühende Stange und sie zweifelt an seinen Verstand. Das kann er doch unmöglich machen. Zeitgleich kommen ihr nur noch Gedanken in den Kopf, wie sie den Schmerz ertragen soll. Blitzschnell geht sie die Situationen durch, in denen sie ihren Patienten rät, die Luft anzuhalten und die Zähne zusammenzubeißen.

Typisch Krankenschwester! Aber bringt sie es jetzt selbst weiter?

Ihre Gedanken werden abrupt unterbrochen, denn der Stab senkt sich auf ihr Dekolletee. Sie kann gerade noch die Luft anhalten, dann nimmt sie bloß den Schmerz wahr. Der zerreißt alles in ihr. Ihr Herz bleibt einen Augenblick stehen und sie bekommt nur noch mit, wie sich Chris wieder von ihr entfernt und der glühende Eisenstab, in einem Eimer mit Wasser verschwindet. Der Wasserdampf nimmt ihr kurz die Sicht und dann entweicht endlich der erstickte Schrei aus ihr. Es waren nur wenige Sekunden, aber sie fühlten sich für sie wie unendlich andauernde Minuten an. Nach dem Schrei kommt die Übelkeit in Sunny hoch. Ihr steigt der Geruch von dem verbrannten Fleisch in die Nase. Sie ist aus dem Krankenhaus vieles gewöhnt, aber es am eigenen Leibe zu spüren, ist doch etwas anderes. Ihr Magen dreht sich um und anscheinend wird sie sich gleich übergeben. Sie wird jedoch abgelenkt, was sie nicht in Ohnmacht fallen lässt.

Chris vergeht das Grinsen, was er eben noch hatte, denn auch er nimmt den Geruch wahr und er scheint schlimmer zu sein, als er sich vorgestellt hat.

Er schmeißt fast den Eimer um, als er sich umdreht und nach oben rennt. Er stürzt beinahe auf der Treppe, rappelt sich wieder auf und sein Brechreiz zwingt ihn vor der Tür in die Knie. Sein Magen entleert sich schmerzhaft und gleichzeitig fragt er sich, wie er diesen Gestank aus seinem Kellerraum wieder herausbekommt und ob er das noch einmal machen wird. Das steht jedoch außer Frage, denn es ist ja sein Plan. Sie soll für jeden sichtlich, dieses Wort im Dekolletee tragen. Das L hat sie jetzt und die anderen vier Buchstaben werden noch kommen. Jeden Tag einer, bis man LESBE lesen kann. Er muss sich zusammenreißen! Er muss seinen Plan durchziehen!

Derweil kämpft Sunny gegen die Schmerzen und wünscht sich nichts sehnlicher, als das sie die Verbrennung kühlen kann.

„He, komm zurück, du Schlappschwanz“, brüllt sie voller Wut und vor Schmerz. Bei jedem Atemzug durchfährt sie ein höllischer Stich, als hätte er ihr die Lunge mit verbrannt.

„Warum tust du mir das an, wenn du es selbst nicht ertragen kannst?“, schreit sie weiter und kann nur hoffen, dass er nicht aus den Schuhen gekippt ist.

Er ist immer noch vor der Tür und schnappt nach so viel frischer Luft, wie es nur geht. Er hört Sunny schreien und ist erstaunt, dass sie nicht in Ohnmacht gefallen ist. Das erste Mal, als er das Messer angesetzt hat, war sie weggetreten und bei solch einem Schmerz, kann sie sogar noch brüllen. Es soll mal einer die Frauen verstehen. Er versucht, den Gestank aus seiner Nase zu bekommen, und dann läuft er wieder nach unten. Sie hat ihn Schlappschwanz genannt, das sollte er nicht auf sich sitzen lassen.

Schnellen Schrittes geht er auf sie zu und gibt ihr eine schallende Ohrfeige.

„Du nennst mich nie wieder so“, zischt er sie an.

Sunnys Kopf ist zur Seite geflogen und ihre Wange brennt, fast mehr als die frische Wunde. Sie konnte gar nicht reagieren, sie war einfach nur froh, dass er wieder nach unten gekommen ist.

Weiter sagt er nichts, sondern nimmt die Schale mit dem Blut und stellt sie zur Seite. Er macht Sunny von ihren Fesseln los und zerrt sie hinter sich her. Sie ist so überrascht und von den Schmerzen benommen, dass sie nichts sagen, geschweige denken kann. Das ist wohl auch das Beste, denn er ist so auf hundertachtzig, das jedes Wort ihr sofort leidtun könnte.

Er schubst sie in ihr Zimmer und knallt die Tür zu.

Wie vom Donner getroffen steht Sunny da und vergisst sogar für einen Moment die Schmerzen. Aber sie kommen schneller zurück, als ihr lieb ist. Sie geht in die Duschecke und sieht sich im Spiegel an, was er mit ihr gemacht hat. Auf ihrem Gesicht kann sie alle fünf Finger nachzählen. So eine Ohrfeige hat sie bislang nie bekommen. Ihr Kopf dröhnt noch nach, aber jetzt muss sie sich erst einmal um die Verbrennung kümmern. Es ist ein großes L und sie weiß nicht, was sie davon halten soll. Sie kann sich nicht erklären, was er damit bezweckt, aber er wird es ihr bestimmt noch sagen. Sie nimmt ein frisches Handtuch und hält es unter das kalte Wasser. Dann drückt sie es vorsichtig auf die Wunde, um sie zu kühlen. Ein kurzer Schrei entfährt ihr, aber einen weiteren schluckt sie tapfer weg, denn sie will nicht, dass er zurückkommt. Inzwischen läuft ununterbrochen ihr Blut an ihrem Arm hinunter. Diesmal hat er nichts darum gelegt, sondern hat sie einfach in seiner Wut, in ihr Zimmer verfrachtet.

Sofort kommt die Krankenschwester in ihr durch und sie holt sich zwei saubere Kompressen. Eine legt sie, nachdem sie ihren Arm gereinigt hat, auf die Schnittwunde und die andere, in kaltem Wasser getränkt, auf ihr Dekolletee. Später wird sie die Wundsalbe auftragen, die er ihr ebenfalls hingelegt hat. Erst wusste sie damit nichts anzufangen, aber jetzt! Er hat einfach an alles gedacht, hat wohl auch durchgeplant. Egal, was sie machen würde, sie ist sich sicher, dass er nicht von seinem Plan abweichen wird. Oder doch? Wenn sie sich auf ihn einlässt? Nein! Niemals! Lieber stirbt sie. Wirklich? Und Ella? Sie würde sie mit ins Unglück ziehen. Was sie auch tut, es wird Ella genauso treffen wie sie. Sie versucht, die Gedanken wegzuwischen, und macht die Kompresse frisch.

Am liebsten würde sie jetzt duschen, aber in diesen Moment denkt sie an die Monitore, wo Ellas Wohnung zu sehen ist. Sie beschleicht ein komisches Gefühl. Hat er auch bei ihr Kameras versteckt? Beobachtet er sie vielleicht beim Duschen? Sie kommt dazu, dass sie es sowieso nicht ändern kann, und außerdem hat er sie doch schon nackt gesehen. Mit dieser Erkenntnis legt sie sich auf ihr Bett, starrt an die Decke und lauscht den merkwürdigen Geräuschen, die an ihr Ohr dringen, aber erstaunlicherweise keine Angst verursachen, wie alles andere hier.

Chris

Chris sitzt vor den Monitoren und beobachtet Ella. Sie ist immer noch am Zeichnen von Entwürfen. Sten ist nirgendwo zu sehen, was ihm aber nicht unruhig macht, denn er ist sich sicher, dass er nie so schlau ist, wie er selbst.

Er wendet den Blick ab, geht hinüber zu seiner Werkbank, löscht das Feuer und nimmt den Eisenstab aus dem Wassereimer. Er sieht sich ihn an und überlegt, ob er wirklich das Richtige macht.

Es scheint fast so, als würde er Frauen hassen, aber das tut er nicht. Ganz im Gegenteil, er liebt diese Geschöpfe, die ihm seine Lust befriedigen. Er hatte noch nie eine längere Beziehung, nur flüchtige Bekanntschaften. Mit Sunny kann er sich das jedoch durchaus vorstellen.

Aber die Lesben hasst er. Ja, die Frauen, die keine Schwänze in sich aufnehmen wollen und es sich gegenseitig mit Dildos besorgen. Die, die sich beidseitig die Muschi lecken. Hey, das ist Männersache, es ihnen richtig zu besorgen. Er wird diese Lesbe umpolen, wie es seine Mutter und Nora bei ihm probiert haben. Nur wird er damit Erfolg haben.

Sie wird seinen Schwanz spüren und ihn lieben lernen. Dann kann ihre Lesbenfreundin bleiben, wo sie ist. Sunny gehört jetzt ihm und sollte es wirklich nicht klappen, wird Baxter das Problem lösen.

Chris setzt sich abermals hin und hört das Wort Schlappschwanz wieder und wieder in seinen Ohren. Warum musste Sunny das nur sagen? War es nur reine Wut und Verzweiflung? Ja, so muss es sein und daran hält er fest. Denn als sie ihn und seinen Körper angesehen hat, sah er Interesse in ihren Augen.

Seine Mutter hat ihn ständig Schlappschwanz genannt. Sie hat ihm prophezeit, nie eine Frau zu bekommen, weil er sowieso keinen hochbekommen würde. Sie hat anscheinend gedacht, dass durch das andauernde Abbinden seines Schwanzes, er sich nicht richtig entwickelt. Manchmal waren die Schmerzen unerträglich und er dachte, seine kleinen Eier schon längst verloren zu haben.

Dies widerlegte er sich aber selbst, denn nachts im Bett funktionierte alles hervorragend. Jedoch wusste er nicht, wie er ein junges Mädchen ansprechen sollte, und wo konnte er auch mit ihr hingehen? Mit nach Hause bringen, das ging auf keinen Fall. Seine Mutter hätte sie bestimmt hinausgeschmissen oder sofort versucht, sie auf ihre Seite zu ziehen.

Er harrte seine ganze Teenagerzeit aus, spielte mit sich selbst, bis es ihm eines Tages nicht mehr reichte. Die Zeitungen, die er sich heimlich gekauft hat, brachten ihn auf manch so einen Gedanken, aber ausleben konnte er sie nicht. Er musste den Umgang mit Frauen lernen, er wollte endlich einmal eine in seinen Händen halten. Er wollte empfinden, wie es ist, in eine einzudringen, sich bis zur Ektase in ihr zu bewegen und dort auch seinen Höhepunkt erleben. Er begehrte die zarte Haut zu spüren, sie zu fühlen und zu streicheln, wie er es auf den Bildern schon hunderte Mal gesehen hat. Sie schmecken und mit seiner Zunge verwöhnen und befriedigen, bis sie vor Lust zergeht.

All diese Wünsche brachten ihn dazu, sich zu seinem 18. Geburtstag, das erste Richtige und schönste Geschenk selbst zu machen. Wochen und Monate hat er darauf gespart. Ob es reichen würde, wusste er nicht, aber er wollte es zumindest probieren.

Er stand vor dem Gebäude mit der rot leuchtenden Reklame, aber seine Angst vielleicht doch zu versagen, hielt ihn am Ende zurück. Bis sie kam. Rosa, eine junge sehr hübsche Frau. Schwarze lange Haare, große strahlende Augen und eine Oberweite, die kaum Wünsche offenließ.

Rosa sprach ihn einfach an und als sie ihm in seine blauen Augen sah, zog sie ihn mit sich. Schon allein sein Aussehen machte ihn für die Frauen fast unwiderstehlich.

Ein Trumpf, den er gelernt hat auszunutzen. Aber nicht bei Rosa. Sie war seine Lehrerin. Bezahlen musste er nichts, denn sie nahm ihn mit zu sich nach Hause. Er war kein normaler Kunde für sie. Er führte sie ab und zu aus und dafür brachte sie ihm alles bei, was er wissen musste. Wirklich alles. Natürlich kam sie auch voll auf ihre Kosten und Chris verwöhnte sie nur zu gern. Die Frau, die ihm einmal ihr Herz schenkt, wird nie wieder einen anderen Mann anschauen. Sie wäre wunschlos glücklich und stets befriedigt. Dass es aber Rosa sein könnte, kam ihm nie in den Sinn. Auch sie wollte ihre Freiheit behalten. Und so blieben sie einfach nur gute Freunde.

Er schließt seine Augen und denkt an Rosa. Automatisch spürt er ihre zarte Haut. Er fährt in Gedanken ihren Körper entlang, den weichen Hals hinab über die straffen Brüste, spielt an ihrem Nabel und versenkt zuletzt zwei seiner Finger in ihrer schon feuchten Muschi. Er lernte jede Bewegung, die seiner Finger und seiner Zunge, um die Frau zum Höhepunkt zu bringen. Wie zart oder wild er in die Brustwarze beißen darf, wie nass ein Kuss sein sollte und wie die Zunge mit dem Kitzler zu spielen hat.

Bei dem Gedanken bleibt er etwas länger hängen und seine Zunge zuckt in seinem Mund. Er riecht und schmeckt Rosas Muschi, wie keine andere war. Augenblicklich sieht er Sunny vor sich. Ein Leben mit ihr wäre so schön. Warum muss sie nur lesbisch sein? Warum versteift er sich so darauf sie umzupolen? Vielleicht gibt es da draußen noch eine, die wie Sunny so hübsch und intelligent ist. Aber nein, er will sie und wird alles dafür tun.

Will er nur seiner Mutter etwas beweisen? Hat sie ihn so kaputt gemacht, dass er nur noch an Rache denken kann? Und jetzt eine andere Frau leiden muss? Er weiß es nicht und kann es jetzt auch nicht mehr ungeschehen machen. Sunny ist sein Ziel und er will sie ganz oder gar nicht. Seine Gedanken gehen zurück zu Rosa und dann wieder zu Sunny, wie sie fast nackt vor ihm steht.

Wird Sunny auch so schmecken? Wann wird er es probieren? Wird sie mitmachen und vielleicht sogar genießen?

Zulassen muss sie es, sie ist ja gefesselt, aber genießen? Diese Frage lässt er letztendlich im Raum stehen und wischt alle Gedanken an Rosa sowie Vorstellungen mit Sunny, aus seinem Kopf.

Dann schweift er doch wieder ab und holt einen weiteren Teil seine Vergangenheit zutage, den, die seine heutige Situation heraufbeschwor. Seine Mutter hatte ihn zu sehr geprägt und auch Rosa konnte seinen Hass nie bändigen. Er steigerte sich immer mehr hinein, dass er sich nur noch an ihr rächen wollte. Und das hat er!

Er war sich sicher, dass das, was er tun würde, sie niemals anzeigen würden. Sie haben so viel Schuld auf sich geladen, was mit jedem Wort der Erschütterung in seinem Tagebuch steht. Auch die Damen vom Jugendamt wussten mehr, als sie zugeben wollten. Die guten Karten lagen auf seiner Seite, es waren nicht die Besten, aber sie sollten ihm stets helfen, nicht bestraft zu werden.

Das Wissen, was er bei Rosa erlernt hat, brauchte er dafür jedoch nicht. Allein die Erkenntnis, dass er sehr gut seinen Mann stehen kann, reichte für ihn aus.

Einen Monat wohnte er schon in einer WG und hatte sich abgenabelt, als er seinen Plan gefasst hat. Es war noch viel mehr in seinem Kopf, aber zuerst waren die beiden dran. In Ruhe suchte er sich dann einen Ort, wo er seinen Fantasien und Hassgelüsten freien Lauf lassen könnte. Und er hat was gefunden. Einen abgelegenen Bauernhof, wo er ganz allein ist, wie auch jetzt und wo er seinen Gedanken nach gehen kann. Diese Bilder von einst sind ganz genau in seinem Kopf abgespeichert.

Er hat lange darüber nachgedacht, wie er seine Mutter und ihre Gespielin für das, was sie ihm angetan haben, bestrafen kann. Alles, was er dazu brauchte, hat er sich organisiert. Er hatte keine Scheu, in eine Sexboutique zu gehen und gewisse Sachen zu kaufen. Die heutigen Frauen machen auch freiwillig verschiedene Spielchen mit. Also kaufte er, ohne lange zu überlegen, einen Mundspreizer und einen Penis zum Umbinden, in XL, ja den größten, den es gab. Dann besorgte er sich jede Menge Kabelbinder und zuletzt, von seiner Fantasie getrieben, noch breite Mullbinden. Ja, die Fantasie ging wohl mit ihm durch, aber er wollte ihnen zeigen, was es für ein Schmerz ist, zu dem gezwungen zu werden, was man nicht will.

Er kannte den Tagesablauf der beiden genaustens und so ging er zu seiner Mutter, die ihn auch ohne Hintergedanken in die Wohnung ließ, und gleichzeitig wusste er, dass er genug Zeit hatte, bevor Nora kam.

Sie war also allein, so hatte er sie schnell überwältigt und sie lag am Boden. Als Erstes band er sie mit den Händen an einem Tischbein fest. Er saß auf ihren Beinen und so konnte sie sich nicht mehr wehren. Vollkommen überrumpelt, musste sie sich ihrem eigenen Sohn ergeben. Chris zerschnitt ihre Kleidung, bis sie nackt unter ihm lag. Angewidert bedeckte er schnell ihre hässlichen hängenden Brüste mit einer der mitgebrachten Mullbinden ab. Aber nicht nur das, nach einiger Überlegung band er ihr die Brüste ab, wie sie es einst mit seinem Schwanz gemacht haben. Ihr Gejammer war fast wie Musik in seinen Ohren und der entsetzte Blick, als er ihr den Penis umband, zauberte ihm ein Grinsen auf das Gesicht. Nun setzte er sie auf einen Stuhl und band sie, so fest er nur konnte, an.

Den Mund zugeklebt warteten sie gemeinsam auf Nora. Als er sie kommen hörte, versteckte er sich hinter der Tür, damit sie nicht fliehen konnte. Sie sah ihre Gespielin auf dem Stuhl, aber da war es auch für sie zu spät. Sie kam nicht einmal zum Schreien. Sie lag auf den Boden und ehe sie den Mund aufmachen konnte, war das Klebeband schon darauf. Ihre Hände band er genauso an den Tischbeinen fest, wie zuvor seine Mutter und nun machte er auch mit ihr, was er wollte. Er zog sie ebenfalls aus, band ihr die Brüste ab, weil sie in seinen Augen auch nicht mehr die Schönsten waren, und dann begann sein makaberes Spiel. Er entfernte das Klebeband und im selben Moment hatte sie den Mundspreizer zwischen den Zähnen. So etwas hatte er noch nie probiert, aber es funktionierte zu seinem Erstaunen sofort. Ihr fielen fast die Augen aus dem Kopf, als er seinen Schwanz herausholte. Beide wussten in diesem Moment augenblicklich, was geschehen würde. An ihren Blicken und Gesten erkannte er ihre Versuche, sich für alles zu entschuldigen, was sie ihm angetan haben. Aber dazu war es zu spät und er wusste auch, dass sie es nie ernst meinen würden. All das beeindruckte ihn jedoch nicht und ließ seinen Schwanz in ihrem Mund verschwinden. Obwohl Nora nicht sein Geschmack war, hatte er keine Schwierigkeiten, einen Ständer zu bekommen. Schon allein die Wut und die Macht, die ihn innerlich aufgepeitscht haben und sie in seiner Hand zu wissen, brachte ihn dazu. Und wie er stand. Nora hat wohl noch nie so einen Schwanz gesehen, denn ihr Blick sprach Bände.

Er spürte, dass seine Stöße bis weit in ihren Rachen gingen und sie kaum noch Luft bekam, sodass sie vom Brechreiz geschüttelt wurde. Aber das alles ließ ihn kalt und er gab sich nur seiner Befriedigung und der Genugtuung hin. Genauso, dass sie fast erstickte an seinem Erguss, interessierte ihn nicht. Allein die Gewissheit darüber, dass sie das wohl das erste Mal erlebte und sicher auch nie wieder, ließ ihn irgendwie auf sich stolz sein.

Als er sich von Nora abwand, sah er, wie sie durchatmeten, aber er war noch lange nicht mit ihnen fertig. Er gönnte sich eine Verschnaufpause und bereitete sich, mit einem kühlen Bier, was immer im Kühlschrank zu finden war, auf das Finale vor.

Es dauerte nicht lange und seine Wut stieg bei dem Anblick der beiden abermals ins Unermessliche. Er machte seine Mutter los und zog sie auf den Boden. Da lag sie starr vor Angst, ihre Hände über dem Kopf wieder am anderen Tischbein festgebunden. Dann band er ihre Oberschenkel zusammen. Nun ragte der Dildo in die Höhe und Nora scheinte schon zu ahnen, was ihr bevorstand, aber er ließ ihr keine Wahl. Er band sie los und mit ihren Händen auf dem Rücken zwang er sie in die Knie. Sie wehrte sich kaum, denn sie hatte eingesehen, nicht die geringste Chance gegen ihn zu haben. Er setzte sie seiner Mutter auf den Schoß. Der Riesendildo verschwand unter enormer Anstrengung, die er aber gern aufbrachte, da sie versuchte ihr Becken zur Seite zu schieben und weil er zu groß für Noras Muschi war, trotzdem in ihr. Er nahm die Herausforderung an, gegen beide zu kämpfen, und ihm kam das jahrelange Krafttraining zu Gute.

Chris legte seine Hände auf Noras Schultern und drückte sie immer wieder nach unten. Ihre Schreie waren nur ein Gurgeln, denn sie hatte ja den Spreizer im Mund. Seine Mutter musste schweigend zusehen und ihre Tränen spornten Chris noch mehr an. Aber warum weinte sie denn? Aus Schuld? Sie hatte doch keine Schmerzen, sie lag nur da. Nora wird ihr jedoch auf ewig die Schuld für ihre Qualen geben und das reichte ihm vollkommen. Auch der Gedanke, dass sie mit den Vorwürfen allein klar kommen musste.

Genüsslich, den Fuß auf Noras Rücken, damit sie nicht aufstehen kann und mit einer fast erdrückenden Ruhe, zog er sich ein Kondom über und näherte sich Nora von hinten. Chris bewegte sie noch eine Weile auf dem Dildo hoch und runter und dann drückte er sie ohne Vorwarnung nach vorn, worauf sie erschrocken versuchte zu schreien, denn sie wusste ja nicht, was hinter ihr geschah, auf seine Mutter. Er wollte sie nie in die Lesbenmuschi ficken, genauso, wie er es niemals mit seiner Mutter gemacht hätte, und so nahm er das für ihn bereite freie Loch des Hintereingangs. Zudem war es auch noch enger und machte ihm natürlich viel mehr Spaß. Dass er durch den Dildo nun fast keinen Platz hatte, störte ihn nicht im Geringsten. Ganz im Gegenteil, er schaffte sich den Platz und das mit einer Heftigkeit, die Nora unter seinen Stößen fast zusammenbrechen ließ. Seine Mutter vermochte sie nur zu halten und musste Noras Schmerz, den sie in ihren Augen sah, ertragen. Ihr hat es bestimmt das Herz gebrochen, aber darüber konnte Chris nur lachen. Er legte so richtig los und wurde immer schneller. Er wollte seine Erfüllung und die bekam er natürlich auch.

Ja, er wollte, dass Nora diese Schmerzen hatte, denn sie war es ja auch, die ihm damals den Dildo, ohne Rücksicht und mit Freude, in seinen Hintern geschoben, ja fast gerammelt hat.

Er sieht und hört sie immer noch, wie sie lachten, ihn verhöhnten und am Ende allein ließen. Aber die angsterfüllten Augen seiner Mutter, die ihm zeigten, dass sein Vorgehen sein Ziel erreicht hatte und sie sicher tiefer getroffen hat, als die Schmerzen, die Nora ertragen musste, gaben ihm nur eins, Genugtuung.

Sie versuchten sich, ohne Erfolg zu wehren, und seine harten Stöße brachten letztendlich beide zum Schweigen. Er spürt sogar immer noch, wie er in Nora eindringt, die Enge des Hintern und seine gigantische Befriedigung. Auch sieht er die entsetzten Blicke vor sich, als er sie einfach so in der misslichen Lage zurückließ.

Bis heute hat er nichts von ihnen gehört und er kann sicher sagen, dass er sie niemals vermissen wird.

Aber was würde Sunny machen, wie würde sie reagieren? Kann er sie bekehren? Sie dazu bringen ihn zu lieben? Sie wird er nicht so hart anfassen. Bei ihr muss er zärtlich sein. Aber wann? Jetzt noch nicht. Er hat einen Plan und an den muss er sich halten. Erst die Demütigungen und dann die Zärtlichkeiten. Erst die Peitsche und dann der Zucker. Wird sie sich ihm ergeben? Vielleicht sogar lieben lernen?

Wird sie überhaupt bis dahin durchhalten? Ja, das wird sie. Das hat sie vorhin bewiesen. Er ist fast aus den Latschen gekippt und sie hat den Schmerz ertragen.

Sunny ist stark! Ist sie zu stark für ihn?

Ella

Ella hat ihren Laptop mit ins Bett genommen, um noch einige Bilder, die sie von ihrer Chefin geschickt bekommen hat, auf die Homepage einzustellen.

Darüber muss sie eingeschlafen sein, denn als sie ihre Augen öffnet, stellt sie entsetzt fest, dass es schon wieder morgen ist.

Sie springt aus dem Bett, läuft mit ihrem Computer ins Wohnzimmer, den sie auf den Schreibtisch ablegt und schaut sich um. Die Couch ist leer und das Bettzeug ordentlich zusammengelegt. Sten ist gar nicht da gewesen? Sie war die ganze Nacht allein?

Aufgeregt schaut sie auf ihr Handy und erhofft eine Nachricht von ihm. Aber auch da ist nichts zu finden.

Wo ist er nur? Hat er kalte Füße bekommen? Er lässt sie nicht echt allein? Oder hat er doch etwas mit der Sache zu tun und ist abgetaucht? Ihr ist das schon einmal durch den Kopf gegangen. Nein! Das kann und will sie nicht glauben. Immer noch das Handy in der Hand und einen starren Blick darauf, entschließt sie sich ihn anzurufen.

Es klingelt mehrmals, aber er geht nicht ran. In diesem Moment klopft es sehr laut an der Tür.

„Wenn du mich hereinlassen würdest, könnten wir auch miteinander reden", ruft Sten von draußen und Ella fährt erst einmal ängstlich zusammen.

Sie begreift nicht gleich, was das soll, aber dann kommt ihr der Stuhl wieder in den Sinn.

„Warte, einen Moment", sagt sie und eilt zur Tür. Mit etwas Mühe, weil sie den Stuhl zu fest unter die Klinke gestemmt hat, kann sie ihn wegnehmen und die Tür öffnen.

„Tut mir leid, aber ich bin über meinen Laptop eingeschlafen", kommt von Sten, der sich an Ella vorbeischiebt und sich zu schämen scheint.

„Nicht so schlimm. Ich auch", lacht sie und ist einfach nur glücklich, dass er wieder da ist.

„Hab mich schon gewundert, dass ich nicht hunderte Nachrichten auf meinem Handy hatte. Ich bin, so schnell es ging, hier her, weil ich dachte...“, er beendet den Satz nicht, denn er ist ebenfalls froh, Ella wohl auf zu sehen.

„Hast du echt angenommen, er wäre hier gewesen?“, fragt sie und staunt über seine Gedankengänge. „Da hätte er mir doch nicht ein Ultimatum gestellt, wenn er es selbst nicht einhalten würde“, redet sie schnell weiter und Sten kann nur nicken. „Frühstück?“, fragt sie dann und lächelt sie Sten an und auch da kann er nur zustimmen.

„Ziehe dich doch erst mal an“, schmunzelt er und schaut Ella von oben bis unten an.

Sie selbst sieht an sich hinunter und kann es nicht glauben. Sie steht doch wahrhaftig in einem übergroßen Männershirt vor ihm. Zudem noch der Textzug >Frauen liebt man richtig oder gar nicht<, wo sie nicht einmal weiß, woher sie das überhaupt hat und dann die bunten Wollsocken an den Füßen. Schnell verschwindet sie im Bad und übersieht dabei das Grinsen von Sten. Sie zieht sich an, wenn auch nur eine Jogginghose, aber so kennt er sie ja und putzt sich noch die Zähne. Die Haare brauchen bei ihr nicht viel Pflege, einfach einmal durchgekämmt und fertig. Sie stehen zwar trotzdem etwas ab, sie will jedoch erst mal frühstücken.

Sten überlegt nicht lange über den Text auf dem T-Shirt, denn er weiß, dass er Ella aus tiefsten Herzen liebt. Für ihn käme nur das Zweite in Betracht.

Er hat inzwischen den Tisch gedeckt und der Kaffee dampft schon in den Tassen. Aber zum frühstücken kommen sie nicht. Gerade als Ella sich setzen will, hört sie einen Ton der Sten erschreckt, jedoch Ella zum Schmunzeln bringt.

„Keine Angst, ich muss nur den Laptop anschließen, damit sich der Akku aufladen kann. Der ist die ganze Nacht gelaufen, weil ich doch auch eingeschlafen bin“, sagt sie und geht an ihren Schreibtisch. Sie steckt den Computer an und im selben Moment ist da wieder, der andere Ton. Der, der beiden sofort unter die Haut fährt.

„Das war aber eine E-Mail", brummt Sten mit einem dunklen Unterton, der augenblicklich bei ihr ist.

Ella öffnet das Programm und muss feststellen, dass sie sich wieder selbst geschrieben hat. Ihr ist klar, von wem sie kommt und so wird sie nervös, aber sie macht sie auf.

Na, du siehst ja heute scheiße aus!
Hast du etwa schlecht geschlafen?
Was findet Sunny nur an dir.
Sie ist so viel hübscher als du, aber das muss ich dir ja
nicht sagen.
Ich wollte dir nur mitteilen, es ist der 4. Tag!

Ella starrt auf den Bildschirm und kann mit dem ersten Satz nichts anfangen. Trotzdem gehen ihre Hände hoch und sie zupft die kurzen Haare etwas zurecht. Die anderen Sätze sind unverschämt, aber was erwartet sie denn auch von so einen. Sie weiß selbst, dass Sunny hübscher ist, in ihrer Beziehung zählen jedoch andere Sachen. Am liebsten würde sie ihm das gleich schreiben, aber Sten hält sie zurück.

„Lass dich nicht auf sein Niveau herunter", kommt ernst von ihm und er verschwindet im Bad.

Mit einem Pflaster und einem erzwungenen Lächeln ist er nur Sekunden später zurück. Hat er sich verletzt? Aber nein. Er klebt das Pflaster auf die kleine Kamera des Laptops. Ella schaut zu und begreift es diesmal sofort. Er hat sie durch das winzige Ding beobachtet. Und er hat sie auch in dem nicht gerade passenden T-Shirt gesehen. Er war praktisch die ganze Nacht mit in ihrem Bett. Sie erschaudert bei diesem Gedanken und ist insgeheim froh, nichts Unanständiges getan zu haben. Manchmal lenkt ja gerade das etwas ab, aber sogar dazu war sie zu müde. Hätte er es ihr erzählt? Und wenn schon, sie kennen sich und haben beide nichts gegen solche Momente, wo man sich selbst einmal Befriedigung verschafft.

Sten dagegen stützt sich nachdenklich an den Schreibtisch und wartet anscheinend auf eine Reaktion von ihm. Aber im Gegenteil spürt er etwas, was ihn noch mehr beunruhigt.

Seine Finger sind unter der Tischplatte und fahren über einen verdächtigen Knubbel, der dort nicht hingehört. Ihm geht einiges durch den Kopf, bis er sich wieder gerade hinstellt und so unvorsichtig er ist, die Box mit den Stiften von Ella, vom Tisch schmeißt. Natürlich war es reine Absicht und schon ist er auf den Knien. Er sammelt die Stifte wieder ein und riskiert einen Blick unter die Tischplatte. Da ist doch tatsächlich eine Wanze. Er lässt sich nichts anmerken und stellt die Box, mit allen Stiften, zurück auf den Tisch.

„Lass uns in die Küche gehen“, sagt er und zieht Ella mit sich.

„Was ist denn?“, fragt sie leise, weil der Gesichtsausdruck von Sten sie in Alarmbereitschaft versetzt. Dass er unter ihrem Tisch herumgekrochen war, kam ihr schon komisch vor, aber was hatte das auf sich? Ist das Absicht gewesen? Sie war in ihren Gedanken gefangen und hat somit die letzten Sekunden kaum wahrgenommen.

„Lass uns woanders hingehen frühstücken. Ich muss hier raus, das Arschloch geht mir auf den Sack. Ich brauche frische Luft“, spricht er weiter und verdreht die Augen.

Ella widerspricht nicht, sondern verschwindet noch einmal kurz im Bad, um ihre Jeans anzuziehen und jetzt doch ihren Haaren etwas Form zu geben, denn so kann sie wirklich nicht unter die Leute. Keine fünf Minuten später schließt sie ihre Wohnungstür von außen ab und folgt Sten, der schon fast auf der Straße ist.

„Was ist los?“, drängelt Ella, denn Sten macht ihr, mit seinem Schweigen und der Flucht aus ihrer Wohnung, Angst.

„Lass uns da rüber zu dem Bäcker gehen. Da bekommen wir einen Kaffee und Kuchen“, weicht er ihrer Frage aus, er will erst einmal einfach nur weg.

„Kuchen?", kommt entsetzt von Ella, denn das am Morgen bedeutet für sie mindestens wieder ein Kilo mehr auf den Hüften.

„Ist doch egal. Hauptsache ich bekomme etwas zwischen die Zähne, ich habe Hunger", hält Sten dagegen und schon läuft er über die Straße.

Ella folgt ihm kopfschüttelnd und lässt sich kurz darauf, an einen der kleinen Tische in der Bäckerei nieder. Sten bedient sie, ohne zu fragen, ob sie vielleicht doch etwas anderes möchte. So steht plötzlich ein Stück Schokoladentorte vor ihr und sie schwört sich die nächsten Tage nicht auf die Waage zu steigen. In ihrem Kopf spuken die Worte des Entführers herum, dass sie hässlich sei. Lässt sie sich von ihm beeinflussen? Nein, er wird ihr Leben und vor allen sie selbst nicht ändern. Sie muss ihm doch nicht gefallen, ansonsten wäre vielleicht sie sogar an Sunnys Stelle. Ihr wird bei dem Gedanken übel und sie versucht, ihn wieder aus dem Kopf zu bekommen.

Sie beobachtet Sten, wie er genüsslich die Torte isst, wobei sie sich das Stück hineinzwingen muss. Der Kaffee schmeckt auch nicht so wie zu Hause, aber Sten wird einen Grund gehabt haben.

„Hat denn das Programm etwas gebracht?", fragt Ella und schneidet damit ein anderes Thema an.

„Nein, aber ich habe mehrere Ordner gefunden, die nur er einsehen kann", antwortet er und trinkt seinen Kaffee in einen Zug leer.

„Was könnte da drin sein?" Ella wird neugierig und will natürlich auch wissen, was auf ihrem Computer passiert.

„Kann ich nicht sagen. Ich muss ihn wohl genauso hacken, um an alles ran zu kommen", zuckt er mit den Schultern.

„Warum hast du es nicht schon gemacht?"

„Er hat auch mich gehackt. Ich kann das nicht machen, weil er meine IP-Adresse kennt. Ich würde mich praktisch selbst verraten und außerdem würde es bestimmt nicht klappen“, erklärt er Ella, obwohl er weiß, dass sie sowieso nur die Hälfte versteht.

„Und wie willst du es dann machen?“

„Ich brauche einen neuen Laptop, mit einer anderen IP-Adresse.“

„Hast du dazu das Geld?“

„Mach dir darüber mal keine Gedanken. Ich werde auch noch zwei neue Handys kaufen“, sagt Sten und überlegt die nächsten Schritte sehr genau.

„Wozu brauchst du zwei neue Handys?“ Ella versteht plötzlich gar nichts mehr.

„Ich habe vorhin etwas entdeckt“, antwortet er und schaut sich um, um sicherzugehen, dass sie nicht belauscht werden. Er könnte überall sein und das ist ihm jetzt erst recht klar.

„Meine Stifte hast du mit Absicht runterfallen lassen“, stellt Ella fest, denn sie hatte seinen Gesichtsausdruck gesehen.

„Ja“, beginnt er leise und beugt sich über den Tisch zu ihr hinüber. „Unter der Tischplatte ist eine Wanze. Wir werden abgehört“, flüstert er fast, aber Ella versteht ihn sehr gut.

„Wie hat er das gemacht? Und wie lange ist die da schon?“, geht Ella durch den Kopf und spricht es gleichzeitig leise vor sich hin.

„Ich denke, als er vorgestern Nacht bei uns war“, antwortet Sten und Ella sieht ihm an, wie wütend er auf den Kerl ist.

„Machen wir sie doch einfach weg.“

„Nein, auf keinen Fall. Er darf nicht wissen, dass wir ihm auf die Schliche gekommen sind.“

„Aber dann müssen wir uns jedes Wort überlegen“, sagt Ella und weiß jetzt schon, wie schwer ihr das fallen wird.

„Ja, und deshalb die Handys. Wenn irgendetwas ist, was er nicht mithören soll, dann telefonieren wir nur über diese. Und das auch außerhalb deiner Wohnung. Er darf von den Handys nichts erfahren, sonst sind die schneller gehackt, als wir gucken können", redet er eindringlich auf Ella ein.

„Okay, so machen wir es", nickt sie ihm zu, muss aber erst einmal alles verinnerlichen.

„Und jetzt werde ich noch einen alten Freund anrufen, der uns vielleicht helfen kann", flüstert Sten und greift schon nach seinem Handy.

„Ist der von der Polizei?", möchte Ella wissen und hält seine Hand fest, die nach der Nummer suchen will.

„So ungefähr", antwortet Sten und schaut Ella genervt an, denn er weiß nicht, warum sie ihn abhalten will.

„Du solltest ihn nicht damit anrufen. Hast du nicht selbst gesagt, er kann alles sehen und mithören?" Ella schaut ihn jetzt eindringlich an und auf dem Gesicht von Sten erscheint ein verhaltenes Lächeln.

„Du bist ziemlich schlau", lacht er.

„Sunny ist schlauer als ich", erwidert sie und blickt zu Boden.

„Du bist albern. Lass dir ja nichts von dem blöden Arschloch einreden", entgegnet Sten und schubst Ella an die Schulter.

„Du solltest die Nummer in deinem Handy löschen. Hoffentlich hat er nicht schon alle überprüft, dann weiß er, was du für Freunde hast."

„Hast du was zu schreiben?"

Ella holt einen kleinen Notizblock aus ihrer Tasche und einen Kugelschreiber findet sie auch noch. Sten schreibt die Nummer ab und löscht sie anschließend sofort.

„Erledigt", prustet er erleichtert aus, denn er hat echt nicht daran gedacht, dass er wirklich alles auf dem Handy einsehen kann.

„Und nun?" Ella holt tief Luft und ist sich nicht sicher, ob sie in ihre Wohnung wieder zurück will.

„Du gehst nach Hause und ich organisiere die Handys und den neuen Laptop. Heute Abend bin ich auf alle Fälle bei dir."

„Ich glaube, ich gehe erst mal ein paar Stunden einkaufen", sagt Ella, die sich irgendwie ablenken muss.

„Dann können wir die Sachen zusammen kaufen", lächelt Sten sie an.

„Du solltest den neuen Laptop aber auch nicht mit zu dir nach Hause nehmen. Wenn er bei mir war, dann hast du vielleicht ebenso etwas in deiner Wohnung", sagt Ella mit einem mulmigen Gefühl, denn sie wissen nicht, wie weit er in ihr Leben eingreift.

„Du überraschst mich immer wieder. Ich werde ihn auf Arbeit lassen. Ich habe zwar ein neues Schloss in der Tür, aber als er in der Nacht bei dir war, war er bestimmt auch bei mir", lächelt Sten zufrieden darüber, solche schlauen Mädels an seiner Seite zu haben.

„Also dann los", fordert Ella ihn auf und ist fertig zum Gehen.

Gemeinsam verlassen sie die Bäckerei und fahren mit dem Auto von Sten in einen großen Einkaufsmarkt. Dort fallen sie am wenigsten auf und können so unbemerkt, sie hoffen es zumindest, denn er wird sie wohl nicht den ganzen Tag hinterherlaufen, die neuen Sachen kaufen.

Sunny

Sunny hat sehr unruhig geschlafen. Das Erlebte muss sie verarbeiten und was noch auf sie zukommt, kann sie nicht einschätzen.

Gestern Abend hat sie vermieden, zu duschen, denn der Gedanke daran, er könnte sie beobachten, hielt sie davon ab. Aber jetzt fühlt sie sich schmutzig und will alles von ihm, von ihrem Körper abwaschen.

Als Nächstes versorgt sie ihre Wunden professionell, was er durchaus bedacht und in seinen Plan berücksichtigt hat. Danach beginnt sie zu frühstücken. Nichts zu essen und zu trinken, würde ihr gar nicht einfallen. Denn sie will bei Kräften bleiben und das alles durchstehen. Außerdem ist sie froh, dass er ihr überhaupt etwas gibt. Andere Gefangene bekommen nichts und gehen schon allein daran zugrunde. Aber das vermeidet er. Er will sie nicht umbringen. Er will mit ihr spielen oder ein Leben mit ihr erzwingen. Aber wenn Ella sie nicht findet, dann wird es wohl doch mit ihr zu Ende gehen. Vielleicht kann er es dann doch nicht? Sie muss eine Verbindung zu ihm aufbauen. Sie muss auf ihn zugehen und ihn nicht reizen. Schmeicheln sollte sie ihm. Was? Nein, das kann sie nicht. Auch wenn er gut aussieht, sie wird sich nie für ihn ändern. Sie hat mit Männern abgeschlossen.

Heute liegen noch ein Notizbuch und ein Bleistift auf dem Tisch. Was soll das denn? Gibt er ihr sogar etwas, mit dem sie die Langeweile vertreiben kann? Soll sie malen? Oder alles aufschreiben, was ihr durch den Kopf geht? Und, wenn sie ihre Gefühle da hineinschreibt und er es dann liest? Ihm haben diese nicht zu interessieren. Sie lässt das Buch erst einmal liegen.

Die Gedanken jagen durch ihren Kopf und sie will sie beenden, indem sie in das Brötchen beißt. Während sie isst und versucht, alles hinunterzuschlucken, hört sie wieder dieses Kratzen. Das hat sie gestern Abend auch schon gehört. Was ist das? Sie steht auf und läuft kreuz und quer durch das Zimmer. Immer die Ohren gespitzt und dann bleibt sie vor der zweiten Tür, die in ihrem Raum ist, stehen. Diese hat sie zwar wahrgenommen, aber es ist ihr nicht in den Sinn gekommen, zu schauen, ob sie vielleicht auf ist. Warum sollte er diese auch nicht abschließen und ihr damit eine Fluchtmöglichkeit geben? So dumm ist er auf keinen Fall. Sie geht dicht heran und dann hört sie die Laute ganz deutlich. Da kratzt jemand von der anderen Seite an der Tür. Sie geht auf die Knie und will gerade das Ohr daran legen, als sie ein bitterböses Knurren wahrnimmt. Erschrocken rutscht sie auf ihren Hintern wieder ein Stück weg. Das war auf keinen Fall etwas Menschliches. Sie bleibt ganz still und lauscht. Nach einer Weile beginnt erneut das Kratzen. Langsam nähert sie sich abermals der Tür.

„Psst", macht sie und es ist Ruhe.

„Wer bist du denn?", fragt sie, obwohl sie weiß, dass sie keine Antwort bekommen wird, da es wahrscheinlich kein Mensch ist. Aber vielleicht ist da jemand eingesperrt, der schon ewig ohne menschlichen Kontakt gewesen ist. Verlernt man dann nicht die Sprache? Bei dem Gedanken wird Sunny schlecht und in ihrem Kopf erscheinen Bilder, wie sie hier in diesem Zimmer dahinvegetiert. Nein, das würde sie nicht zulassen. Eher würde sie sich auf Chris einlassen, nur um nicht grauenvoll zu sterben.

Ein Schnaufen holt sie zurück in die Gegenwart und ihr Interesse ist wieder bei dem, was sich hinter der Tür befindet. Das Kratzen wird immer lauter und dann kommt ein leises Bellen hinzu. Sunny ist in diesem Augenblick klar, dass es ein Hund sein muss. Hat er nicht von einem treuen Freund geredet? Er würde sich am Ende um sie kümmern. Ist der Hund etwa eine Bestie? Könnte er sie umbringen? Bekommt er vielleicht ihr Blut?

Dieser Gedanke löst fast Panik in ihr aus. Sie schleppt sich zurück auf das Bett und versucht, tief und gleichmäßig zu atmen. Nur langsam beruhigt sie sich wieder und in dem Moment klopft Chris an ihre Tür. Ihr Herz bleibt fast stehen, denn sie stürzt von einem Schreck in den nächsten. Sie hat fünf Minuten, um sich anzuziehen. Eigentlich möchte sie nicht da hinaus, aber sie will auch überleben. Für was denn überhaupt? Damit sie ein Hund zerfleischt? Nein, sie hatte schon immer einen guten Draht zu Tieren, ist mit vielen aufgewachsen und sie wird versuchen, auch zu diesem Hund einen aufzubauen. Zeit hat sie ja genug und er scheint ja genauso eingesperrt zu sein wie sie. Sie sind zwei Gefangene und die halten zusammen. Zumindest ist das der Wunsch von Sunny, ob sie ihn umsetzen kann, steht wohl in den Sternen.

Mit den wirren Gedanken im Kopf holt sie das nächste Stückchen Stoff aus dem Schrank und zieht es sehr widerwillig an. So etwas hat sie nicht einmal zu Hause. Sie hatte es noch nie nötig, mit solchen Sachen Ella scharfzumachen. Gerade als sie fertig ist, öffnet sich die Tür und Sunny folgt Chris ohne jegliche Gegenwehr. Sie wird sein Spiel mitspielen. Nicht nur, um zu überleben, nein, auch um Zeit zugewinnen, einen bösen Freund zu einem guten zu machen.

Als er Sunny wie schon gewohnt festbindet, schaut sie sich um. Das Feuer ist an und der nächste Eisenstab liegt bereits in der Glut. Heute weiß sie, was auf sie zukommt und sie wird es durchstehen. Aber was ist mit ihm? Wird er wieder vor dem unangenehmen Geruch davonlaufen? Wenn, dann wird sie sich zusammenreißen und ihn nicht noch einmal Schlappschwanz nennen, denn ihre Wange brennt immer noch von der Ohrfeige. Dann geht ihr Blick zu den Monitoren und sie sucht nach Ella. Aber sie kann niemanden sehen. Sie scheint nicht zu Hause zu sein. Wo ist sie? Sind sie schon auf der Suche nach ihr? Ja, das sind sie, zusammen mit Sten kann sie es schaffen und sie hier herausholen.

Chris nimmt eine Schere und schneidet den Verband an ihrem rechten Arm auf. Will er etwa die gleiche Wunde noch einmal aufschneiden? Das kann er doch nicht machen.

Sie beobachtet ihn, wie er das Messer holt und will gerade etwas sagen, als er es ansetzt. Er schneidet in Sunnys Fleisch, jedoch nicht in die schon vorhandene Wunde. Nein, er setzt daneben an. Das ist sehr ungünstig, denkt sie sich, denn dort ist eine Hauptschlagader. Wenn er die trifft, ist es wohl heute schon zu Ende mit ihr. Fast panisch hält sie die Luft an. Sie ist so konzentriert auf das, was er tut, dass sie den Schmerz gar nicht spürt. Ein paar Sekunden später tropft ihr Blut gleichmäßig in die Schüssel. Sie lässt die angehaltene Luft wieder entweichen und ist erstaunt über das, was er da gemacht hat. Er muss medizinische Kenntnisse haben. Der Gedanke ist ihr gestern Abend schon gekommen, als sie sich die Brandwunde genauer angesehen hat. Sie ist nicht zu tief, auch wenn es unbeschreiblich weh getan hat. Es wird bei guter Behandlung, die er ihr ja zugesteht, warum kann sie nicht sagen, nur eine zarte Narbe bleiben. Das kann man sogar in einem Tattoostudio machen lassen, wo es Branding heißt. Wo hat er diese Erfahrungen her? Ist er etwa ein Arzt? Nein, dann würde er gegen seinen Berufseid handeln. Ein Arzt verursacht keine mutwilligen Schmerzen und Wunden.

Sie ist schon wieder in ihren Gedanken gefangen und kommt erst zu sich, als sie den nächsten Buchstaben glühend vor der Nase hat. Es ist ein E. Sie schaut Chris an und bemerkt, dass er heute kein hämisches Grinsen auf dem Gesicht hat. Ist ihm etwa nicht mehr egal, was er da macht? Oder fürchtet er sich vor dem Gestank? Sunny ist es im Gegenteil egal und das scheint ihn durcheinanderzubringen. Sie bereitet sich auf die Schmerzen vor, so wie man es überhaupt machen kann. Sie holt tief Luft und beißt sich auf die Unterlippe. Dann senkt sich das Eisen auf ihre Haut und sie schließt dazu die Augen. Sie beißt richtig zu und verhindert somit einen Schrei. Erst als das Wasser zischt, weil er den Stab hineingetan hat, öffnet sie wieder die Augen. Gleichzeitig schmeckt sie ihr eigenes Blut. Sie hat zu sehr zugebissen und ihre Unterlippe blutet im Mund. Sie lässt sich jedoch nichts anmerken. Er würde sich vielleicht darüber freuen, dass sie sich selbst noch mehr Schmerzen zufügt.

Sunny bemerkt, wie schwer er atmet und wahrscheinlich sehr zu kämpfen hat, um nicht wieder zu fliehen.

„Kein Wort", zischt er in Sunnys Richtung. „Wenn du nicht schreist, brauchst du auch nichts sagen", flucht er weiter und löscht mit etwas Sand das Feuer.

Er ist sauer, weil sie nicht einmal schreit? Sunny bemerkt seinen Ärger darüber und freut sich innerlich, ihm ihre Stärke auf diese Weise zeigen zu können. Aber übertreiben sollte sie nicht. Denn, wenn es ihm darauf ankommt, sie schreien zu hören, dann fällt ihm vielleicht noch etwas ein, wo Sunny nicht mehr gegenhalten kann.

Nach unendlich wirkenden Minuten steht Chris ganz nahe vor ihr und seine Finger fahren an ihrem Hals langsam auf und ab. Er genießt es, denn sein Lächeln und das Funkeln seiner Augen sprechen ihre eigene Sprache. Sunny hält still und lässt es über sich ergehen. Wenn das alles ist, was er von ihr will, dann kann sie damit umgehen. Ihr Magen beginnt zwar schon zu rebellieren, aber sie schluckt den aufkommenden Brechreiz hinunter.

„Du bist so wunderschön", haucht er ihr zu und dreht eine schwarze Haarlocke um seine Finger. Das macht Sie selbst immer, wenn sie nervös ist. Bei Chris ist es aber einfach nur der Genuss. Am liebsten würde sie ihn anschreien, denn ihre Haare sind ihr ganzer Stolz und sie lässt normalerweise niemanden daran. Nur Ella darf sie berühren. Mit aller Macht reißt sie sich zusammen und wagt sich nun doch zu reden.

„Was machst du eigentlich mit meinem Blut?", fragt sie ganz leise.

Er schaut sie intensiv an und will oder kann ihr nicht antworten.

„Wer bekommt es denn?", hakt sie weiter nach, mit dem Hund im Hinterkopf und seine Gesichtszüge werden hart.

„Du störst mich“, sagt er ernst und eine seiner Hände legt sich auf ihre Brust.

Plötzlich vergisst Sunny, was sie eigentlich wissen wollte und zuckt etwas zurück. Nur ein wenig, denn viel Spielraum hat sie ja nicht. In diesem Moment drückt er ihre Brustwarze zwischen Daumen und Zeigefinger zusammen und Sunny schreit nun doch auf. Es kam völlig unerwartet und der Schmerz ging bis ins Mark.

„Tut das etwa mehr weh, als das einbrennen?“, lacht er zynisch und macht dasselbe mit der anderen Brust.

Jetzt atmet Sunny schwer und sie weiß nicht, wie sie mit dieser Situation umgehen soll. Will er doch mehr von ihr? Oder will er sie nur ärgern? Gehört das alles zu seinem Spiel? Wahrscheinlich, und sie wird sich wohl auf noch Weiteres einstellen müssen, obwohl ihre Ekelgrenze schon fast, bei dem Gedanken an mehr, erreicht ist.

Chris nimmt jede Regung von ihr wahr und saugt sie in sich auf. Automatisch drückt er seinen Schritt gegen ihren Oberschenkel, worauf sich langsam sein Schwanz in seiner Hose bemerkbar macht, was jedoch nicht in seinen Plan passt. Sofort lässt er Sunny los und wendet sich ihrem Arm zu. Er drückt das Blut heraus, denn er muss sie für heute so schnell wie möglich loswerden. Er muss sich beherrschen. Dass so wenig ihn schon aus der Fassung bringt, ist ihm nicht klar gewesen. Jeden Tag nur einen kleinen Schritt mehr, hämmert er sich ein. Er muss sich daran halten. Er muss sich an seinen Plan halten. Er darf nichts falsch machen, ansonsten könnte Sunny zerbrechen, oder er selbst unpassend reagieren und etwas tun, was er eigentlich nicht will und vor allem nicht geplant hat. Zumindest glaubt er, dass sie in dieser Hinsicht schwach sein könnte. Was aber Sunny für Kraft hat, weiß er immer noch nicht. Sie ist jedoch froh, dass er von ihren Brüsten abgelassen hat und jetzt ein frisches Handtuch um ihren Arm wickelt.

„Du hast mir noch nicht geantwortet“, sagt Sunny vorsichtig und seine Augen sagen ihr, dass sie keine Antwort bekommen wird.

Sie schweigt daraufhin und wartet, dass er sie losbindet. Er macht es ganz schnell und Sunny spürt, dass er sie loswerden will. Sie muss für sich schmunzeln. Ein erster Erfolg für sie. Oder nicht? Er fährt auf sie ab und wenn sie ihre Reize spielen lässt, bekommt sie ihn vielleicht herum und würde sie gehen lassen. Er hat sich da nicht gerade im Griff. Aber das ist nur ein Wunsch von Sunny, denn sie ahnt, dass etwas ganz anderes dahinter steckt und er sich sicher auch noch an ihr vergehen wird. Sie wischt die Gedanken weg, weil ihr Magen hat dagegen rebelliert. Sie muss schon wieder gegen den Brechreiz kämpfen, bekommt ihn jedoch auch dieses Mal unter Kontrolle. Wie wird es aber sein, wenn er mehr mit ihr anstellt? Oder andere Dinge von ihr verlangt? Da hilft ihr auch nicht sein Aussehen, denn ein Schwanz bleibt ein Schwanz, und damit will sich nichts zu tun haben.

Zurück in ihrem Zimmer reißt sie sich die Wäsche vom Körper und steigt nochmals unter die Dusche. Erst als sie im Jogginganzug auf dem Bett sitzt und ihre Wunden versorgt sind, wird sie ruhiger.

Chris dagegen läuft wie angestochen in seinem Haus herum. Er hat gedacht, dass er damit umgehen kann, aber diese Frau macht ihn wahnsinnig. Er ist verloren, wenn er ihr in die Augen schaut, er ihre zarte Haut berührt. Und, wenn er ihre Nippel zwischen seine Finger nimmt.

Er muss sich an seinen Plan halten. Erst nachdem sie die fünf Buchstaben auf ihrer Haut hat, wird er ihr zeigen, was ein Mann alles mit einer Frau anstellen kann. Die Kleinigkeiten sollen sie nur darauf einstimmen. Aber tun sie ihm gut? Schon der Gedanke an ihren makellosen Körper lässt seine Männlichkeit in Erwartung zucken.

Er muss sich an den Plan halten! Und, wenn sie es bis dahin nicht überlebt? Doch das wird sie! Sie ist anders als die Frauen vor ihr. Sie wird nicht aufgeben und sie will leben. Und ihre Wunden versorgt sie auch selbst.

Sie schafft das! Schafft er das? Er muss! Was, wenn Ella sie eher findet, als er seinen Plan beenden kann? Wenn er Sunny nicht einmal nach seinen Vorstellungen nehmen kann? Wenn er nicht dazu kommt, sie zu spüren, zu schmecken und am Ende zu ficken? Nein, Ella findet sie nicht. Er gibt ihr Hinweise, aber die werden sie nur durcheinanderbringen und ins Nichts führen. Das ist ebenso sein Plan. Daran hält er sich!

Um sich abzulenken, geht er in den hinteren Kellerraum. Sunny spitzt derweil die Ohren nebenan.

„Komm Baxter, hier hast du wieder was ganz feines", hört sie ihn sagen und sieht vor sich, wie der Hund ihr Blut säuft.

„So ist es gut und jetzt geht es an die frische Luft. Komm mein guter", redet Chris nach ein paar Minuten weiter.

In Sunny keimt die Hoffnung auf, dass weder Chris noch der Hund eigentlich böse ist. Er geht liebevoll mit ihm um und sie dachte, dass er immer da eingesperrt ist. Der Hund erhält seine Freiheiten. Bekommt sie auch irgendwann welche? Sollte sie sich auf ein Leben mit ihm einlassen bestimmt.

Sunny lässt sich auf das Bett fallen und wartet darauf, dass sie zurückkommen und sie noch einmal eine Chance bekommt, mit dem Hund Kontakt aufnehmen zu können. Sie muss es versuchen, denn er ist zur Zeit, ihr kleiner Funken der Hoffnung.

Ella

Ella läuft aufgeregt, aber dennoch leise, weil Sten noch schläft, in der Wohnung hin und her. Sie wartet auf die nächste E-Mail. Sie hat bis jetzt jeden Tag eine bekommen, auch wenn sie nicht gerade schön waren, ist es für sie trotzdem wie ein Lebenszeichen von Sunny.

„Er muss sich doch nicht jeden Tag melden", sagt Sten verschlafen und schaut Ella hinterher, die gerade wieder auf den Weg in die Küche ist. „Wenn du dort bist, kannst du auch gleich Kaffee machen", ruft er ihr noch nach.

Ella tut, was ihr befohlen wird und Sten setzt sich im Schlafanzug und mit einem Grinsen zu ihr.

„Du bist hier nicht zu Hause", brummelt sie, gießt ihm aber trotzdem Kaffee ein.

„Zurzeit wohne ich bei dir. Muss dich ja beschützen", spricht er extra laut, damit er sicher sein kann, dass er alles mithört.

„Hast du gestern noch etwas erfahren?", fragt Ella und fängt sofort einen bösen Blick.

„Ich muss heute erst zu einem Hausbesuch. Eine ältere Dame hat Probleme mit ihrem Computer. Mal sehen, ob ich am Nachmittag dazu komme", zwinkert Sten Ella zu und sie hat verstanden.

Sie muss sich echt beherrschen, sonst fliegen sie noch auf. Es fällt ihr schwer, denn sie redet gern und viel. Also ist es wahrscheinlich besser, wenn Sten tagsüber nicht hier ist.

„Ich werde dann die restlichen Entwürfe machen. Ich kriege die Zeit schon rum, bis du wieder da bist", lächelt sie Sten gezwungen an, denn sie mag es gar nicht, jetzt allein zu sein.

„Du kannst ja mal versuchen, ob du Sunny erreichst", kommt von Sten.

„Ich denke nicht, dass ihr Handy funktioniert. Es war, glaub ich ausgeschaltet", erwidert Ella und zuckt mit den

Schultern, weil sie das eigentlich aufgegeben hat. Welcher Entführer würde seinem Opfer das Handy lassen.

„Vielleicht hatte sie auch nur keinen Empfang“, sagt Sten wieder lauter und Ella reißt die Augen auf. Aber ein Handzeichen von Sten und sie weiß Bescheid.

„Okay, ich werde es dann noch mal versuchen“, nickt sie ihm zu, erkennt aber keinen Sinn darin und was Sten damit bezweckt, ist ihr auch unklar.

Als Sten gegangen ist, kümmert Ella sich erst einmal um die Wohnung. Seit Tagen hat sie nichts gemacht und so stapelt sich der Aufwasch und staubsaugen muss sie ebenfalls dringend. Nach einer Stunde, in der sie alles um sich herum vergessen hat, sitzt sie wieder vor ihrem Laptop.

Im Augenwinkel sieht sie ihr Handy liegen und überlegt, ob sie wirklich noch einmal anrufen sollte. Nach einigen Minuten greift sie danach und wählt Sunnys Nummer. Zu ihrem Erstaunen klingelt es und vor Schreck macht sie es gleich wieder aus. Sie schüttelt über sich selbst den Kopf und ruft nochmals an. So schnell konnte sie ja gar nicht ran gehen, wenn sie es könnte. Aber diesmal wird sie weggedrückt. Ella schreibt verdutzt eine Nachricht, weil Sunny vielleicht nicht reden kann. In der Hoffnung, dass sie sich meldet, wartet sie und lässt das Handy nicht aus den Augen. Es passiert jedoch nichts. Also ruft sie wieder an. Und noch einmal und noch einmal. Jedes Mal wird sie unterbrochen und ihr kommt in den Sinn, dass der Entführer das Handy hat. Gerade entscheidet sie sich dafür, es später wieder zu probieren, da erhält sie eine E-Mail.

Ist es die heutige Nachricht von ihm, oder vielleicht doch ihre Chefin? Sie öffnet das Programm und sieht schon, dass er geschrieben hat.

Lass das verdammte ständige Anrufen!
Das Klingeln geht einen ja auf den Sack!
Wenn du mit ihr reden willst, dann finde sie.

Wie vom Blitz getroffen sitzt sie da und starrt auf den Bildschirm. Wie von allein greift sie zur Computermaus und druckt die E-Mail aus, aber in ihrem Kopf dreht sich alles. Er hat Sunnys Handy und es ist auch nicht abgeschaltet. Warum hat er es nicht aus gemacht? Jeder würde doch als Erstes die Verbindung zu Freunden unterbrechen? Aber Sunny hat ja keine Chance, sie anzurufen. Vielleicht hat er gedacht, sie verrät über das Handy, wie weit sie mit der Suche sind? Denkt er wirklich, sie würde jetzt noch Nachrichten senden? Dann hätte er nicht darauf reagieren dürfen. Oder denkt Ella falsch? Glaubt er etwa im Ernst, dass sie so dumm ist? Es machen sich Gedanken breit, die sie wieder vollkommen durcheinanderbringen? Das will sie unterbinden und so schnappt sie sich ihre Tasche und verlässt die Wohnung. Sie muss Sten anrufen, aber diesmal über das neue Handy und das darf sie ja nicht drinnen machen.

„Ella, was gibt's?", hört sie kurz danach schon Sten.

„Ich habe die nächste Nachricht bekommen. Er hat darauf reagiert, weil ich angerufen habe", fasst sich Ella kurz.

„Das glaube ich jetzt nicht. Ich werde sofort ihr Handy orten lassen, bevor er es wieder ausschaltet. Eventuell finden wir sie damit", sagt Sten aufgeregt, aber ins geheim glaubt er nicht daran. Vielleicht ist es auch eine Falle oder er will sie foppen. Er denkt eher an das Zweite, denn für ihn ist das ja anscheinend alles nur ein Spiel.

„Bist du etwa noch in deiner Wohnung?"

„Nein, ich bin doch nicht blöd. Ich verstehe schon, wenn du mir etwas sagst", erwidert Ella genervt. „Ich komme zu dir ins Büro", redet sie einfach weiter, weil Sten auf diese Ansage nicht mehr reagiert.

„Ja, ich warte hier auf dich", entgegnet er dann doch kleinlaut und legt auf.

Das Büro ist nicht weit und so lässt sie ihr Auto stehen, denn für die kurze Strecke würde sie in dem Verkehr viel mehr Zeit brauchen. Für die zwei Stationen nimmt sie die

Straßenbahn und steht nach nicht einmal zehn Minuten vor dem Bürogebäude. Mit dem Fahrstuhl fährt sie in den vierten Stock und dann läuft sie den langen Flur entlang, wo am Ende Stens Büro ist. Der gesamte Gang ist mit Glasscheiben ausgestattet und man kann jeden einzelnen an seinen Arbeitsplatz sehen. Das wäre nichts für sie, da kann man ja den ganzen Tag beobachtet werden. Wird sie das nicht auch gerade? Er ist praktisch in ihrer Wohnung, in ihrem Leben, überall und immer. Und wie weit das ausbreitet, wird sie noch erfahren.

Ella klopft kurz und tritt ein. Sie nickt den Kollegen zu, die sie alle kennen und es stört auch niemanden, dass sie einfach so ins Büro kommt.

Sten winkt sie aufgeregt zu sich und Ella erkennt auf seinem Bildschirm eine Stadtkarte und einen roten Punkt.

„Das Handy ist noch an, aber ziemlich am Rande der Stadt", erklärt er ihr.

„Was ist da?"

„Ich weiß nicht so genau. Ich denke ein altes Gewerbegebiet. Jedenfalls ist dort nichts eingetragen, keine Firma oder so", zuckt Sten mit den Schultern und weiß auch nicht, was er davon halten soll.

Wird Sunny in einer Brache oder Ruine gefangen gehalten? Ja, in einer kleinen Stadtwohnung, wird er sie wohl nicht festhalten.

Sten ruft Google Earth auf, gibt die Adresse ein und dann erscheinen Luftaufnahmen von dem Gelände. Gespannt schauen beide darauf und sehen überwiegend Schienen, Weichen und alte Züge.

„Das ist ein uralter Bahnhof", sagt Ella.

„Ein Rangierbahnhof", verbessert Sten sie und muss lächeln.

„Jedenfalls gibt es dort gar nichts, wo sie sich verstecken könnten." Sie schaut verständnislos auf den Bildschirm.

„Doch", hält Sten dagegen und lässt das Bild etwas zur Seite rollen.

Da stehen alte Gebäude, die aussehen, als würden sie gleich einfallen und dazu noch so groß, dass ganze Züge hineinpassen würden.

„Da soll Sunny sein?“, kommt entsetzt von Ella.

„Zumindest ist ihr Handy dort.“

„Dann sollten wir dahin fahren“, fordert sie ihn auf.

„Warte ich muss nur kurz die App auf mein Handy machen, damit wir es auch finden“, sagt Sten und hat schon sein richtiges Handy in der Hand.

„Nicht, nein.“ Ella nimmt ihm es weg. „Dann sieht er doch, dass wir kommen“, redet sie schnell weiter.

„Aber die anderen Handys sind zu einfach, da gibt es keine Apps“, widerspricht Sten, denn er hat nur ganz primitive Wegwerfhandys gekauft. Die erfüllen den Zweck, sich nur anrufen zu können, wenn der Entführer es nicht mitbekommen soll.

„Nehmt meines“, steht auf einmal ein Kollege von Sten neben Ella und lächelt beide an.

„Ich kann dir doch dein Handy nicht wegnehmen“, empört sich Sten.

„Ich habe noch eins und das gibst du mir zurück, wenn ihr wieder da seid“, lässt er sich nicht abwimmeln und hält es Sten unter die Nase. „Findet Sunny“, fordert er ernst und geht wieder an seinen Platz.

„Hast du ihm was erzählt?“, fragt Ella, die damit absolut nicht einverstanden ist.

„Er ist der Einzige und er sagt es sicher nicht weiter. Ich brauchte ihn wegen dem Programm“, verteidigt sich Sten.

„Und hat es schon was gebracht?“

„Ja, aber jetzt fahren wir erst einmal da hin“, lenkt er ab und Ella wird misstrauisch.

„Was hast du gefunden?“

„Das kann warten“, würgt er sie ab und macht schon Anstalten aufzustehen.

„Nein, ich will es wissen.“ Ella drückt ihn energisch zurück auf den Stuhl.

Widerwillig öffnet er einige Bilder, die er durch das Hacken von Ellas Laptop, auf diesen gefunden hat. Ella steht da und starrt auf die Bilder. Es dauert ein paar Sekunden, bis sie erkennt, was da zu sehen ist. Auf jedem Foto ein Zimmer aus ihrer Wohnung. Sie schnappt nach Luft und zieht sich einen Stuhl heran, denn ihre Beine wollen nachgeben.

„Er hört mich nicht nur ab, er sieht auch alles, was ich mache", krächzt sie, weil ihre Stimme vor Schreck fast abhandengekommen ist.

„Ja, er hat nicht nur eine Wanze angebracht, sondern in jedem Zimmer eine Kamera. Wir müssen ab jetzt noch vorsichtiger sein", flüstert Sten, damit die anderen es nicht mitbekommen. Sie haben schon geschaut, weil Ella jegliche Farbe aus ihrem Gesicht verloren hat und nun zitternd auf dem Stuhl sitzt.

„Die müssen wir finden", murmelt sie und in ihrem Kopf tauchen die Gedanken auf, die sie sich vor wenigen Minuten auf dem Gang hier hergemacht hatte.

„Nein, dann fliegen wir auf. Ich habe außerdem meinen Freund erreicht und er will sich morgen mit uns treffen. Ich glaube er weiß was und kann uns helfen", fleht Sten Ella an.

„Was weiß er denn?" Sten hat damit die Neugierde in ihr geweckt und lenkt sie etwas von den Bildern ab.

„Wahrscheinlich macht der Entführer das nicht zum ersten Mal. Aber Genaueres will er uns persönlich sagen. Und er muss erst nachschauen, ob er richtig liegt."

„Wer ist das?" Ella schaut Sten so eindringlich an, dass er antworten muss.

„Es ist ein Profiler."

„Also doch ein Polizist", poltert sie los und hat Angst, mit ihm einen Fehler zu machen.

„Nein, nicht direkt. Die arbeiten zusammen mit der Polizei, aber im Hintergrund und analysieren die Täter."

„Ob uns das weiter bringt?", zweifelt Ella.

„Wir werden sehen. Wir müssen warten, was er uns zeigen will und ob er überhaupt etwas hat. Außerdem sollten wir prüfen, ob es Parallelen zu Sunny gibt", beruhigt er Ella.

„Gut, dann lass uns erst mal fahren. Vielleicht brauchen wir ihn gar nicht mehr, wenn wir Sunny dort finden", zweifelnd und bedrückt kommen die Worte durch ihre, vor Wut und Verzweiflung zusammen gepressten Lippen und sie steht auch schon wieder, zwar auf wackeligen Beinen, aber sie reißt sich am Riemen.

Sie muss durchhalten. Für Sunny. Denn sie weiß, dass sie ebenso kämpft und niemals von sich aus aufgeben würde.

Sten aktiviert die App auf dem Gerät seines Kollegen und gibt die Adresse ein. Das Handy ist immer noch an und hat sich auch nicht bewegt. Sten schließt die Programme auf dem neuen Laptop, klemmt ihn sich unter dem Arm und greift nach seinem Autoschlüssel. Den darf keiner in die Hände bekommen, er ist ein bisschen, wie ein Schlüssel zu Sunny.

Und jetzt haben sie die erste Spur zu ihr und die Suche kann losgehen.

Sunny

Sunny sitzt neben der zweiten Tür im Raum und flüstert Baxter unaufhörlich zu. Er kratzt an der Tür oder knurrt. Erst als sie anfängt zu weinen, weil sie Angst hat, hier nicht mehr lebend heraus zu kommen, fängt er an zu winseln. Als würde er mit ihr weinen. Sie erzählt ihm von Ella und ihrer Liebe, obwohl sie weiß, dass er sie nicht verstehen wird, aber es tut gut, sich das von der Seele zu reden. Befreiend sprudeln die Worte aus ihr heraus und sie verschwendet keinen Gedanken daran, dass Chris vielleicht im Hintergrund zuhören könnte.

„Baxter, du darfst mir nichts antun. Wir müssen Freunde werden", sagt sie ganz leise und gleichzeitig lacht über sich selbst.

Was verlangt sie denn da von einem Tier? Wird er sie überhaupt verstehen? Er kennt bestimmt die Menschensprache, aber den Sinn der Worte? Eines ist jedoch sicher, ihre Angst spürt er und findet sie nicht anspornend, wie es für manch einen Hund ist, der genau hierauf wartet, dass man sie zeigt. Darauf muss sie aufbauen. Ihre Finger streichen über die Tür und in Gedanken fährt sie ihm zärtlich durch das Fell, obwohl sie nicht einmal weiß, was für eine Rasse er ist. Dass es kein kleiner Hund ist, hat sie an seinem Knurren erkannt, aber er könnte ebenso ein gefährlicher Dobermann sein. Vielleicht auch eine Bulldogge. Was dann? Den würde sie bestimmt nicht streicheln, ihr Gefühl sagt ihr jedoch irgendwas anderes. In seiner Stimme ist etwas Liebevolles und Beschützendes.

Sie wird aus ihren Gedanken gerissen, denn es klopft wieder. Sie steht auf, geht widerwillig zum Schrank und holt das nächste Dessous heraus. Nach genauer Betrachtung zieht sie es an. Diesmal ist es ein winziger Slip, aber das Oberteil ist wie ein kleines zartes Kleidchen gemacht und bedeckt so fast ihre Scham. Jedoch ist der Ausschnitt so tief, dass ihre Brustwarzen darüber heraussprießen. Hat er das alles selbst ausgesucht? Und nach den Tagen sortiert? Sie geht die weiteren durch und zum Ende hin, wird der Stoff wirklich immer weniger. Sie wird wohl mal eines doppelt anziehen, um dem aus dem Weg zu gehen, fast nackt vor ihm stehen zu müssen. Aber wie sie ihn kennt, weiß er ganz genau, was sie an welchen Tag zu tragen hat. Am Ende handelt sie sich noch eine Strafe ein. Das muss sie sich noch einmal überlegen. Sie schließt den Schrank und erschrickt dermaßen, dass sie rücklings auf das Bett fällt. Hinter der Tür steht Chris und hat sie wahrscheinlich beobachtet, wie sie die Wäschestücke inspiziert hat. Aber ihre Gedanken kann er zum Glück nicht lesen.

„Schöne Sachen, nicht?", fragt er und seine Gesichtsmuskeln zucken. Er weiß wohl nicht recht, ob er sie anlächeln, oder tiefernst bleiben soll.

„Ziemlich viel Nichts", rutscht Sunny heraus und nun schaut er amüsiert.

„Gefallen sie dir nicht?", will er wissen und sie fragt sich, was dieses Gespräch soll.

„Doch, aber ich habe es ehrlich gesagt noch nie nötig gehabt, so etwas anzuziehen", antwortet sie prompt.

„Soll das heißen, ich habe das nötig, um nicht als Schlappschwanz dazustehen, weil ich ohne dieses Zeug keinen hochkriegen würde?", bellt er nun, wie sein eigener Hund und Sunny wird klar, dass sie die falschen Worte gewählt hat.

„Nein, das wollte ich nicht damit sagen. Aber Frauen untereinander brauchen das nicht", versucht sie zurückzurudern.

„Männer haben eben mehr Geschmack als Frauen", lacht er sie süffisant an und Sunny denkt sich ihren Teil lieber. Soll er doch glauben, was er will.

Sie steht auf und zieht das winzige Kleidchen zurecht. So wie er sie ansieht, kommt sie sich vor, als würde er sie auf die Schlachtbank bringen. Er geht einen Schritt zur Seite und Sunny verlässt mit ihm im Rücken ihr unheimliches, aber trotzdem Schutz bietendes Zimmer.

Jetzt einfach losrennen. Die Worte hämmern in ihrem Kopf, aber sie tut es nicht. Wie weit würde sie wohl kommen? Gerade mal die Treppe hinauf und dann? Sie kennt sich nicht aus und so hätte er sie schneller eingeholt, als sie ahnen könnte. Er ist so durchtrainiert, da kommt sich sie vor, wie eine lahme Ente. Also schiebt sie den Gedanken ganz weit weg und bereitet sich innerlich schon auf die bekannte Prozedur vor.

Ihre Gedanken kennt Chris nicht, er ist an dem Anblick, der sich vor ihm auftut, gefesselt. Das Kleidchen bedeckt Sunnys Po nicht ganz und so ist sein Blick an dem String und den wunderschönen prallen Pobacken wie festgenagelt. Am liebsten würde er zupacken, aber sie steht schon mit gesenktem Kopf vor der Säule.

Heute und dann noch zwei Tage, noch drei Buchstaben, dann kann und wird er ihr zeigen, was Liebe ist. Richtige Liebe! Zwischen Mann und Frau! Wird sie es verstehen? Er wird zärtlich sein und ihr zeigen, dass sie keine Angst haben muss. Wird sie sich auf ihn einlassen? Versuchen kann er es und er wird es auch! Nur das Ergebnis ist noch offen. Ob der Spaß allein auf seiner Seite ist, oder Sunny es vielleicht ebenfalls genießen kann.

Mit dem Wissen an das Kommende und Unausweichliche, bindet er sie fest und spürt das erste Zucken in seiner Lendengegend. Er tut es ab und hofft, dass es schnell wieder verschwindet.

Sunny hat die Augen geschlossen und ärgert sich, es nicht doch gewagt zu haben zu fliehen, als sie etwas Feuchtes an ihrem Oberschenkel spürt.

„Nur schnuppern, Baxter", sagt Chris und Sunny sieht an sich hinunter. Baxter schaut sie von unten heraus an und leckt ihr über das Bein. Sie bewegt sich nicht, zuckt nicht einmal vor Angst, denn sein Blick verrät ihr, dass er nichts Böses im Sinn hat.

„Baxter, platz", kommt forsch von Chris und er zieht sich in eine Ecke zurück. Er legt sich hin und beobachtet Sunny.

Seine großen treuen Augen zeigen ihr, dass er ein guter Freund ist. Er scheint Chris zu vertrauen und sie hofft, genau dieses auch von ihm zu bekommen. Vertrauen.

Es ist ein Schäferhund oder auch nicht. Irgendwie ist es scheinbar eine Mischung aus Hund und Wolf. Der Wolf ihn ihm könnte natürlich für sie gefährlich werden, aber sie ist schon froh, nicht einen Dobermann oder einer Dogge gegenüberzustehen.

„Er wird dir nichts tun", sagt Chris und Sunny glaubt ihm jedes Wort. „Zumindest jetzt noch nicht", legt er nach und genau das, wird sie zu verhindern versuchen.

Ungeachtet davon, wie sich die zwei gegenseitig beobachten, entfernt Chris den Verband an ihrem linken Arm.

Erst jetzt schaut Sunny wieder etwas ängstlich, denn auch diesmal sollte er nicht daneben schneiden. Aber seine Erfahrung, von der sie mittlerweile überzeugt ist, lässt es nicht zu, dass er sie mehr verletzt, als es nötig ist.

Vor ihr brennt auch schon wieder das Feuer, mit dem Stab, der in der Mitte liegt und langsam anfängt, rot zu glühen.

Sunny wendet den Blick aber wieder weg und sucht den Blickkontakt zu Baxter. Dieser liegt regungslos in der Ecke, jedoch kippt irgendwie seine Stimmung und er schaut auf einmal traurig aus. Sunny sucht nach einer Begründung dafür und spürt plötzlich die Hitze vor ihrem Gesicht. Chris steht vor ihr, die Stange mit dem nächsten Buchstaben, dem S und sie kommt gerade noch dazu, die Luft anzuhalten. Den Schmerz sieht man ihr dieses Mal im Gesicht an. Es ist fast gruselig verzogen. Ihr entfährt nun doch ein kurzer Schrei, gefolgt von einem Bellen.

„Sei ruhig, du störst mich", faucht er Baxter an. Chris genießt wirklich jede Qual, die Sunny erleiden muss. Er schaut ihr tief in die Augen und weicht auch dem Geruch nicht aus. Hat er sich daran gewöhnt? Oder hat ihn ihr Schrei so gefesselt? Ist es das, was er will? Ihren Schmerz hören?

Nein, Sunnys Duft ist so stark, dass er Chris ablenkt. Er lässt den Stab in den Wassereimer fallen und schon ist er wieder mit seiner Nase an ihrem Hals. Sunny hat mit dem Verarbeiten des Schmerzes noch zu tun, als er bereits ganz andere Gedanken hat.

Der Anblick macht ihn fast verrückt. Er sieht ihre prallen Brüste, wo die festen Nippel über den wenigen Stoff gerutscht sind und sich schnell heben und senken. Sunnys Atem ist schwer und er ebbt auch nicht ab, denn sie hat den Blick von Chris wahrgenommen. Langsam kriecht nun Angst in ihr hoch, weil sie nicht weiß, wie weit er gehen wird.

„Ich darf noch nicht", murmelt Chris ganz leise, aber Sunny hat es gehört. Sie weiß nicht, was sie davon halten soll, jedoch lassen seine täglich mehr werdenden Annäherungen sie ahnen, um was es geht.

Chris kann indessen seinen Blick nicht von Sunny wenden. Er scheint sie mit seinen Augen zu verschlingen, die langsam weiter nach unten gehen. An ihrem Schoss bleiben sie hängen.

Wie gern würde er sie jetzt lecken und in Ektase versetzen.

Ja, er würde das schaffen! Er hat es gelernt und ist gut darin.

Wäre er vielleicht sogar der erste Mann bei ihr. Wäre er wirklich der Erste? Oder kennt sie schon das Gefühl eines echten Schwanzes aus Fleisch und Blut? Wenn nicht, dann wird sie es von ihm kennenlernen.

Aber noch nicht! Heute noch nicht!

Seine Hände berühren nur kurz Sunnys Brüste und es ist für ihn, wie ein Stromschlag. Sein Schwanz glüht und schmerzt und will endlich aus seiner Hose befreit werden. Er reibt seinen eingesperrten Penis an ihrem Oberschenkel, was jedoch keine gute Idee ist. Ganz im Gegenteil, er schwillt noch mehr an. Er muss so schnell wie möglich Abhilfe schaffen, aber nicht an ihr.

Er muss sich an seinen Plan halten!

Er kann vor Schmerzen in seinen Lenden kaum noch stehen oder gehen, aber er muss durchhalten.

Er darf nicht schwach werden! Das verlangt er doch auch von Sunny.

Schnell nimmt er die Schüssel mit dem Blut weg und schiebt sie Baxter zu. Er schaut verlegen zu Sunny auf, säuft aber nach einigen Sekunden, in denen sie ihm mit ihrem Blick versucht hat klar zu machen, dass es in Ordnung ist, um nicht aufzufallen, die Schüssel leer. Die Verbindung zwischen ihnen scheint wirklich zu funktionieren. Der Umgang mit Tieren in ihrer Kindheit macht sie jetzt gegenüber Baxter sicher und zahlt sich aus. Sunny gibt es Mut und am Ende wird Baxter ihr nicht das Leben nehmen, sondern es retten. Wie schön ist diese Vorstellung und sie nimmt sich vor, mit allen Mitteln den Hund auf ihre Seite zu ziehen und das, was Chris ihr antut, irgendwie zu überstehen.

Er bindet inzwischen ein Handtuch um den Arm und löst eine Fessel nach der anderen. Dann zieht er fast hektisch Sunny den Gang entlang und schubst sie ziemlich heftig in ihr Zimmer. Die Tür ist noch nicht richtig im Schloss, da stürzt Chris schon die Treppe hinauf und auf den Hof. Er schafft es gerade bis zur Scheune hinüber, fällt auf die Knie und reißt sich die Hose herunter. Ein Griff und ein ohrenbetäubender Schrei der Erlösung erschallt. Er brüllt seine Ektase voller Wucht in die Weite, des sich hinter der Scheune ausstreckenden Feldes hinaus. Dann ist es wieder still. Zu still. Er hört nur seinen tiefen und schnell gehenden Atem, sogar die Vögel haben aufgehört zu zwitschern, vor Schreck.

Sichtlich erleichtert und sich selbst verurteilend, weil er sich nicht vorher abreagiert hat, zieht er seine Hose wieder hoch. Er hätte zu Rosa gehen können, da wäre der Druck jetzt garantiert nicht so gewesen. Aber es ist nun mal so, wie es ist. Das nächste Mal sollte er sich zuvor alles überlegen. Das darf nicht noch einmal passieren. Er nimmt sich ja selbst den Spaß, weil er jedes Mal abbrechen muss, wenn es am schönsten wird.

Er geht zurück ins Haus, jedoch nicht in den Keller. Auch die Überwachung von Ella muss warten. Er muss sich beruhigen, er muss runterkommen. Zu stark waren die Lust und der Schmerz in seinen Lenden. Er könnte es ändern, aber er hält sich strikt an seinen Plan.

In der Küche holt er sein Gewehr aus dem Kasten der Sitzbank. Dort hat er es schon immer versteckt. Er hat sich die Waffe gekauft, als er sich in den Bauernhof zurückgezogen hat. Hier draußen hatte er das Gefühl, sich vielleicht irgendwann einmal verteidigen zu müssen. Egal, ob gegenüber wilder Tiere, oder ungebetener Gäste. Keiner weiß, wo sie ist, aber für ihn stets griffbereit.

Er verlässt das Haus und läuft in Richtung Wald. Dort hat er einen Hochstand, in dem er sich ab und zu mal versteckt und sein Leben überdenkt. Da hat er die Ruhe, die er braucht, um Entscheidungen zu treffen, auch wenn sie bis jetzt nicht immer die Besten waren. Er hört ein Rascheln hinter sich und blitzschnell hat er das Gewehr in Anschlag, aber es ist Baxter, der ihm gefolgt ist. Er duckt sich erschrocken ab, weil das Ende des Gewehrlaufes fast vor seiner Nase ist. Christ senkt das Gewehr, streichelt ihm über den Kopf und gibt ein Zeichen, dass er mitkommen kann.

Chris

Er schaut in die Weite, die sich vor ihm ausbreitet. Rechts und links von ihm ist Wald und ansonsten nur Feld. Zusammen mit Baxter, der sich hinter ihm hingelegt hat, wartet er auf dem Hochstand auf etwas Wild, was er schießen kann.

Aber seine Gedanken hängen immer noch an dem eben erlebten. Er wollte nicht, dass es so weit kommt. Er sollte sich mehr zusammenreißen. Er darf keine Fehler machen und muss sich an den Plan halten. Diesen hat er akribisch aufgestellt, weil er in der Vergangenheit schon genug falsch gemacht hat.

Vor vier Jahren hatte er sich den Hof gekauft und mit ihm Baxter. Er wollte auf dem Anwesen nicht allein sein und so suchte er sich einen Wolfshund aus. Er ist so groß und gewaltig wie er selbst. Zudem soll er gute Eigenschaften haben. Er ist eine treue Seele und bewacht seinen Hof und die Familie. Zu der gehört er zwar ganz allein, aber vielleicht ändert sich das eines Tages. Von Baxter, der hinter ihm friedlich schlummert, kommt er wieder zu dem, was er angestellt hat.

An seine Erste mag er gar nicht zurückdenken. Er war komplett planlos, getrieben von seinem Hass und am Ende auch überfordert.

Den Hof hatte er gerade ein paar Wochen und wie immer war er in der Stadt Einkäufe erledigen, was er möglichst nur einmal im Monat macht. Er hat sich zurückgezogen und mochte die vielen Menschen nicht um sich. Er kam sich immer vor, als würden ihm alle ansehen, was er durchgemacht hat, und dann sah er auch stets Lesben in den schönsten Frauen. Mit gesenktem Kopf lief er durch die Einkaufshalle und sammelte seine Lebensmittel ein. An der Kasse musste er jedoch unweigerlich hochsehen und in dem Moment sah er am Eingang zwei Frauen, die sich küssten. Sofort stieg eine Wut in ihm auf, die er nur zu gut kannte und er wollte und konnte diese Frauen nicht aus dem

Blickfeld verlieren. Schnell verstaute er die eingekauften Sachen in Tüten und folgte den beiden unauffällig.

Von diesem Zeitpunkt an begann er sie zu beschatten. Es dauerte nicht lange und eine von beiden, natürlich die Hübschere, die zierliche, rothaarige, fand sich bei ihm im Haus wieder. Da sie zusammen wohnten, hatte er sofort Zugang zu der Wohnung und versetzte die zweite immer wieder mit E-Mails in Angst. Er hat ihren Computer gehackt und Kameras angebracht. Die rundum Überwachung war das Einzige, was er aus einer tiefen Überlegung heraus geplant hat. Er wollte von Anfang an, beide mit seiner Tat treffen.

Sein Verhalten aber fruchtete einfach aus einer fixen Idee, die er bei der ersten Gelegenheit umgesetzt hat. Er war vollkommen unkontrolliert und voller Wut, was er auch an der Frau ausließ. Eigentlich findet er Frauen mit großen Brüsten anziehender, aber er hat einfach zu wenig überlegt. Der kleine fast nicht vorhandene Busen machte ihn trotzdem an. Oder war es die Wut auf sie, weil sie eine Lesbe war. Ihre Brüste verschwanden in seinen großen Händen, aber zum Beißen in die Nippel genügten sie. Ihre Schreie machten ihn noch mehr an und er wartete nicht einen Tag. Er nahm sie, wie er wollte. Er ließ seiner Fantasie freien Lauf und strebte an, ihr alles mit einem Mal zeigen und spüren lassen, was sie angeblich verpasst, wenn sie keinen Mann an sich heranlässt. Und das war es, wodurch sie so viel Angst bekam, dass sie ihm unter der Hand wegstarb. Sie hatte überreagiert und er fand sie in dem Moment, in ihrem Zimmer, als sie in eine Tüte atmete, um sich wahrscheinlich zu beruhigen, aber er verstand es falsch. Er fesselte sie, stopfte ihr die zusammengeknüllte Tüte in den Mund und drehte sich weg. Er war nebenan bei Baxter, als es plötzlich zu still geworden ist. Das leise Wimmern, was als Letztes noch von ihr kam, verstummte. Er rannte schon mit einer Vorahnung hinüber, einen Fehler gemacht zu haben, und fand sie mitten im Zimmer liegend.

In ihrer Angst und dem Schock ist ihr Herz stehen geblieben. Er wollte sie wiederbeleben, aber es war zu spät.

Weder er noch Baxter hatten genug von ihr bekommen und seinen eigentlichen Gedanken, eine Lesbe zum Umdenken zu bringen, konnte er nicht umsetzen. Er hat sie am ersten Tag zerstört. Nur eines hatte er richtig gemacht, er hat aus der Wohnung der beiden den Computer und die Kameras mitgenommen und keinerlei Spuren hinterlassen. Nicht einmal die Freundin ließ er weiterleben, sie hätte ja irgendetwas verraten können. Er wollte absolut sichergehen, nicht entdeckt zu werden.

Das war ihm eine Lehre und ehe er wieder einen Versuch startete, stellte er sich einen Plan auf. Zudem weitete er die Überwachung der zweiten Frau massiv aus. Ebenfalls baute er das Zimmer für seine Gefangene um. Eine Lüftung, eine Dusche und ein Bett, damit sie einen Rückzugsort hat. Es ist wohl nicht das richtige Wort dafür, aber sie soll sich erholen können, um länger durchzuhalten. Das nächste Mal wollte er unbedingt mehr von ihr haben. Vor allem auch Baxter, dem er seinen eigenen Part zugesprochen hat.

Er nahm jedes Detail mehrmals akribisch unter die Lupe, bevor es zum zweiten Mal, nach einem Jahr, losgehen konnte. Es dauerte Wochen, bis er alles ausspioniert, die Wohnung präpariert hatte und sein Plan ausgereift war. Diesmal musste es klappen. Aber wieder ging etwas schief.

Auch diese, diesmal eine blonde und etwas stämmige Frau, starb, weil sie unbedingt ihren eigenen Kopf haben musste. Sie weigerte sich, zu essen und zu trinken, und dann infizierten sich die Wunden. Sie bekam hohes Fieber und überlebte es nicht. Vielleicht hätte er sie zwingen sollen etwas zu sich zu nehmen, aber er wollte sie ja umkehren und nicht pflegen. Ebenso ging ihm durch den Kopf, dass der harte Sex mit ihm, den sie fast nicht aushielt, mit Schuld daran gewesen ist. Bei ihr hatte er wenigstens etwas in den Händen, aber sein riesiger Schwanz verletzte sie zu sehr. Mitgefühl oder gar Mitleid sind Fremdwörter für ihn und so ließ er sie sterben. Auch in dieser Wohnung fand man keinerlei Spuren, nur die beiden toten Frauen und in seiner aufkommenden Wut plante er schon weiter.

Es vergingen diesmal fast zwei Jahre und dann sah er Sunny. Irgendetwas löste sie in ihm aus und er schmiss alles, was er bis dahin geplant hatte über den Haufen und fing von vorne an. Er wollte sie nicht zu sehr quälen, denn er sah sie schon an seiner Seite, und was sollte er mit einer gebrochenen Frau. Was ihm zum Umdenken brachte, kann er bis heute nicht sagen. Mit einer Lesbe zusammenleben? Er weiß, dass das fast unmöglich ist, aber Sunny war es in seinen Augen wert, alles daranzusetzen, sie für sich zu gewinnen. Er wollte diese Frau und malte sich ein schönes Leben mit ihr aus. Manchmal, wenn er sie beobachtete, wich sogar die Wut auf Lesben, den Schmetterlingen im Bauch. Er durfte nur nicht zu weich werden und deshalb war dieses Mal ein absolut perfekter Plan die Voraussetzung.

So lernte er wochenlang, wie man am besten die Schnitte setzt, wo die Adern verlaufen, damit sie nicht verblutet und wie tief sie sein dürfen. Außerdem war er sich sicher, dass bei Sunny ihre Gesundheit im Vordergrund steht, und somit als Krankenschwester ihre Wunden bestens versorgen kann. Deshalb besorgte er all diese Verbandsmittel und Salben und gab gern das Geld dafür aus. Er wollte sie für ihr bisheriges Leben bestrafen, aber sie am Ende unbedingt an seiner Seite haben.

Zudem wollte er den Sex nach hinten verschieben, um erst einmal eine Verbindung zu ihr aufzubauen. Er wusste zwar nicht, wie sie aussehen soll, aber er will verhindern, sie von Anfang an in Angst zu versetzen. Jedoch ganz ohne ging es natürlich auch nicht. Ihm fiel dann dieser Stab in die Hände, der in der Scheune herumlag. Auf dem Hof haben früher Tiere gelebt und diese wurden damit gebrandmarkt. Sie erhielten ein Brandmal, was den Eigentümer anzeigte. Tagelang schleppte er den Stab mit sich herum.

Die Ideen in seinem Kopf bekamen langsam Formen und er wurde auf einen Baumarkt fündig. Da kaufte er Eisenstäbe und Buchstaben, die wahrscheinlich als Hausnummern verwendet werden, aber er hatte seine ganz eigene Verwendung schon im Kopf. Er schweißte alles zusammen und konnte so das Wort Lesbe formen. Es sollte im Dekolletee stehen, damit jeder sehen kann, was für eine sie ist. Demütigung, wie er sie jahrelang erleiden musste. Also stand der Plan. Das Blut für Baxter, das Brennen für seine Seele und zum Schluss der Sex, den er sich auch nehmen wird, wenn sie sich wehren sollte. Er sieht das als eine Belohnung für sich. Das ist wohl krank und das weiß er auch, aber seine Mutter war noch gestörter und ehe Sunny so wird wie sie, musste er sie umpolen.

Alles lief bis jetzt gut, aber er scheint sich selbst ein Bein gestellt zu haben. Die fixe Idee mit den Dessous. Er dachte, es sieht schön aus, was es auch tut, jedoch bringt es ihn an die Grenze des Auszuhaltenden. Was heute geschah, darf nicht noch einmal passieren. In zwei Tagen kann er sich voll auf sie konzentrieren, aber bis dahin muss er sich beherrschen.

Er muss seinen Plan einhalten! Er muss!

Es würde alles durcheinanderbringen und das darf nicht sein.

Sollte er sie die Dessous nicht mehr anziehen lassen? Nein, er will sie darin sehen!

Eigentlich kann er sogar froh sein, so auf sie zu reagieren. Für ihn ist sie wunderschön und aufreizend. Und das wird er ihr bald zeigen. Wie sehr er sie liebt. Wie schön er sie findet. Und wie er ihr alle Wünsche erfüllen kann.

Liebt er sie wirklich? Wird diese Liebe ihm das Genick brechen? Und sein Plan? Funktioniert er überhaupt noch? Er muss! Liebe hin oder her, Sunny ist bei ihm und sie gehört ihm. Egal ob sie es verstehen wird oder nicht.

Mit dieser Erkenntnis verlässt er mitten in der Nacht den Hochstand. Zusammen mit Baxter läuft über das Feld zurück zu seinem Bauernhof. In dem Licht brennt! Chris bleibt stehen und muss überlegen, was er jetzt machen soll. Wer ist im Haus? Ist etwa Ella schon da? Hat sie Sunny gefunden?

Baxter bellt und rennt einfach weiter. Er will ihm nachrufen, aber das wäre wohl nicht die beste Idee. Nach ein paar Minuten kommt Baxter wieder und stupst sein Herrchen an. Er zeigt ihm damit, dass niemand das Haus betreten hat. Dann muss er plötzlich lachen, denn er selbst hat das Licht angelassen, weil er in seiner Panik und unter enormen Druck, einfach losgelaufen ist. Außerdem ist er sich sicher, dass Ella ihn niemals findet.

Er schüttelt seinen Kopf und folgt seinem Hund. Nach all dem Stress, den Gedanken und den sich ständigen Einreden an den Plan festzuhalten, fällt er müde in sein Bett.

„Ich halte mich an den Plan!", flüstert er noch, vielleicht zum hundertsten Mal und schläft augenblicklich ein.

Ella

Während Chris auf seinem Hochstand in Erinnerungen schwelgte, machten sich Ella und Sten auf den Weg, die Suche nach dem Handy von Sunny und natürlich nach ihr selbst.

Das Signal zeigt ihnen den Weg durch die Stadt und so lange es sich nicht bewegt oder gar aus geht, können sie Sunny vielleicht wirklich finden.

Ella schaut hinaus und bemerkt, wie sich die Umgebung immer öder gestaltet. Ihr Blick auf das Handy zeigt ihr aber, dass sie absolut richtig sind. Im Internet hatten sie ja gesehen, dass es ein alter Bahnhof, oder so etwas Ähnliches sein muss.

Sten fährt langsam, denn nun biegen sie ab und kommen tatsächlich nur noch an verfallenen Gebäuden vorbei. Ella kann es nicht glauben, dass Sunny hier sein soll. Die Ruinen, die sich eine nach der anderen aneinanderreihen, sehen schlimm aus. Normalerweise würde sie keinen Fuß in so ein Gebäude setzen. Manche der großen Tore stehen auf oder sind so verbeult und verrostet, dass sie sich nicht mehr schließen lassen. Die Dächer sind teilweise nicht mehr vorhanden, ob eingestürzt, oder gar vom Wind davon getragen, kann man nicht sagen. Zumindest nicht Ella, die versucht, eine Verbindung von dem Entführer zu den Ruinen herzustellen. Man bekommt nur den Eindruck, dass sie jeden Moment einstürzen könnten. Aber wenn Sunny hier sein sollte, müssen sie auch nach ihr suchen, sofern es sein muss, ebenfalls in den Gebäuden.

Kurz vor dem Signal hält Sten an und macht den Motor aus. Ella wagt einen genaueren Blick hinaus.

„Willst du nicht weiter fahren?", fragt sie und schaut sich noch ängstlicher um. Ihr wird richtig komisch, denn die Gegend sieht wahrhaftig nicht gerade einladend aus. Dazu haben sie nicht einmal etwas mit, mit dem sie sich notfalls verteidigen könnten.

„Wenn sie wirklich hier ist und der Entführer auch, dann verraten wir doch, dass wir kommen", hält Sten dagegen und steigt, ohne eine Widerrede abzuwarten, aus dem Auto.

Ella folgt ihm mit einem unheimlichen Grummeln in der Magengegend und sie schleichen, wie zwei Katzen um die Häuser. Doch plötzlich stehen sie vor einem weiten freien Gelände. Es erstrecken sich Bahnschienen in alle Richtungen und ein Ende ist nicht in Sicht. Auch diese sind verrostet und an manchen Stellen gar nicht mehr vorhanden. Hier scheint schon eine Ewigkeit kein Zug mehr gefahren zu sein.

Ella drückt sich an die letzte Hauswand, denn sie fühlt sich nun richtig unwohl und vor allem beobachtet.

„Hier kann sie doch nicht sein", flüstert sie Sten zu.

„Das Handy ist jedenfalls hier irgendwo", entgegnet er ihr sicher und tippt auf den blinkenden Punkt auf dem Telefon in seiner Hand.

„Und wenn wir sie noch mal anrufen? Vielleicht hören wir das Klingeln", sagt Ella ganz leise.

„Warum flüsterst du? Wenn wir sie anrufen machen wir auch Lärm", lacht Sten schelmisch.

„Dann ruf sie an", fordert Ella und Sten tut es.

Sie lauschen in die Weite, die sich vor ihnen aufgetan hat, hören jedoch nichts.

„Wir sollten noch ein Stück gehen." Sten bewegt sich schon weiter, während er nochmals auf das Signal schaut.

„Aber wohin?", schüttelt Ella ihren Kopf, denn sie würde am liebsten keinen Meter mehr gehen. Ihre Angst steigt immer weiter, jedoch der Gedanke an Sunny, dass sie vielleicht doch hier irgendwo sein könnte, bringt sie dazu Sten zu folgen.

„Immer an dem Haus entlang, denn auf den Schienen wird sie ja wohl nicht sein", nickt er ihr zu und Ella weiß, dass er das wieder ironisch meint, sie schluckt es, ohne weiter darauf zu reagieren, hinunter.

Stück für Stück nähern sie sich dem endgültigen Signal, bis Sten abrupt stehen bleibt.

„Hier muss es sein“, sagt er und beäugt misstrauisch die Gegend.

„In dem Haus?“, zeigt Ella hoch und redet auch gleich weiter. „Das sind doch nur noch kahle Mauern. Keine Fenster mehr und eine Tür ebenfalls nicht.“

„Dann hören wir wenigstens das Handy“, antwortet Sten und wählt abermals Sunnys Nummer.

Beide spitzen die Ohren und tatsächlich nehmen sie das Klingeln wahr. Sten folgt dem Geräusch, aber als er das Gebäude betritt, ist es still um ihn.

„Es ist weg“, hallt seine Stimme durch die riesige leere Halle.

„Ich höre es noch“, entgegnet Ella, die vor der Tür steht.

Sten kommt ebenfalls wieder nach draußen und sie folgen dem Geräusch weiter. Vor einem großen Container wird es immer lauter und Ella bleibt ängstlich stehen.

„Sie ist nicht da drin?“, fragt sie mit zitternder Stimme und jegliche Farbe weicht aus ihrem Gesicht.

„Das würde ja heißen ...“, beginnt Sten.

„Nein, hör auf“, unterbricht ihn Ella, denn sie will es nicht hören.

In ihr steigt eine unheimliche Angst um Sunny auf und es mischt sich auch Wut dazu.

„Ich finde ihn und werde ihn umbringen“, faucht sie und Sten erkennt seine Freundin nicht wieder. Sie hat die Hände zu Fäusten geballt und zittert am ganzen Körper.

„Beruhige dich. Ich glaube, wir sollten erst einmal nachsehen“, redet er auf Ella ein, die mit einem vor Wut sprühenden Gesichtsausdruck neben ihm steht.

„Du willst da reinschauen? Sollten wir nicht die Polizei holen?“

„Nein, irgendwie stimmt hier etwas nicht“, antwortet Sten und zieht ein komisches Gesicht, während er sich die Umgebung noch einmal anschaut.

Ella steht kopfschüttelnd da und kann nicht glauben, dass er echt allein nachschauen will. Was wenn Sunny da wirklich drin ist und sie etwaige Spuren verwischen?

Sten schiebt mit aller Macht den Containerdeckel hoch. Ella, die ihm nun doch neugierig über die Schulter schaut, schreit auf. Mit aufgerissenen Augen und zitternd vor Schreck, stolpert sie ein paar Schritte rückwärts. Sie will nicht sehen, was da drin ist.

„Sie ist tot. Sunny ist tot", kreischt sie mit einer Stimme, die von Tränen fast erstickt wird. Ihr Herz bekommt einen Riss und der Schmerz überschattet für einen Moment die Wut auf den Entführer.

„Bist du sicher, dass das Sunny ist?", fragt Sten, der seinen Kopf immer noch halb im Container hat.

„Sie ist es. Die Sachen hatte sie Freitag Abend an. Ihre schwarze Hose und die weiße Bluse. Die habe ich ihr erst letzte Woche geschenkt", schluchzt Ella herzzerreißend und sie sucht panisch nach irgendetwas, wo sie sich hinsetzen kann. Letztendlich landet sie auf ihren Hintern, denn ihre Beine können sie nicht mehr tragen.

„Sie hat da etwas in den Haaren", kommt von Sten gequält, weil er jetzt über dem Rand des Containers hängt.

„Was?", fragt Ella fast abwesend, die nur noch das reizende Lächeln von Sunny vor Augen hat.

„Das sieht aus wie Stroh." Stens Augen werden zu Schlitzen und er versucht, noch näher heranzukommen.

„Stroh? Hier mitten in der Stadt?", sagt Ella und schluckt ihre Tränen für einen Moment weg. Auch ihre Beine tun wieder ihren Dienst und so steht sie plötzlich neben Sten.

„Augenblick", knurrt er und beugt sich noch weiter in den Container hinein. Ella packt ihn am Hosenbund, um zu verhindern, dass er ganz hineinfällt.

Sten hingegen lässt sich von nichts abhalten, denn er hat den Braten schon längst gerochen. Das, was da drin liegt, mit dem Gesicht nach unten, wahrscheinlich absichtlich so arrangiert, sieht zwar auf den ersten Blick wie

Sunny aus und hat auch ihre Sachen an, ist jedoch nur eine Puppe.

„Das Arschloch will uns wohl zum Narren halten. Ella, er hat uns verarscht", brüllt er hasserfüllt und jetzt könnte man denken, dass er ihn auf der Stelle umbringen würde.

„Was meinst du?", kommt nun wieder leise von Ella, die sich jedoch nicht traut, etwa in den Container zu schauen.

„Das ist eine verdammte Puppe", schnauzt Sten vor sich hin, reißt sich von Ella los und springt ganz in den Container. Er packt die Puppe und wirft sie über den Rand hinaus auf den Boden, direkt vor Ellas Füße.

„Die hat Sunnys Sachen an", wiederholt sie und schaut angewidert auf dieses unheimliche Ding, die ihrer Freundin so verdammt ähnlich ist.

„Er hat alles sehr gut durchdacht. Er hatte mehrere Tage Zeit, um sie hier herzubringen", schimpft Sten weiter und müht sich aus dem Container heraus.

„Nein. Er muss heute erst hier gewesen sein", widerlegt Ella und kann den Anblick der Puppe kaum ertragen.

„Wieso?" Sten schaut Ella verdutzt an, denn er kann den Gedankengängen von ihr nicht folgen.

„Er hat mir die E-Mail geschrieben, als ich angerufen habe. Er muss das Handy noch bei sich gehabt haben", erklärt Ella.

„Da hast du recht. Aber das ist auch schon ein paar Stunden her. Er wird nicht mehr hier sein", nickt Sten ihr zu.

„Aber die Sachen? Was hat Sunny jetzt an?", versinkt Ella nachdenklich.

„He, sei doch nicht so naiv. Er wird ihr schon was anderes gegeben haben. Nur damit er uns verarschen kann", wird Sten jetzt wieder wütender und verpasst der Puppe einen Tritt, dass sie im hohen Bogen durch die Luft wirbelt, obwohl sie ja am wenigsten dafür kann.

„Das Handy", platzt Ella heraus und schon ist Sten noch einmal im Container. Und wirklich, er holt Sunnys

Tasche ans Tageslicht. Ella greift sofort danach und durchwühlt sie. Alles ist da. Ihre Geldbörse, ihr Personalausweis und auch das Handy.

„Es ist alles drin“, murmelt sie vor sich hin.

Der Schreck hat sich bei ihr etwas gelegt und ihre Gesichtsfarbe ist wieder da. Sten hingegen läuft aufgeregt hin und her, als würde er nun doch nach ihm suchen.

„Wenn ich den kriege“, flucht er ohne Unterlass.

„Lass uns nach Hause fahren. Sunny ist nicht hier“, unterbricht Ella sein herumlaufen. Sie will einfach nur noch weg von dem unheimlichen Ort.

Er hat die beiden erfolgreich hinters Licht geführt und das können sie nicht ändern. Aber hier verschwinden können sie und das auf dem schnellsten Weg.

„Das habe ich auch schon gemerkt. Er scheint alles geplant zu haben. Er hört dich ab, beobachtet dich rund um die Uhr und schikaniert dich mit E-Mails“, zählt Sten auf, packt die Puppe an den Haaren und zerrt sie hinter sich her, während sie endlich zum Auto zurücklaufen. „Eine Puppe, Stroh in den Haaren. Was sagt uns das?“, überlegt Sten laut weiter.

„Er ist pervers“, antwortet Ella mit dem Blick auf das Ding und einem schroffen Unterton, und ohne mit der Wimper zu zucken.

„Das auch, aber er scheint ziemlich allein zu sein. Und vor allem nicht aus der Stadt.“

„Ich bin nur froh, dass wir sie nicht wirklich tot da gefunden haben“, sagt Ella und ein kleiner Stein fällt ihr vom Herzen. Der Große wird wohl erst fallen, wenn sie Sunny wieder in die Arme schließen kann. „Was willst du eigentlich mit der Puppe jetzt machen?“, fragt sie und schaut angeekelt auf sie hinunter. Am liebsten würde sie ihr die Sachen von Sunny ausziehen, aber sie wird sie niemals anfassen.

„Morgen früh treffen wir uns mit Marcel. Der kann uns vielleicht helfen und genauso etwas mit dieser Puppe anfangen“, presst er wütend zwischen die Lippen durch und schmeißt sie, nun wahrscheinlich auch angeekelt von ihr, in den Kofferraum. Dann steigt er ein und startet das Auto.

„Wie soll der uns denn helfen können?", nuschelt Ella, die schnell in das Auto gesprungen ist, da Sten irgendwie abwesend ist, und würde sie am Ende hier stehen lassen.

„Ich weiß es nicht, aber er hat vorhin noch mal angerufen und mir gesagt, dass er etwas Wichtiges mit uns besprechen muss. Und er will uns etwas zeigen", zuckt Sten die Schultern, denn mehr ist ihm bis jetzt auch nicht bekannt.

„Kommt er zu mir?"

„Nein, um Gottes willen. Der Entführer darf auf keinen Fall von ihm irgendetwas mitbekommen", antwortet Sten schnell.

„Und wo dann?"

„In einem Café, in einem anderen Stadtteil. Wo er uns hoffentlich nicht vermutet."

„Warum so weit weg?"

„Wenn er uns überwacht, müssen wir sichergehen, dass er von dem Treffen nichts mitbekommt", erklärt Sten ausführlicher, jedoch ziemlich genervt.

„Aber dann kann er uns auch folgen", hält Ella mit ernstem Ton dagegen.

„Wir werden morgen früh bei dir sagen, dass wir einkaufen fahren und dann verschwinden wir aus dem Supermarkt, bevor er merkt, dass wir ihn diesmal linken", lacht Sten hämisch.

„Er wird doch nicht ständig vor meiner Tür stehen. Er muss sich um Sunny kümmern", kommt vorsichtig von Ella, denn sie will Sten nicht weiter reizen.

„Kümmern? Oh ja, er wird sich kümmern. Jedoch nicht so, wie du dir das denkst", knirscht er mit den Zähnen und die Worte wirken auf Ella. Sie versteht, was er damit sagen will und ihr schießen schon wieder Tränen in die Augen.

Sie will sich gar nicht vorstellen, was er mit ihr anstellt. Ella möchte sie einfach nur zurück und das möglichst unverletzt. Aber sie weiß, dass das nur ein Wunschtraum ist.

Kann sie eine Stütze für sie sein, wenn er sie psychisch zerstört hat? Und was, wenn er sie körperlich verletzt und sie niemanden mehr an sich heranlässt? Ella findet momentan keine Antworten darauf, wie sie sich verhalten wird oder muss. Sie kann nur hoffen, dass sie sie überhaupt lebend wiedersieht.

Die Fahrt beenden sie still nebeneinander. Jeder ist in seinen Gedanken gefangen. Sten, wie er dem Kerl an die Gurgel gehen kann und Ella, wie sie Sunny möglichst heile wieder bekommt.

Genauso still verläuft der Abend. Auch weil sie wissen, dass er alles beobachtet und sie sich genau überlegen müssen, was sie sagen. Und ebenso darf er nicht mitbekommen, dass sie ihn durchschaut haben und sich auf das Spiel nur vorerst einlassen.

Dass sie den Spieß umgedreht haben, wird er erst merken, wenn es für ihn zu spät ist. So ist zumindest ihr Plan. Er ist zwar nicht wochenlang durchdacht, aber er muss klappen und effektiv sein.

Sunny

Sunny war heute sehr zeitig munter, hat etwas gegessen und versorgte eine weitere Wunde. Eine Schürfwunde am Knie, auf das sie gefallen ist, als sie in das Zimmer gestoßen wurde. Sie ist nicht groß, aber die Haut spannt und tut trotzdem weh. Was in Chris gefahren war, kann sie sich schon denken und sie hat es ja auch gespürt. Gern hat sie das in Kauf genommen, denn er hätte sich ebenso an ihr abreagieren können. Wie lange wird es dauern, bis er es macht? Sie wagt nicht darüber nachzudenken. Sie kann nur ahnen, was noch auf sie zukommen könnte.

Deshalb muss sie etwas tun und sitzt wieder vor der Tür zu Baxter. Er ist ihr ganz nahe und sein Kratzen ist auch nicht mehr aggressiv, sondern er macht es, wenn Sunny still wird. Er will sie anscheinend ermuntern, mit ihm zu reden. Was das soll, kann sie sich nicht vorstellen und sie hoffen nur, dass er ihr nicht zusammen mit Baxter zuhört.

Sie erzählt von ihrer Kindheit, über die Schule bis hin, als sie Ella kennengelernt hat. Jede Kleinigkeit holt sie aus ihren Erinnerungen hervor. Warum sie das macht, kann sie wahrscheinlich selbst nicht beantworten. Ist es der Abschied von ihrem Leben?

Immer wieder muss sie weinen, denn sie kann sich nicht vorstellen, hier herauszukommen und ihr gewohntes Leben weiterleben zu dürfen. Baxter winselt manchmal, als würde er sie verstehen und das kann sie sich nur wünschen. Wenn es wirklich so sein sollte, dann hat sie ihn schon fast auf ihrer Seite. Das wird sich jedoch erst am letzten Tag zeigen. Da will er sie Baxter überlassen, falls Ella sie bis dahin nicht gefunden hat.

Sie hatte schon längst begriffen, dass das Blut für den Hund ist und das hat sie ja selbst gesehen. Er will ihn damit sozusagen anfüttern. Aber sie wird sich niemals geschlagen geben, auch wenn ihre Angst jeden Tag größer wird, sterben zu müssen.

Eins weiß sie jedoch. Chris will sie haben und es würde an ihr liegen, da klein beizugeben. Wenn sie das machen würde, würde er sie nicht umbringen, oder umbringen lassen. Aber kann sie sich nicht auf ein Leben mit diesem Mann einlassen, auch wenn es hieße, dass sie leben könnte.

Sie hat schon davon gehört, dass sich die Opfer mit ihren Peinigern verbünden, aber auch das kann sie sich nicht vorstellen, denn das würde ja gerade darauf zielen, sich auf ihn voll und ganz einzulassen.

„Baxter komm, Gassi Runde", hört sie Chris aus ihren Gedanken gerissen und Baxter verabschiedet sich mit einem Bellen von Sunny. Es war nicht direkt vor der Tür, sondern entfernt, mitten in dem anderen Raum. Ist er so schlau, sich nicht erwischen zu lassen, wie er mit Sunny im Kontakt steht? Das würde heißen, dass er ihre Lage verstanden hat und er ihr helfen will. Aber ganz sicher kann sie da nicht sein. Vielleicht sehen sie sich gleich wieder, dann muss sie abermals versuchen, Augenkontakt mit ihm zu halten.

Gleichzeitig nimmt Sunny das als Zeichen, dass sie wieder eines von den hübschen Dessous anziehen sollte. Ja, hübsch sind sie wirklich, aber sicher, wo ganz anders besser angebracht, als hier. Bei Ella! Aber falls sie sie finden sollte, wird sie trotzdem nie so etwas tragen. Nicht, dass es ihr nicht gefallen würde, nein, für sie wird es immer eine Verbindung zu Chris darstellen. Es werden Erinnerungen an diesen Ort und den Grausamkeiten sein.

Heute holt sie etwas aus weißer Spitze aus dem Schrank. Das Höschen ist mehr als knapp und das Oberteil sehr eng. Ihre Brüste schauen wieder zur Hälfte heraus. Sie zieht und zerrt, aber der Stoff gibt nicht nach. Es ist ein BH mit Polsterung und die drückt die Brust zusätzlich noch nach oben. Vergebens versucht sie, etwas mehr zu verbergen.

Sunny setzt sich auf ihr Bett, weil sie nichts an dem Stück Stoff ändern kann. Sie hat schon im Schrank nachgeschaut, aber alle die darin hängen, sind genauso wie dieses oder noch knapper. Sie hat sie auch mehrmals durchgezählt, weil sie Angst hat irgendwann nackt vor ihm stehen zu müssen. Aber so ist es nicht. Es ist für jeden Tag eines da. Es waren genau zehn Stück! Und dann? Sie schüttelt den Kopf, denn sie will darüber nicht nachdenken. Sie will sich nicht ergeben auch, wenn es bedeuten könnte, alle ihre Sachen zu bekommen. Mehr Freiheit zu haben und bis auf das Chris an ihrer Seite wäre, ein normales Leben führen würde. Eines wie die meisten Frauen. Die jedoch lieben Männer und wären vielleicht von Chris mehr als begeistert. Aber Sie nicht! Und es wird sich auch nicht ändern.

Ihre Gedanken versucht sie wegzuschieben und wartet jetzt erst einmal, bis die beiden wiederkommen und er sie holen wird.

Chris steht vor Sunnys Tür und schaut noch mal an sich hinunter.

Diesmal hat er vorher Abhilfe geschafft. Er hat schon mehr als genug selbst Hand an sich gelegt. Jahrelang kannte er nichts anderes, bis zu Rosa. Und jetzt will er keine Professionelle mehr. Er will Frauen, die ihn lieben und die er nicht für Dienste bezahlen muss. Aber seine ersten beiden Versuche waren ja nicht gerade von Erfolg gekrönt. Bei Sunny will und muss er alles richtig machen. Er will sie für sich und er will, dass sie freiwillig mitmacht. Er glaubt zwar nicht daran, aber man weiß ja nie.

Davon überzeugt, dass ihm das Handanlegen geholfen hat, öffnet er die Tür. Sunny sitzt auf ihrem Bett und schaut ihn von unten heraus an. Erst als sie aufsteht, sieht er, wie schön sie heute wieder aussieht. Sofort ist der Wunsch bei Chris da, sie etwas mehr anfassen zu können, ohne unschöne Reaktionen seines Schwanzes. Er will einfach nur ihre zarte Haut fühlen und sie riechen.

Als Sunny jedoch vor ihm läuft, ist ihm klar, dass es wieder schwierig werden wird, denn ihr Anblick allein, bringt ihn schon aus der Fassung.

Er bindet sie fest und um sich etwas abzureagieren, setzt er erst einmal nur den Schnitt an ihrem Arm, den sie schon echt gelassen hinnimmt und wendet sich dann anderen zu. Während das Blut wieder stetig tropft, baut Chris ein Stativ auf. Sunny beobachtet ihn interessiert und es dauert auch nicht lange, bis sie weiß, was er vorhat. Er schraubt eine Kamera oben auf und richtet sie auf sie. Er passt genau auf, nicht zu viel zu zeigen. Nur Sunny und das, was er macht. Er darf nicht zu sehen sein und auch nichts weiter aus seinem Keller. Nicht einmal seine Hände. Jede Kleinigkeit könnte ihn verraten.

Es ist das erste Mal und er will Ella zeigen, was mit ihrer Geliebten passiert. Er will ihre Angst weiter schüren und ist sich sicher, sie damit an den Rand eines Nervenzusammenbruchs zu bringen. Sie muss so durcheinander sein, dass sie nicht mehr fähig ist, nach Sunny zu suchen. Sie soll spüren, dass wenn sie Sunny wirklich finden sollte, sie nie wieder die Alte, ihre Geliebte, sein wird.

Sunny nimmt sich derweil vor, so gut es geht, nicht auf die Schmerzen zu reagieren. Sie kann sich denken, dass er die Aufnahmen dann Ella schickt. Ihr Schmerz könnte Ella nicht ertragen, dass weiß sie genau. Ihr würde es ja anders herum auch nicht besser gehen.

Sunny will sich ablenken und schaut auf die Monitore. Ihre Augen suchen nach Ella und sie sieht sie wirklich. Sie macht gerade das Frühstück für sich und Sten fertig. Er nimmt sie kurz in den Arm und dann sitzen sie sich in der Küche still gegenüber. Sunny ist verwirrt, denn Ella muss man eigentlich den Mund zukleben, damit sie aufhört zu reden. Ihr ist sofort klar, dass die beiden nicht normal handeln und wahrscheinlich von der Überwachung wissen. Wäre ja auch gelacht, wenn Sten nicht dahinter kommen würde. Warum haben sie dann die Kameras nicht weggemacht? Sten hat garantiert schon jede Einzelne gefunden.

„Na, da ist ja die liebe Ella. Zusammen mit ihrem Freund Sten. Er ist den ganzen Tag bei ihr", sagt Chris, der Sunnys Blick gefolgt ist, und lässt auch sofort die Bilder für sich arbeiten.

Sunny hört heraus, wie er sich freut und sie sich jetzt wohl ärgern soll, dass Ella lieber mit Sten frühstückt, als nach ihr zu suchen. Aber den Gefallen tut sie ihm nicht, und sie lässt sich auch nicht anmerken, dass sie diese Bilder nicht für echt hält. Sie weiß nicht, was die beiden da tun, aber sie ist sich sicher, dass es ihr Plan ist. Sten würde sich niemals so einer Beobachtung aussetzen, wenn er keinen Plan hätte. So verdreht Sunny nur die Augen und wendet sich anscheinend angeekelt von den Monitoren weg. Das Grinsen in seinem Gesicht zeigt ihr, dass er genau das damit bezweckt hat. Sie lässt ihm in seinen Glauben, einen Schritt den beiden voraus zu sein und konzentriert sich auf den kommenden Schmerz. Und er lässt auch nicht lange auf sich warten.

Der Eisenstab lag wegen dem Aufbau der Kamera länger als sonst in dem Feuer. Sunny kann nicht sagen, ob es deswegen diesmal mehr weh tut, aber ihr Vorhaben Ella nicht zu viel Angst zu machen, wird mit einem tiefen Schrei von ihr vernichtet. Sogar Baxter verzieht sich die Treppe hinauf und lässt sie mit ihm und der Kamera allein. Ihr Herz schlägt heute schneller als sonst und ihr Blut rast fast in Lichtgeschwindigkeit durch ihre Adern. Sie schnappt nach Luft und im Augenwinkel sieht sie, dass die Schüssel auch schon voll mit ihrem Blut ist. Was hat er denn heute anders gemacht? War das Eisen zu heiß? Oder hat er kräftiger gedrückt und somit die Haut tiefer verbrannt, als bei den ersten drei Buchstaben? Sie kann es nicht sagen und sie könnte nur noch heulen, denn Ella wird es das Herz brechen. Warum konnte sie nicht stärker sein? Wäre Ella an ihrer Stelle stärker?

Am liebsten würde sie in die Kamera schreien, dass Ella keine Angst haben soll und das es schlimmer aussieht, als es ist. Aber er würde es sowieso herausschneiden und außerdem braucht sie all ihre Kräfte, um den Schmerz in ihrem Dekolletee weg zu atmet. Währenddessen legt Chris, mit Vorfreude auf das Video, ein Handtuch um Sunnys Arm.

Nur noch einmal! Sie hofft, dass morgen das Wort vollständig ist. Aber was dann? Was wird er sich weiter einfallen lassen? Noch mehr Verbrennungen? Noch ein anderes Wort als LESBE? Es bleiben drei Tage übrig. Sie weiß nicht, was auf sie zukommt und das schürt in ihr eine fast lähmende Angst.

Plötzlich spürt sie seinen Atem ganz nahe an ihrem Hals und reißt sie so aus ihren Gedanken. Sie stellt sich die unmöglichen Fragen und auf das Nächstliegende kommt sie nicht. Er hat ja schon erwähnt, dass er sie haben will. Wie weit wird er gehen?

Sie nur anfassen oder mehr? Wieder ist Sunny in den Fragen gefangen und ihr dreht sich der Magen um, wenn sie an das, was da noch kommen könnte, nur denkt.

Sein Atem schlägt Sunny entgegen und sie kann nur ihren Kopf zur Seite drehen. Ein weiteres Bewegen ist durch das Lederband an ihrem Hals nicht möglich. Aber jetzt spürt sie seine Zunge, wie sie sich langsam am Hals nach unten bewegt. Ekel schüttelt Sunny, jedoch schleicht sich auch ein anderes Gefühl hinzu. Er ist zärtlich. So zärtlich, dass es ihr einen wohligen Schauer über den gesamten Körper jagt. Was um Gottes willen passiert hier? Sie würde am liebsten schreien, aber sie ist so geschockt von ihrer eigenen Reaktion, dass sie kein Wort über die Lippen bekommt. Und Chris? Er hat es natürlich gemerkt.

„Na, stehen die aus Angst, vor Kälte oder vor Erregung?", fragt er während seine Finger über ihre Nippel gleiten, die fester nie gewesen sind.

Sunny kann nicht antworten, denn sie kennt die Antwort nicht. Sie erkennt sich selbst nicht mehr. Sie schließt einfach die Augen und hofft, dass er endlich von ihr ablässt.

Chris nimmt das jedoch ganz anders auf. Er spürt, wie sie sich fühlt und ist sich sicher, dass sie sich dafür schämt. Aber er wäre nicht er, wenn er das nicht noch etwas ausnützen würde.

So zieht er den wenigen Stoff ganz über die Brüste nach unten und streichelt sie begierig in ihrer vollen Pracht. Er kann sich kaum beherrschen und er weiß, dass er jetzt aufhören muss, aber seine Lippen schließen sich um einen der Nippel. Oh, was für ein Gefühl. Besser als bei Rosa!

Seine Finger und sein Mund wechseln die Seiten, denn es müssen doch beide verwöhnt werden. Fast vergisst er sich und nur der Schmerz in seiner Hose holt ihn zurück. Sofort lässt er von den süßen Brüsten ab, auch wenn er nur zu gern weiter machen würde, aber er darf noch nicht. Er ist eisern und hält sich an seinen Plan. Nicht ein Fehler darf ihm unterlaufen. Diesmal nicht! So macht er sich daran, die verdutzte Sunny von den Fesseln zu befreien, und bringt sie schnellstens in ihr Zimmer.

Aus dem Gefühlschaos gerissen, steht sie mitten im Raum und weiß nicht, wie sie mit all dem umgehen soll. Er war so zärtlich, so sanft und dann lässt er sie einfach fallen. Hätte sie mehr gewollt? Nein, aber irgendwie war es schön. Ihre Nippel stehen immer noch und sind so gereizt, dass sie ihr weh tun. Sie ahnt nicht, dass Chris ebenso einen Schmerz durchhalten muss. Ihm scheint der Schwanz fast zu platzen und Sunny könnte sich am liebsten gleich selbst befriedigen, so steht sie noch unter Strom. Was ist nur los mit ihr? Das wird sie auf keinen Fall machen, denn wenn er es sehen würde, spielt sie ihm vielleicht damit in die Karten. Sie unterdrückt das Verlangen nach einer Befriedigung und entledigt sich indessen der feinen Unterwäsche. Dabei muss sie aufpassen, nicht an ihre Brüste zu kommen, um nicht doch noch schwach zu werden. Eine kalte Dusche erledigt das Problem und Sunny schwört sich, das nächste Mal besser dagegen anzukämpfen.

Am Ende ist sie jedoch froh, wieder in ihrem Zimmer zu sein und das ihm nichts weiter eingefallen ist, was er ihr antun könnte. Hier stirbt sie zwar fast vor langer Weile und dem, was sie sich ununterbrochen ausmalt in den nächsten Tagen erleben zu müssen, aber das ist immer noch besser, als ihm ausgeliefert zu sein. Genau da fällt ihr Blick auf das Notizbuch, was sie bis zu diesem Tag nicht angegriffen hat. Sie öffnet es und beginnt zu schreiben. Sie ist über sich selbst erstaunt, wie sie ihre Gefühle so aufschreiben kann. Vor allem, weil sie vollkommen durcheinander sind. Aber es tut auch gut. Es reinigt etwas die Seele und sie vergisst darüber sogar die Zeit.

Chris quält sich derweil zurück und will einfach nur noch ins Freie. Aber dazu kommt er nicht, denn er hat die Kamera total vergessen. Schnell baut er sie ab und verbindet sie mit dem Computer. Er zieht den Film auf die Festplatte und beginnt ihn zu bearbeiten. Er teilt das Aufgenommene und alles was nach dem Einbrennen passierte, ist allein für ihn.

Wie gefesselt sieht er sich nochmals an, wie seine Finger zärtlich über Sunnys Brüste streicheln. Er hat ihren Geruch noch in der Nase und den Geschmack der Haut auf der Zunge. Seine andere Hand wandert zu seinem Schoß und kurz darauf umschließen seine Finger seinen immer noch vor Schmerz brennenden Schwanz. Sein Blick saugt alles auf, was auf dem Bildschirm stetig wiederholend in einer Schleife abgespielt wird. Es dauert nicht lange und es entfährt ihm ein lautes Stöhnen der Erleichterung.

Vollkommen fertig, aber trotzdem freudig darauf, zu sehen wie Ella auf das Video reagieren wird, geht er nach oben und verbringt den Tag auf seine Weise. Mit Baxter und seinem Gewehr.

Am nächsten Morgen wird er die Reaktion auf die kurze, aber sehr aufschlussreiche Aufnahme, die er in einer E-Mail an Ella geschickt hat, sehen. Nach der Auszeit, die er jetzt erst einmal braucht, wird er wohl gespannt vor seinen Monitoren sitzen und alles in sich aufsaugen, was bei

Ella passiert. Den Schreck und die Angst, was beides Ella um den Verstand bringen wird.

Ella

Ella hat Sten gerade gesagt, dass sie mit ihm mitkommt, weil ihre Chefin sie persönlich sprechen möchte. Das ist aber nur eine Ausrede, damit Chris keinen Verdacht schöpft, wenn sie gemeinsam die Wohnung verlassen. Ella arbeitet ja sonst immer zu Hause, jedoch steht heute das Treffen mit dem Profiler an.

Sie greift nach ihrer Tasche, als sie fast schon in der Tür den gut bekannten Ton hört. Sie bleibt im Schritt stehen und schaut Sten an.

„Wieso hast du denn deinen Laptop an?", fragt er und sieht sie unverständlich an. Sie haben einfach keine Zeit mehr.

„Ich habe vor dem Frühstück noch ein paar Entwürfe nachgeschaut", lügt sie und will es damit erklären. „Vielleicht ist sie auch von meiner Chefin?", sagt sie weiter, um auf keinen Fall aufzufallen.

„Dann schau nach, aber schnell ich habe einen Termin. Ansonsten musst du mit der Bahn fahren", drängelt Sten und bewegt sich von der Tür nicht weg.

Ella macht die E-Mail auf und sieht den zusätzlichen Anhang sofort.

Ich weiß nicht, was du den ganzen Tag machst, aber ich wollte dir nur sagen, du hast nur noch 4 Tage Zeit, oder du gewöhnst dich schon daran, mit der Puppe zu leben.
Sie ist doch auch sehr hübsch oder was sagst du?
Mit ihr würdest du wenigstens keinem Mann eine so tolle Frau wie Sunny wegnehmen.

Sie liest die Zeilen und ihr wird klar, dass ihnen die Zeit davon läuft. Dann macht sie, ohne darüber zu überlegen, was da zu sehen sein könnte, den Anhang auf.

Das Video ist nur eine paar Sekunden lang, aber es reißt Ella fast das Herz aus der Brust. Sie beobachtet, wie er Sunny den Buchstaben einbrennt und nimmt auch wahr, dass da schon drei sind. Schnell erkennt sie, was am Ende dort stehen wird, als sie eine Stimme hört, eiskalt und unberechenbar.

„Nun wird bald jeder sehen, was Sunny ist.“

Ganz wie in Trance zieht sie das Video auf einen Stick und schaltet dann das Video ab. Ein erstickter Schrei von ihr und sie klappt den Laptop zu.

„Ella, alles Okay?“ Sten hält sie fest, der plötzlich neben ihr steht, denn sie droht vom Stuhl zu fallen.

Er hat gar nicht alles so schnell begreifen können, wie sie es ausgeschaltet hat. Dass es ein Video war, bekam er gerade noch so mit. Aber er ist ihr nicht böse, denn er muss sich nicht unbedingt ansehen, wie Sunny gequält wird. Ihm reicht die Reaktion von Ella und er will nur für sie da sein und sie stützen.

Er zieht sie zur Couch und Ella ergreift ein Weinkrampf. Sie hat Sunny den Schmerz angesehen und ihr selbst tut das Dekolletee weh. Zum Glück hat sie den Ton nicht auf volle Lautstärke gestellt, denn allein der Schrei von Sunny, hat ihr den Boden unter den Füßen weggerissen. Die Bilder haben ihr Ziel sicher erreicht, aber den Schrei bekommt sie nicht mehr aus den Ohren, er hallt immer noch nach. Sie spürt ihren Schmerz und der nimmt ihr fast den Atem. Dann wird ihr so übel, dass sie sich beinahe übergeben muss.

„Soll ich anrufen?“, fragt Sten sehr leise und beugt sich so über Ella, dass er es nicht sehen und hören kann.

„Nein, er kriegt mich nicht klein“, schluchzt sie und setzt sich wieder hin. „Sunny lebt und sie kämpft. Ich werde ebenfalls kämpfen, damit er nicht gewinnt“, redet sie gequält weiter und nickt Sten zu. Sie atmet mehrmals tief durch, nicht nur, um die Übelkeit zu vertreiben, nein, auch wieder klar denken zu können.

„Dann lass uns gehen“, kommt von Sten und stützt Ella, weil sie immer noch wackelig auf den Beinen ist.

„Ich bin ja nicht lange", sagt Ella, nimmt nochmals ihre Tasche und lässt Chris in dem Glauben, dass sie zu ihrer Chefin geht.

Vor der Tür lässt Ella ihr gehacktes Handy unter der Fußmatte verschwinden und Sten hat gestern schon seines im Büro liegen lassen. Es war Stens Idee, damit er sie nicht verfolgen kann, und sie können nur hoffen, dass es klappt.

Aber ob er glaubt, dass beide ihre Handys gleichzeitig vergessen, steht wohl in den Sternen.

Sten muss Ella immer wieder auffangen und es ist ihm egal, dass die Leute schauen. Sie werden denken, dass sie betrunken ist. Zusammen schaffen sie es bis zum Auto von Sten und jetzt sind sie unterwegs zu dem Café, in dem sie den Profiler treffen wollen. Ella sitzt still neben ihm und wischt sich immer wieder Tränen aus dem Gesicht. Sie weint leise vor sich hin und ist insgeheim froh, dass Sten das Video nicht gesehen hat. Er soll nicht wissen, dass zwischen ihr und Sunny mehr als nur Freundschaft ist. Sten beobachtet Ella und in ihm wächst die Wut ins Unermessliche. Sie müssen es schaffen Sunny aus dieser Hölle heraus zu holen. Alle Hoffnung liegt jetzt in diesem Treffen. Zu dritt müssen und können sie eine Lösung finden.

Ella weiß nicht, wie lange sie gefahren sind, als Sten vor einem Café hält. Sie schaut sich um, aber hier ist sie noch nie gewesen. Das ist ihr momentan auch egal und sie hofft nur, dass der Entführer ihnen nicht gefolgt ist.

Sten öffnet ihr die Tür und dann gehen sie gemeinsam in das Café. Ganz hinten in der Ecke steht ein Mann auf und winkt ihnen zu. Sten steuert auf ihn zu und schüttelt ihm herzlich die Hand.

„Ella, das ist Marcel. Ein alter Schulfreund von mir. Marcel, das ist Ella", stellt Sten die beiden gegenseitig vor und Ella schaut ihn etwas scheu an. So zurückhaltend gibt sie ihm auch die Hand.

Sie weiß nicht, was sie von ihm halten soll. Er ist nicht viel älter als sie und hat angeblich so viel Erfahrung? Ella bleibt jedoch nichts anderes übrig, als ihm vielleicht doch etwas Vertrauen zu schenken. Sten tut es und mit ihm sind sie noch nie falsch gefahren. Außerdem ist er fast die letzte Hoffnung für sie und diese kann sie nicht vergeben.

Alle drei setzen sich hin und Ella fällt ein ziemlich dicker Hefter auf, der auf dem Tisch liegt. Was wird wohl darin sein? Sie fragt nicht, denn sie ist sich sicher, dass sie es gleich erfahren wird.

Sten bestellt zwei Cappuccino und wartet, bis sich der Kellner wieder entfernt hat.

„Hast du was für uns?", fragt er Marcel, der nickt und ein Zeichen gibt, dass der Kellner gleich wieder kommen wird.

„Euch ist niemand gefolgt", sagt Marcel und ist anscheinend sehr zufrieden darüber.

„Woher willst du das wissen?", fragt Ella etwas irritiert.

„Weil ich euch beobachtet habe", antwortet Marcel kurz.

„Noch einer", rutscht Ella genervt heraus und bekommt sofort einen Stoß von der Seite. Sten ist froh Marcel zu haben, da sollte sie ihn nicht vergraulen. Marcel dagegen lächelt, denn er kann Ella offensichtlich verstehen und nimmt ihr die Worte nicht übel.

Der Kellner stellt die zwei Cappuccino auf den Tisch und verschwindet so schnell, wie er gekommen ist.

„Dann erzähl mal", sagt Sten und zeigt auf den Hefter.

„Also, du hast mir ja schon einiges mitgeteilt und ich habe wirklich etwas gefunden, was mit eurem Fall zu tun haben könnte", beginnt Marcel und schlägt den Hefter auf. Sten und Ella machen einen langen Hals, aber sie kommen nicht dazu zu fragen, denn Marcel redet weiter. „Es gibt da zwei ähnliche Fälle, jedoch sind wir bei beiden nicht weit gekommen."

„Und da soll es uns helfen?", schüttelt Ella den Kopf.

„Lass ihn doch erst mal erzählen", geht Sten dazwischen und gibt Marcel ein Zeichen, dass er weiter reden soll.

„Also wir haben vor drei Jahren einen Fall gehabt und einen vor zwei Jahren. Ich sehe da einige Fakten, die darauf hinweisen, dass es sich um den gleichen Täter handeln könnte", erklärt Marcel.

„Und leben diese Frauen noch?" Jetzt ist es Sten, der ihn unterbricht.

„Nein", kommt von Marcel und Ella muss erst einmal tief durchatmen. „Aber die waren schon viel eher wieder aufgetaucht."

„Ihr habt sie irgendwo gefunden?", hakt Ella unsicher nach.

„Nein, nicht direkt gefunden. Sie wurden in die Wohnung zurückgebracht", antwortet Marcel und wägt seine Wortwahl sehr genau ab, um die beiden nicht unter Schock zu stellen.

„Also lebt Sunny noch, sonst wäre sie schon wieder da", schlussfolgert Ella.

„Dazu kommen wir später. Beide waren tot und er hat auch die zwei anderen Frauen umgebracht, die mit ihnen zusammengelebt haben", sagt Marcel leise und wartet die Reaktionen ab.

„Es waren immer Freundinnen?", will Sten wissen und Ella schluckt schwer.

„Sozusagen", entgegnet Marcel ihm und dann schaut er Ella intensiv an.

„Wie meinst du das?", zuckt Sten unverständlich mit den Schultern und bemerkt den Blick mit dem Marcel Ella anschaut.

„Er weiß es nicht?", stellt Marcel die Frage direkt an Ella, die beschämt zu Boden schaut.

„Was weiß ich nicht?" Sten wird nun ungeduldig.

„Du solltest es ihm sagen, denn alles baut sich darauf auf", sagt Marcel und greift nach Ellas Hand. Sie sieht deswegen wieder auf und in die fragenden Augen von Sten.

„Hat das etwas damit zu tun?", stellt Ella ganz leise die Frage.

„Ja, wir sind uns sicher, dass das der Grund ist. Er sucht sich nur solche Frauen aus", legt Marcel nach.

„Ella, von was redet er da?", wendet sich Sten direkt an sie.

„Wir...", beginnt Ella zu stottern, denn sie will nicht, dass Sten sie vielleicht verurteilt. „Wir sind ein Paar. Nicht nur Freundinnen", kommt schüchtern von ihr, nachdem beide still darauf gewartet haben, dass sie weiter redet.

„Das ist jetzt nicht wahr", sagt Sten entsetzt und zutiefst enttäuscht und er wendet sich von Ella weg.

Sie lässt ihm die Zeit und Marcel nickt ihr aufmunternd zu. Was weiß der schon? Sten hat immer versucht, an Ella heranzukommen, und jetzt wird ihm klar sein, warum sie ihn stets wieder abgewiesen hat. Er wird sie nie bekommen.

„Warum hast du mir nichts gesagt?", fragt Sten wütend und dreht sich wieder zu Ella.

„Wir wollten, dass es niemand weiß", nuschelt sie so leise, dass sie es fast nicht gehört hätten.

„Er weiß es aber", kommt prompt von Marcel und Ella reißt die Augen auf.

„Woher soll er das denn wissen?", fragt sie und gleichzeitig fällt ihr das Wort ein, was er Sunny auf die Haut brennt.

„Er weiß wirklich alles. Er ist in deiner Wohnung, in Sunnys Wohnung und auf unseren Computern und Handys. Er ist überall", faucht Sten. „Ihr seid selber schuld, dass es euch getroffen hat", legt er noch bitterböse nach und Ella laufen die Tränen über das Gesicht. Sie kann sie nicht aufhalten, denn Stens Worte treffen sie ganz tief.

Nicht nur, weil sie Sunny in diese Gefahr gebracht hat, sondern auch, weil Sten so hart zu ihr ist. Aber an beiden ist sie selbst schuld.

„Komm erst mal runter", rüttelt Marcel Sten am Arm. „Es ist jetzt so, wie es ist, und wir müssen sie finden. Die Überwachung hat er damals schon gemacht. Leider hat er alles ohne Spuren wieder beseitigt und dazu die Computer und Handys verschwinden lassen."

„Woher wollt ihr da wissen, dass es der Gleiche ist?", fragt Sten, nachdem er mehrmals tief Luft geholt hat.

„Die Frauen haben genauso E-Mails von sich selbst bekommen und fühlten sich auch ständig beobachtet. Aber wie gesagt, haben wir dafür keine Beweise und wie die Polizei darauf reagiert, wenn man am Ende selbst verdächtig ist, wisst ihr ja. Sie haben den Frauen einfach nicht geglaubt. Und deshalb bin ich dir dankbar, dass du dich an mich gewendet hast", erklärt Marcel.

„Ich habe die E-Mails ausgedruckt", sagt Ella und holt die Zettel aus ihrer Tasche. Sten schaut erstaunt, denn er hat gar nicht bemerkt, wie Ella sie eingesteckt hat. Und es zeigt ihm, welches Vertrauen sie hat und durch das Treffen innerlich schon auf einen Erfolg hofft.

„Das ist ja prima. Es war ja stets alles gelöscht", nickt Marcel Ella zu und überfliegt kurz die Zettel.

„Er hat auch bei mir schon wieder alles entfernt, aber ich war schneller. Nur die ersten zwei fehlen", lächelt Ella zufrieden etwas gegeben zu haben, was am Ende dem Entführer zugeschrieben werden kann.

„Das kann ich behalten?", fragt Marcel und nachdem sie genickt hat, verschwinden sie in dem großen Hefter.

„Heute ist auch noch ein Video gekommen", wirft Sten mit einer so tiefen Stimme dazwischen, dass Ella gleich wieder schlecht wird.

„Was war da drauf?", will Marcel wissen.

„Kann ich dir nicht sagen, sie hat es sofort ausgemacht", knurrt Sten und ist sich jetzt sicher, dass Ella damit etwas verheimlichen wollte.

„Das habe ich auch mit", entgegnet sie, die die Gedanken von Sten förmlich lesen kann, und schiebt es über den Tisch zu Marcel.

Er hat natürlich seinen Laptop dabei und sieht es sich an. Zum Glück hat er den Ton abgestellt, ansonsten wäre wohl Ella auf der Stelle davongelaufen. Sten schaut es sich mit an und runzelt wütend seine Stirn.

„Deshalb hast du es mir nicht gezeigt. Da hätte ich ja gesehen, was ihr seid", zischt er Ella an und schon wieder könnte sie sich im Erdboden verkriechen.

„Ich denke, ihr solltet euch deswegen nicht streiten. Dass du es jetzt und unter solchen Umständen erfährst, ist wohl echt nicht gerade cool, aber es geht hier um Sunny und nicht um euer Verhältnis", hält Marcel den beiden vor und sie wissen, dass er recht hat. Ella greift nach der Hand von Sten und erfreulicherweise zieht er sie nicht weg. Er sieht sie an und dann nickt er ihr zu. „Darüber reden wir zu Hause in Ruhe noch einmal. Ich glaube, jetzt verstehe ich dich und deine Ablehnungen besser, aber du hättest es mir ruhig sagen können. Ihr bleibt trotzdem meine Freundinnen", murmelt Sten und zwingt sich zu einem Lächeln.

„Also wäre das geklärt", geht Marcel dazwischen und lenkt die Aufmerksamkeit wieder auf den vor ihm liegenden Hefter. Er blättert darin herum und dann sieht Ella Bilder.

„Kann ich die mal sehen?", fragt sie vorsichtig und ist sich gleichzeitig nicht sicher, ob sie das wirklich will.

„Willst du wirklich sehen, was mit dir passiert, wenn es Sunny nicht überlebt?", erkundigt sich Marcel und schaut sie intensiv an.

„Ich will sie sehen", bleibt Ella standhaft.

Marcel schiebt zögerlich ihr zwei Bilder zu. Sie betrachtet das erste und im selben Moment verliert ihr Gesicht sämtliche Farbe. Ihr wird speiübel und sie muss schon wieder gegen den Brechreiz ankämpfen.

Ihre Augen erblicken Blut. Viel Blut! Die Frau liegt mitten in einem Zimmer und ist mit Messerstichen übersät. Der Teppich hat die Farbe des Blutes angenommen und Ella ist ziemlich klar, dass in dieser Frau nicht ein Tropfen mehr war. Nun doch geschockt und angewidert, schiebt sie die Bilder zurück, ohne sich das zweite angesehen zu haben.

Sten schluckt neben ihr ebenfalls schwer, denn er hat auch einen kurzen Blick darauf gewagt.

„Was ist mit ihnen passiert?", will Sten genauer wissen.

„Die Erste war nur zwei Tage weg. Sie hatte mehrere Messerstiche, die nicht tödlich waren, jedoch einen Herzstillstand. Sie ist wahrscheinlich vor Angst gestorben. Wir denken, dass es wirklich seine erste Entführung war, denn er schien unkontrolliert und brutal", beginnt Marcel.

„Woher wollt ihr das wissen?", unterbricht ihn Sten, der genau zuhört.

„Das ist eben so bei uns Profilern. Wir erkennen so etwas und wenn es dann auch noch ein zweites Opfer gibt, da können wir kombinieren", antwortet er und redet gleich weiter. „Zudem hat er sie vergewaltigt. Und das ebenfalls nicht auf die feinste Art."

„Wie meinst du das denn wieder?" Ellas Stimme beginnt zu zittern, weil allein diese Vorstellung, sie schon fast um den Verstand bringt.

„Das werde ich jetzt nicht im Detail sagen, ich denke, das ist besser so", erwidert Marcel und sie kann nur nicken. „Die Zweite", beginnt er erneut. „Die war nach sechs Tagen wieder da. Sie hatte Messerstiche, aber die waren ebenso so gesetzt, dass sie eigentlich keine Gefahr werden sollten. Sie wurde ebenfalls vergewaltigt und auch auf eine sehr brutale Art. Diese ist aber an einer Blutvergiftung gestorben. Bei ihr haben sich die Wunden entzündet und sie muss hohes Fieber gehabt haben." Marcel unterbricht und trinkt seinen Kaffee erst einmal aus. Dann geht es weiter und Ella macht sich so ihre Gedanken.

„Wie schon gesagt, wurden beide in ihre Wohnung zurückgebracht. Er hat die Toten ins Bett gelegt und die jeweilige Freundin umgebracht. Dann hat er alles verschwinden lassen, was nur im geringsten auf ihn hätte hinweisen können. Dabei war er äußerst professionell. Aber diesmal würde ich sagen, ist er sehr gut vorbereitet. Er hat zwei Jahre gewartet", erklärt Marcel weiter.

„Vielleicht hat er früher kein passendes Paar gefunden“, widerspricht Sten.

„Das glaube ich nicht. Sunny ist Krankenschwester“, spricht Marcel.

„Was hat es denn damit zu tun?“, fällt ihm Ella ins Wort.

„Sie kann ihre Wunden versorgen. Er hat aus seinen Fehlern gelernt. Außerdem sieht sie ziemlich gut aus auf dem Video. Ich könnte mir vorstellen, dass er sich für die zehn Tage einen genauen Plan aufgestellt hat, damit Sunny bis zum Schluss durchhält.“

„Aber er wird wissen, dass ich ein IT-Spezialist bin. Er muss doch damit rechnen, dass ich hinter seinen Hackerangriff komme“, überlegt Sten laut.

„Er will diese Herausforderung. Er spielt mit euch. Das allein seht ihr doch an dieser Puppe“, sagt Marcel ernst. „Wir drehen nun den Spieß um und spielen ab jetzt mit ihm.“

„Das machen wir zum Teil schon“, zuckt Sten mit den Schultern.

„Wie meinst du das?“

„Wir tun so, als wüssten wir von der Überwachung nichts“, erklärt Sten und Marcel nickt ihm überrascht und zufrieden zu.

„Und was sollen wir noch tun?“ Ella fragt ganz leise, unterbricht damit die beiden und sieht die Puppe wieder vor sich.

Die langen schwarzen Haare, die Sachen von Sunny, die sie an hatte, die Bluse, die sie ihr geschenkt hat. Sie sah wirklich wie Sunny aus.

„Aber wieso kann er überhaupt wissen, dass wir die Puppe gefunden haben?“, zweifelt Ella.

„Er überwacht eure Handys und weiß genau, wo ihr seid“, sagt Marcel und findet die Masche von ihm schon längst abartig.

„Na toll, dann ist ihm jetzt klar, dass wir ihn gelinkt haben“, schaltet sich Sten wieder ein.

„Wieso?"

„Unsere Handys liegen zu Hause und wer läuft heut zutage ohne sie herum", sagt Sten und schüttelt den Kopf, weil er denkt, dass sie nun doch einen Fehler gemacht haben.

„Zumindest weiß er nicht, wo ihr momentan seid", will Marcel ihn beruhigen.

„Sehr trostreich", reagiert Sten prompt darauf.

„Er wird wütend sein und wir sind am Ende schon aufgeflogen", flüstert Ella und hat immer mehr Angst um Sunny.

„Denkt nicht zu viel. Er wird genug zu tun haben, sodass er nicht auf alle Details aufpasst. Und am Ende hat er so etwas einkalkuliert", sagt Marcel, aber seine Worte scheinen nicht richtig anzukommen.

„Das können wir nur hoffen", resigniert Sten, der seinen Kopf in die Hände fallen lässt, als hätte er schon längst die Hoffnung aufgegeben.

„Aber was wollen wir nun als Nächstes tun?", fragt Ella laut und will das Thema zurück auf das Wichtige bringen. Was der Entführer jetzt denkt und tut, können sie sowieso nicht beeinflussen.

„Ich möchte mir Sunnys Wohnung ansehen, vielleicht finde ich irgendeinen Hinweis", entgegnet Marcel und klappt den vor ihm liegenden Hefter zu.

„Das geht nicht. Da sind auch überall Kameras, wie bei Ella", schüttelt Sten den Kopf.

„Ich denke, du bist IT-Spezialist? Da kannst du die doch bestimmt mal für eine halbe Stunde lahmlegen", grinst Marcel ihn an.

„Okay, ich könnte ein Standbild für die Zeit machen", schmunzelt Sten.

„Wird er das nicht merken?", fragt Ella aufgeregt.

„Das wird ihm nicht auffallen. Er sieht doch auch so nur die leere Wohnung", lächelt Sten und ist sich sicher, dass es klappt.

„Gut und dann sollte Ella eine Nacht allein sein“, redet Marcel weiter.

„Nein, was ist, wenn der da zu mir kommt?“, platzt sie heraus und in ihr steigt Panik hoch.

„Er kommt nur, wenn Sunny schon tot sein sollte“, widerlegt Marcel Ellas Sorge.

„Das ist sie doch nicht. Auf dem Video ist sie noch sehr lebendig“, murmelt Sten.

„Wir wissen nicht, wie alt das Video ist“, hält Marcel dagegen.

„Und dann bringt er mich auch um. Willst du das etwa?“, empört sich Ella.

„Dazu kommt er nicht. Wir werden vor der Wohnung auf ihn warten“, sagt Marcel und greift wieder nach Ellas Hand, um sie zu beruhigen.

„Wie sollen wir das denn machen, dass er wirklich glaubt, dass ich nicht da bin? Und das ich nicht irgendwann nachts doch noch erscheine?“, fragt Sten nachdenklich.

„Ich werde dich anrufen und sagen, dass du arbeiten kommen musst“, entgegnet Marcel.

„Nachts arbeiten?“ Ella kann nicht glauben, was sie da hört.

„Wenn du mich anrufst, hat er deine Nummer und dann fliegen wir auf“, sagt Sten und sieht Marcel verständnislos an.

„Stimmt, er ist ja auch auf euren Handys“, überlegt Marcel und redet gleich darauf weiter. „Dann muss dich ein anderr anrufen. Jemand aus deiner Firma. Das ist sogar noch sicherer, denn wenn er wirklich mithört und die Nummer überprüft, kommt er hundertprozentig auf einen Arbeitskollegen von dir.“

„Ja, da habe ich einen, der weiß über die Sache Bescheid“, bestätigt Sten. Er ist sich sicher, dass er ihnen helfen wird. Er hat ihm ja auch schon sein Handy gegeben, was am Ende nicht viel genutzt hat, denn der Entführer weiß, dass sie die Puppe haben. Sein Plan ist somit aufgegangen.

„Er muss sagen, dass ihr das nur über Nacht machen könnt, damit der Betrieb nicht lahmgelegt wird", erklärt ihm Marcel und Sten nickt zustimmend. „Und du brauchst keine Angst zu haben, wir sind ständig in deiner Nähe", wendet er sich an Ella.

Sie kann nicht antworten, denn sie ist schon längst in ihrer panischen Angst gefangen.

„Also werde ich die Kameras als Erstes auf Standbild setzen", sagt Sten und ist wahrscheinlich schon in Gedanken bei seiner Arbeit.

„Schaffst du das bis 14.00 Uhr?", fragt Marcel.

„Ja. Von zwei bis drei", brummelt Sten vor sich hin.

„Gut, dann treffen wir uns kurz zuvor vor Sunnys Wohnung. Und du musst ihn natürlich auch auf eine falsche Spur führen", wendet Marcel sich ernst an Ella.

„Das krieg ich hin. Ich werde über meine Chefin schimpfen und muss eben heute noch einmal dahin", lächelt Ella etwas gezwungen, aber wieder mehr bei der Sache ist.

„Ohne Handy", fordert Sten sie auf.

„Ihr braucht sie doch nur auszuschalten. Was macht ihr daraus für ein Problem?", schüttelt Marcel unverständlich mit dem Kopf.

„Das wird ihn aber auch stutzig machen", entgegnet Sten.

„Warum? Heut zutage weiß jeder, dass man Handys orten kann und eure Nummern hat er von Sunnys Handy. Diese Reaktion von euch ist doch verständlich und garantiert wartet er schon darauf", erklärt Marcel ruhig.

„Da können wir auch die Kameras abbauen", sagt Ella ärgerlich.

„Nein, die bleiben, wo sie sind. Du bist IT-Spezialist und dass die Handys abgehört werden, ist logisch und dass du das als Erstes gecheckt hast ebenso."

„Und warum sollen wir die Kameras lassen? Das haben wir doch auch mitbekommen", hält Sten dagegen.

„Wenn ihr alles unterbrecht, also die Überwachung komplett unterbindet, kann er seinen Plan nicht mehr verfolgen. Wer weiß, was er dann vor Wut macht. Letztendlich ist es Sunny, die dafür büßen muss. Bei den Handys bringen wir ihn dazu, dass er auf die Suche nach einem anderen Weg geht", versucht Marcel den beiden zu erklären.

„Und was erreichen wir damit? Vielleicht rastet er dadurch schon aus", sagt Sten ängstlich, denn er hat Sunnys Leiden im Hinterkopf.

„Nein, er wird sich damit beschäftigen, wie er den Verlust der Handys kompensieren kann und die Zeit, die er dazu braucht, kommt am Ende Sunny zu Gute", ist sich Marcel sicher.

„Dann ist er vielleicht ständig vor meiner Tür", sagt Ella mit zitternder Stimme.

„Und wenn schon. Er wird dich nur beobachten. Ich denke, er hält sich an seinen Plan und wird dir nichts tun", macht Marcel Ella Mut.

„Bist du sicher?", fragt Sten, denn er will nicht auch noch Ella an den Kerl verlieren.

„Sicher kann keiner sein, aber ihm geht es nicht nur darum Sunny zu haben, sondern auch euch in den Wahnsinn zu treiben. Das ist sein Spiel und es scheint, dass er sich daran ergötzt."

„Okay, dann eben nur die Handys", gibt Ella klein bei.

„So bleibt es also bei heute Nachmittag. Bekommst du auch seine IP-Adresse raus?", fragt Marcel Sten, der inzwischen etwas abwesend wirkt.

„Da bin ich dran. Ich denke, dass ich es schaffe."

„Das wäre prima. Wir müssen uns beeilen, die vier Tage werden schneller um sein, als wir schauen können", sagt Marcel und er packt nun auch seinen Laptop wieder ein. „Dann bis um zwei." Mit diesen Worten steht er auf und will gehen.

„Moment wir kommen mit. Ich muss dir doch noch die Puppe geben", hält ihn Sten auf und zieht Ella vom Stuhl hoch, die sich schon einen Plan im Kopf zurechtlegt, wie und was am heutigen Nachmittag passieren soll.

Gemeinsam verlassen sie das Café und gehen zu ihren Autos. Ella hält sich kurz im Hintergrund, damit sie die Puppe nicht noch einmal sehen muss. Erst als Sten sie ruft, huscht sie schnell ins Auto. Er bringt sie wieder nach Hause und fährt dann selbst auf Arbeit.

Sunny

Sunny liegt auf ihrem Bett und starrt an die Decke. Neben ihr das Notizbuch, was schon fast vollgeschrieben ist. All diese Fragen in ihrem Kopf hat sie zu Papier gebracht, aber Antworten wird sie wohl darauf nicht bekommen.

In der Hand hält sie das Messer, was er heute wahrscheinlich vergessen hat, ganz fest umschlingen ihre Finger den Griff und sie denkt daran, ihn vielleicht doch damit angreifen zu können. Schnell schiebt sie den Gedanken jedoch wieder weg, denn sie hat Angst vor dem, was da kommen könnte, wenn es schiefgeht. Sie will es sich gar nicht erst ausmalen. Außerdem könnte er es mit Absicht liegen gelassen haben, um zu sehen, ob sie das ausnutzt.

Sie hört seine Schritte, wie sie sich ihrem Zimmer nähern. Schnell legt sie das Messer zurück auf den Tisch und lässt das Notizbuch unter der Decke verschwinden. Nützen wird es ihr jedoch nicht. Er hat es ihr gegeben und wenn er es lesen will, dann würde er es sich einfach nehmen. In dem Moment ärgert sie sich, weil sie zu den Fragen auch zu viel Persönliches da hineingeschrieben hat. Aber das kann sie jetzt nicht mehr ändern und es hat ihr geholfen, die Zeit besser zu überstehen. Wenn sie erst tot ist, dann werden ihn diese Zeilen bestimmt sogar amüsieren, aber so weit ist es noch nicht.

Das laute Klopfen an ihrer Tür unterbricht ihre Gedanken und dann hört sie, wie er Baxter aus seinem Zimmer lässt. Sie weiß, dass sie etwa fünf Minuten Zeit hat, um sich anzuziehen oder sich auf den Angriff vorzubereiten. Sie entscheidet sich mit Schmerzen in der Brust und der Gewissheit, dass heute der letzte Buchstabe dran ist dafür, es durchzustehen. Aber was kommt dann? Darüber will sie nicht nachdenken und schaut abermals auf das Messer, was auf den Tisch liegt und sie lockt.

Im Schrank hängen noch vier Dessous und sie überlegt nicht lange und nimmt wie immer das Nächste. Das muss sie auch, denn jeden Morgen ist das Getragene verschwunden. Er scheint es mitzunehmen, wenn er ihr das Frühstück bringt. Selbst gesehen hat sie es bis jetzt jedoch nicht, er passt stets auf, dass sie noch schläft oder gerade unter der Dusche steht. Er kann auch schleichen, kaum zu glauben, wie er ja sonst immer getrampelt kommt. Das ist jetzt egal, denn diese Dessous sind alle knapp an Stoff und sie muss eines anziehen. Ob er sie mit Absicht so sortiert hat, weiß sie nicht und es bringt ihr auch nichts, sich darüber den Kopf zu zerbrechen. Sie hält etwas Rotes in den Händen und muss sich zwingen, den Jogginganzug auszuziehen. Mit zitternden Fingern streift sie sich den wenigen Stoff über, der sich wie eine zweite Haut an ihren Körper schmiegt. Wenn sie nicht gerade in dieser Situation wäre, würde sie das Teil echt sexy finden. Tut er das auch? Natürlich. Sie hat schon bemerkt, wie heiß die Sachen ihn machen und ist froh, dass er sich bis jetzt immer anders abreagiert hat. Er ist ihr zwar schon viel zu nahe gekommen, aber in ihr steigt jedes Mal mehr die Angst auf, sollte er doch weiter gehen. Sie weiß, dass es unausweichlich ist, denn es sind immer noch drei Tage und er will ihr ja seine Liebe beweisen. Fragt sich nur wie.

In ihren Gedanken gefangen, holt Chris sie aus ihrem Zimmer und wieder muss sie vor ihm laufen. Sie spürt seine Blicke im Rücken und als er sie festbindet, auch den warmen Atem von ihm im Genick. Ein Schauer erfasst ihren Körper und sie kann es nicht verhindern, dass sie zu zittern beginnt.

Mit einem hämischen Grinsen nimmt er es wahr, geht jedoch diesmal nicht darauf ein. Noch nicht!

Das Messer, was er nun in der Hand hält, blitzt im Neonlicht und blendet Sunny. Macht es ihm Spaß? Sie zittert schon lange nicht mehr vor diesen Messer. Sie hat vor ganz anderen Sachen Angst und kann nur hoffen, dass er nicht auf für sie noch schmerzhaftere Ideen, kommt.

„Ich mache es heute für Baxter leichter", sagt er ganz nahe vor ihrem Gesicht und ihr schlägt sein warmer Atem, gepaart mit kaltem Zigarettenqualm und Schweißgeruch entgegen. Sie muss würgen, kämpft aber tapfer dagegen an und versucht es ihm nicht zu zeigen. „Du wirst sehen, wie er schon auf dein Blut abfährt", haucht er ihr zu und setzt das Messer an.

Diesmal hat er die Verbände an den Armen nicht angerührt, sondern die Klinge schneidet langsam von oben nach unten, an ihrem Oberschenkel die Haut auf. Entsetzt schließt Sunny die Augen und zuckt nur kurz vor Schmerz. Der Schnitt ist tief, aber wieder nicht so, dass sie verbluten könnte. Sie spürt, wie ihr warmes Blut das Bein hinunterläuft und wischt das Bild, was vor ihren inneren Augen erscheint weg. Sie will sich nicht vorstellen, wie ihr Bein jetzt aussieht, sie kennt solche Wunden zu Genüge aus der Notaufnahme, und so atmet sie langsam und tief, um die Übelkeit, die in ihr hoch kriecht, zu überwinden.

Dann ist plötzlich etwas Kaltes und Feuchtes an ihrem Bein und sie schaut jetzt doch, so weit es geht hinunter. Direkt in Baxters Augen, die sie traurig ansehen. Sie weiß, dass er ihr nie weh tun würde, aber er wehrt sich genauso wenig gegen ihn, wie sie selbst. Beide sind in seinen Fängen und versuchen das Bestmögliche daraus zu machen. Baxter leckt das Blut von Sunnys Bein und ihr tut die kalte Zunge sogar gut. Sie kühlt und es lindert ein wenig den Schmerz.

„Siehst du, wie es ihm schmeckt? Er wird dich ganz verzehren, wenn dich Ella nicht findet", sagt Chris mit einer eiskalten Stimme, die Sunny erschaudern lässt.

Er lehnt rücklings an seiner Werkbank und beobachtet die beiden genüsslich. Nebenbei rüttelt er immer wieder an dem nächsten Eisenstab, der schon in der Glut liegt. Es ist nochmal das E und somit wäre das Wort vollständig. Sunny ist einerseits darüber froh, aber was wird wohl dann geschehen? Hat er schon einen weiteren Plan? Oh ja, den hat er und dessen kann sie sich sicher sein.

So vergehen ein paar Minuten und Baxter hat sich wieder in seine Ecke zurückgezogen. Von dort aus beobachtet er ganz genau, was sein Herrchen mit Sunny macht. Der kommt inzwischen mit dem Stab auf sie zu und der glühende Buchstabe lodert förmlich in ihren Augen. Sie schließt sie und wartet auf den Schmerz. Der durchfährt sie kurz darauf und diesmal hat sie zu spät die Luft angehalten. Ihre Haut brennt und die Tränen laufen ihr über das Gesicht. Wieder beißt sie sich die Lippe auf und den Geschmack des Blutes, nimmt sie gar nicht richtig wahr. Erst als sie das Zischen des Wassers hört, in dem Chris den Eisenstab abkühlt, schaut sie wieder auf und gleichzeitig in seine Augen, die ganz nahe vor ihren sind. Im selben Moment vergisst sie fast die Schmerzen, weil er seine Hände auf ihre Brüste legt. Sie sind kalt und so verursachen sie sofort steife Nippel, über die er sich natürlich freut. Seine Finger beginnen mit ihnen zu spielen und in Sunny kriecht ein komisches Gefühl hoch. Ihr Herz schlägt schneller und sie kann es nicht verhindern, dass sie so erregt reagiert. Sein Blick ist inzwischen an ihren Brüsten gefesselt und die zarten Berührungen nehmen ihr fast den Verstand. Warum kann sie sich dagegen nicht wehren? Sie will nicht von einem Mann angefasst werden. Sie hasst Männer, die mit den Frauen spielen. Aber ist das wirklich nur ein Spiel von ihm? Er liebkost ihre Brüste und wenn sie die Augen schließen würde, um ihn nicht zu sehen, könnte sie es sogar genießen. Jedoch lässt der Ekel ihm gegenüber das nicht zu. Obwohl er ein sehr attraktiver Mann ist und Sunny so einen in ihrer heteronomen Zeit nicht begegnet ist, kann und will sie sich auch heute ihm nicht ergeben.

Angestrengt versucht sie, ihre Atmung ruhig zu halten, damit er sich keinesfalls etwas darauf einbildet. Aber dafür geht nun seiner immer schneller. Er lässt sich von nichts ablenken und küsst und saugt an ihren Brustwarzen, als gebe es kein Morgen mehr.

Chris hat alles um sich herum vergessen und erst seine Lenden holen ihn aus der Trance zurück. Er schaut an sich hinunter und die Beule in seiner Jeans wird immer größer. Gleichzeitig breitet sich ein pochender Schmerz in seinem Schwanz aus. Nicht schon wieder. Nicht heute. Morgen, ist der Plan. Aber das weiß sein Schwanz ja nicht. Wieder kann er sich kaum beherrschen. Voll auf sich und seinem Schwanz konzentriert, nimmt er seine Hände von Sunnys Brüsten und will sich an den Querbalken, an ihren Armen festhalten. Aber auch diese gehorchen ihm nicht und so legt sich eine um Sunnys Hals. Sie ist groß und kräftig, dass sie den zarten Hals fast ganz umschließt. Seine Augen sind geschlossen und der Atem wird stetig schwerer. Er kämpft gegen das schmerzhafte Pochen in seiner Hose an und vergisst anscheinend, was er mit Sunny macht. Seine Hand drückt immer mehr zu, wie auch die zweite am Oberarm von ihr, aber diesen Schmerz merkt sie gar nicht. Ihr schlägt der mittlerweile heißer Atem von ihm ins Gesicht und ihr Kampf gegen die stetig weniger werdenden Luft, die sie bekommt, wird immer größer.

„Hör auf", krächzt sie mit der letzten Luft, die aus ihrer Lunge kommt.

Aber er scheint es nicht gehört zu haben. Er ist völlig weggetreten. Erst als ihn Baxter anspringt und laut bellt, weil jetzt nur er ihr noch helfen kann, schaut er sie an. Ihre Augen verdrehen sich und ihr Gesicht ist rot angelaufen. Erschrocken nimmt er seine Hand von Sunnys Hals, wo sich rote Striemen gebildet haben. Ihr Kopf kippt nach vorn, denn sie ist nicht mehr bei Bewusstsein.

Augenblicklich vergisst er, was in seiner Hose los ist. Was hat er nur getan? Wieder ist er selbst schuld, wenn eine Frau stirbt. Noch mehr, er hat sie eigenhändig umgebracht. Nein, das darf nicht sein. Nicht Sunny! Er schüttelt sie und tätschelt ihre Wange. Unendlich lange Sekunden vergehen, in denen er sich nur selbst verurteilen kann. Hat er seine Liebe getötet?

„Nein, Sunny hol Luft", schreit er sie an und Baxter bellt dazu. Ein Szenario, wo einen das Herz erst recht stehen bleibt.

Aber dann beginnt sie wieder zu atmen. Ein tiefer langer Atemzug, und sie schlägt die Augen auf. Sie hustet und schaut mit rot unterlaufenen Augen Chris verabscheuungswürdig an. Er dreht sich um und holt ein Glas Wasser. Er setzt es an ihre Lippen und Sunny nimmt langsam ein paar Schlucke. Will er es etwa damit wieder gut machen? Was geht denn in dem ab? Er hat sie wirklich fast umgebracht. Sie muss nun echt mit allem rechnen, denn er hat sich nicht unter Kontrolle. Wie soll sie dann die nächsten Tage überleben? Jedes Mal, wenn er sie anfasst, dreht er durch. Ihr wird klar, wenn Baxter nicht hier gewesen wäre, ihn angesprungen und gebellt hätte, wäre sie jetzt wohl tot. Dankend schaut sie zu ihm hinunter, der immer noch sehr aufmerksam jede Bewegung seines Herrchens beobachtet. Er würde wohl immer wieder eingreifen. Chris scheint das nicht bewusst zu sein, er ist einfach nur froh, dass Sunny wieder atmet. Was sich da zwischen ihr und Baxter entwickelt, bemerkt er nicht. Sie muss das für sich ausnutzen und so gibt sie Baxter mit ihren Augen ein Zeichen. Sie macht ihm klar oder versucht es zumindest, dass er zuschauen soll, wie Chris die Fesseln öffnet. Baxters Augen fliegen nun zwischen Sunny und seinen Händen, die die Schnallen aufmachen, hin und her. Hat er begriffen, was sie will? Es scheint so, denn er geht sogar noch näher an ihn heran.

„Schon gut Baxter. Ich mache sie ja los", sagt er mit gedämpfter und reumütiger Stimme zu seinem Hund. Er denkt wahrscheinlich, dass Baxter nur will, dass ich zurück in mein Zimmer darf und er mit dem, was passiert ist, nicht einverstanden ist. Wenn es so sein sollte, dann hat Sunny absolut nichts dagegen. Chris merkt das Spiel, was hier gegen ihn läuft nicht und es ist ja auch nicht das einzige Spiel. Er ist der Regisseur, dem sein eigenes auf die Füße fällt.

Sunny ist das aber alles egal und er soll doch denken, was er will, nur nicht, dass sie mit Baxter gemeinsame Sache macht. Nachdem was gerade passiert ist, weiß sie genau, dass sie Baxters Vertrauen hat. Er ist auf ihrer Seite und sie kann nur hoffen, dass er ab jetzt immer dabei ist, um ihr im Notfall helfen zu können.

Chris bringt Sunny in ihr Zimmer und Baxters große leuchtenden Augen vermitteln ihr, dass sie erst einmal wieder in einer gewissen Sicherheit ist.

„Tut mir echt leid. Ich wollte das nicht", sagt Chris und schließt die Tür.

Sunny steht mitten im Zimmer und begreift immer noch nicht richtig, was da eben abgelaufen ist.

Chris war praktisch abwesend und in seiner Lust gefangen. Nebenbei hätte er sie aber fast umgebracht. Und nun bereut er es? Sie ist einfach nur froh noch zu leben und so geht sie duschen, um die Angst, den Schweiß, seine Berührungen und den Speichel von Baxter an ihrem Bein, abzuwaschen. Heute steht sie extrem lange unter dem Wasser und sie kommt erst wieder zu sich, als es fast kalt ist.

All diese zärtlichen Berührungen bringen sie vollkommen durcheinander. Sie sind schön gewesen, aber sie will sie so nicht empfinden. Was kann sie nur dagegen tun? Ist es das, was er will? Ihre Liebe? Aber das, was in den letzten Tagen passiert ist, hat nichts mit Liebe zu tun. Sie verläuft sich in so viele Fragen, die sie außerdem vermeidet, in ihr Notizbuch zu schreiben. Es hat ihr bis jetzt geholfen, alles niederzuschreiben. Aber das? Nein, das darf Ella niemals erfahren. Sie hatte noch nie irgendeinen sexuellen Kontakt zu Männern. Sie kennt nur die Liebe zu Frauen. Jedoch nicht so Sunny, obwohl sie es nie als schön bezeichnen konnte. Und jetzt? Was macht da Chris mit ihr? Das darf sie nicht zulassen und sie wird versuchen, sich dagegen zu wehren. Sie muss! Sie will Ella nicht verlieren. Die Liebe zu ihr ist etwas ganz Besonderes und das kann ihr ein Mann nie geben. Dessen ist sie sich sicher. Oder sie versucht es zumindest sein.

Ihre Gedanken vernebeln vollkommen ihren Kopf und sie kann einfach nicht mehr klar denken. Sie legt sich hin und möchte jetzt am liebsten schlafen, aber auch das stellt sich als schwierig heraus. Sie spürt ständig seine Hände, überall an ihrem Körper. Und sie ist dadurch schon wieder erregt. Sie versucht krampfhaft, an etwas anderes zu denken, aber sie findet einfach keine Ruhe. Sein makelloser braungebrannter Körper und die blauen Augen, die so schön strahlen können, lösen nur noch mehr Chaos in ihr aus.

Was ist nur mit ihr los? Wie kann sie verhindern den Gedanken daran zu verschwenden, wie weich seine Haut ist. Wie er wohl küssen würde. Sie schlägt sich gegen den Kopf, aber auch das hilft nicht. Weinend drückt sie ihr Gesicht in das Kissen und wartet darauf, dass sie sich und vor allen ihr Körper wieder beruhigt und sie etwas schlafen kann.

Chris ist inzwischen auf dem Weg zu seinem Hochstand. Sein Gewehr hat er mit, aber eigentlich hat er nicht vor, Wild zu schießen. Er will nur zu sich kommen. Seine Erektion hatte sich von allein erledigt, als er wahrgenommen hat, was er Sunny angetan hat. Erst hier auf dem Hochstand und den Gedanken an ihr, lässt ihn wieder aufleben. Jetzt kann er sie sogar genießen. Mit den Bildern von Sunnys nackten und erregten Brüsten im Kopf und seinem eingespielten Handbetrieb, lässt er seiner Erregung freien Lauf. Er schreit die Erlösung nach wenigen Sekunden in die Weiten des Waldes und der Felder hinaus und hat damit wohl das letzte Wild, was noch da war, verscheucht.

Aber auch er kommt nicht zur Ruhe. Es breiten sich die Sorgen um Sunny immer mehr aus. Wie wird sie das verkraftet haben? Was wird sie jetzt nur tun? Und wo ist Baxter? Nach etwa einer Stunde macht er sich auf den Weg zurück. Er muss wissen, ob es Sunny gut geht und das ihn Baxter nicht gefolgt ist, macht ihn noch nervöser. Hat er die Tür zwischen Sunnys und Baxters Zimmern wirklich abgeschlossen? Was, wenn nicht? Er weiß, dass Baxter die Türen öffnen kann. Hat er sie schon angegriffen? Mit diesen Gedanken im Kopf werden seine Schritte immer schneller und er ist wütend über sich selbst, wieder einen Teil seiner Kontrolle verloren zu haben.

Aber schon auf dem Hof kommt ihm Baxter entgegengelaufen und begleitet ihn nach unten in den Keller. Alle Türen sind verschlossen und ein Blick durch den kleinen Schlitz in Sunnys Tür zeigt ihm, dass sie vor Erschöpfung eingeschlafen ist.

Nach ihrem Anblick, jetzt doch beruhigter, setzt er sich vor seine Monitore und schaut sich Ellas Reaktion auf das Video an. Er ergötzt sich an ihrer offensichtlichen Angst und drohender Ohnmacht. Er ist sich sicher, den richtigen Nerv getroffen zu haben. Danach schaltet er sich in die momentane Situation und wartet darauf, dass irgendetwas Interessantes passiert, was ihm letztendlich vielleicht sogar in die Karten spielt.

Ella

Wütend stapft Ella durch ihre Wohnung.

„Die blöde Kuh. Heute Nachmittag noch. Denkt die, ich habe nichts Besseres zu tun?", flucht sie und macht sich über ihre Entwürfe her.

Insgeheim hofft sie, dass der Entführer sie hört und auf die Lüge hereinfällt. Sie staunt selbst über ihr schauspielerischen Talent und muss sich das Schmunzeln verkneifen.

Sie breitet die Bilder auf dem Tisch aus und beginnt überall etwas zu ändern. Das wollte sie sowieso machen, weil es Erstentwürfe sind und ihre Chefin sie noch gar nicht gesehen hat. Dass sie jetzt zu einem wichtigen Detail des Spieles werden, ist umso besser.

Trotz der ganzen Aufregung kann sie sich konzentrieren und ist am Ende angenehm überrascht, was sie da auf das Papier gezaubert hat. Die muss sie wirklich ihrer Chefin zeigen, die sind echt gut. Was man nicht alles unter Stress schaffen kann.

Auch Sunny finden? Sie befreien? Kann Marcel ihnen helfen? Wird er etwas in ihrer Wohnung entdecken? Wohl kaum, sie war ja wahrscheinlich nach dem Barbesuch gar nicht da angekommen. Aber er war in der Wohnung! Sten hat die Aufzeichnungen gefunden von den Kameras, die er dort angebracht haben muss. War das in der Nacht, wo er auch bei ihr war? Er war in ihrer unmittelbaren Nähe und sie haben geschlafen und nichts mitbekommen. Ella läuft ein Schauer über den Körper und sie bekommt schon wieder Angst. Und da soll sie auch noch die nächste Nacht hier allein bleiben. Wird sie das überstehen? Werden die zwei sie wirklich retten können, wenn er kommen sollte? Wird er? Wenn, dann lebt Sunny nicht mehr.

Ella schaut auf die Uhr und bemerkt, dass sie kaum noch Zeit hat. Sie räumt alles zusammen, sortiert die Entwürfe und legt sie in eine große Mappe. Dadurch kann sie die vielen Fragen etwas verdrängen.

Kurz darauf macht sie sich auf zu Sunnys Wohnung, mit dem Hintergedanken, dass er denkt, sie geht zu ihrer Chefin. Vielleicht hat er es gar nicht gesehen? Sitzt er den ganzen Tag vor seinen Computer und beobachtet sie? Was, wenn er vor dem Haus steht und ihre Wohnung im Visier hat? Dann wird er sie zu Sunny gehen sehen. Sie tritt zur Haustür hinaus und schaut sich um. Fremde Autos stehen hier immer herum, es ist ja mitten in der Stadt. Ihn hier zu finden ist unwahrscheinlich. Eher findet er sie. Mit einem mulmigen Gefühl läuft sie die fünf Minuten bis zu Sunnys Wohnhaus und sieht Sten und Marcel schon aus der Ferne auf sie warten.

„Hat alles geklappt?", empfängt sie Sten.

„Ich habe es so gemacht, wie wir es besprochen haben, aber ob er es überhaupt gesehen hat, kann ich nicht sagen", antwortet sie zweifelnd und schaut sich schon wieder um.

„Hier ist er nicht, aber was er sich anschaut und was nicht, können wir alle nicht wissen. Ich denke, er hat an den Kameras Bewegungsmelder und so sieht er, was er will, weil es automatisch aufnimmt und zusammenschneidet", entgegnet Marcel und beruhigt Ella ein wenig damit.

„Das denke ich auch, aber ich kann die Kameras ja nicht untersuchen", pflichtet Sten ihm bei.

„Logisch", nickt Marcel verständlich.

„Dann lasst uns rein gehen", sagt Sten, wischt die Gedanken an die Kameras weg, weil er daran sowieso nichts ändern kann und ist auch im selben Moment schon durch die Tür.

„Konntest du diese Kameras zumindest auf Standby setzten?", will Marcel wissen.

„Wären wir sonst hier?", lacht Sten ihn an. „Wir haben so lange Zeit, wie du willst." Sten macht Ella Platz, damit sie die Wohnungstür von Sunny aufschließen kann. Das muss sie mit Sunnys Schlüssel machen, denn ihren hat sie immer noch nicht von der Polizei zurückbekommen.

Langsam öffnet sie die Tür und schon bei den ersten Schritten in den Flur hinein merkt sie, dass etwas nicht stimmt. Abrupt bleibt sie stehen und Sten rennt sie fast über den Haufen.

„Was ist?", flüstert er ihr ins Ohr und hofft, dass der Entführer nicht hier ist. Obwohl das sogar das Beste wäre, was ihnen passieren könnte, denn gegen drei hätte er bestimmt keine Chance.

„Bleibt hier", kommt auch von Marcel leise und er drängelt sich an den beiden, die wie angewurzelt dastehen, vorbei.

Vorsichtig und aufmerksam schaut Marcel in jedes Zimmer. Ella stockt der Atem, als seine Hand an seinen Hosenbund geht und sie eine Waffe sieht. Würde er ihn hier erschießen? Wenn er hier ist, wo ist dann Sunny? Wen er tot ist, finden sie Sunny vielleicht nie. Sie kann nur hoffen, dass er nicht da ist, oder das zumindest Marcel nicht gleich schießt. Sten hält Ella fest und drückt sie schützend an seinen Körper, denn er bemerkt, dass sie beginnt zu zittern. Die Waffe hat auch er schon längst gesehen.

„Alles Okay. Er ist nicht hier, aber ...", kommt zweifelnd von Marcel und die beiden wissen nicht, was ihm so sprachlos macht.

„Was?", fragt Ella besorgt und geht ins Wohnzimmer, den zugehängten Spiegel im Flur, hat sie gar nicht registriert.

Mitten im Zimmer bleibt sie stehen und nun bekommt sie fast keine Luft mehr. Ihr schnürt es die Kehle zu und sie kann auch nichts sagen. Sie winkt Sten zu sich und zeigt mit einem zitternden Finger auf die Anbauwand.

Beide starren auf das, was da nicht mehr da ist. Keine Bilder, sie sind entweder ganz weg oder es stehen nur leere Rahmen da. Auch die gesamte Deko ist verschwunden. Mit offen stehenden Mund sieht sich Ella weiter um. An der Wand über der Couch erkennt man nur noch einen Schatten auf der Tapete, wo ein riesiges Bild gehangen hat. Keine Kissen mehr, keine Kerzen, die immer auf dem Tisch gestanden haben und auch der Fernseher ist weg.

„Bist du sicher, dass sie nicht doch einfach nur gegangen ist?", fragt Marcel vorsichtig, denn auch er ist davon nicht gerade überzeugt. Aber diese Wohnung erzählt ihnen etwas anderes.

„Und die E-Mails?", zischt Sten ihn an, worauf Marcel den Kopf einzieht.

„Hat die Polizei die Wohnung auch so gesehen?", will er trotzdem wissen.

„Nein, da war alles in Ordnung. Aber ob sie vielleicht doch noch mal hier waren, weiß ich nicht. Meinen Schlüssel haben sie noch", antwortet Ella unter Tränen.

„Also hat er die Wohnung nach der ersten Inspektion ausgeräumt", schlussfolgert Marcel leise für sich.

„Aber warum?", schluchzt Ella.

„Damit die Polizei noch einmal herkommt. Das machen sie meistens und er hat das alles beobachtet. Wenn sie das gesehen haben, kann er sich sicher sein, dass sie jetzt nicht mehr nach Sunny suchen. Nur erstaunlich, dass sie sich nicht bei dir gemeldet haben", kommt kalt von Sten und Marcel kann ihm nur zunicken.

„Sie werden das gesehen haben", entgegnet Marcel trocken und etwas geschockt. Dieses Vorgehen lässt sogar ihn nicht kalt und er spürt die Überlegenheit des Entführers. Er hat die zwei letzten Jahre wirklich gut genutzt, denn das er so perfekt durchorganisiert ist, hat selbst er nicht erwartet.

Ella wendet sich ab und geht in das Schlafzimmer. Er kann nicht alles ausgeräumt haben. Doch er kann! Und er hat! Sie steht vor dem Schrank und schaut in die Leere. Ihre gesamten Sachen sind weg. Sogar das Bett ist abgezogen, als hätte schon lange keiner mehr darin geschlafen. Ella kann nur schlecht den Kloß in ihrem Hals hinunterschlucken und flüchtet in die Küche, um ein Glas Wasser zu trinken. Jedoch ist auch das unmöglich, denn es gibt keine Tassen oder Gläser mehr. Verzweifelt hält sie den Kopf unter den Wasserhahn und trinkt gierig das Nass.

„Das ist nicht möglich. Der muss doch ein Umzugskommando gehabt haben“, stampft Sten hinter ihr her und das Entsetzen ist ihm ins Gesicht geschrieben, genauso wie Ella.

„Wann wart ihr denn das letzte Mal hier?“, fragt Marcel, der immer noch nach irgendetwas sucht, was den Entführer verraten könnte. Aber auch er bleibt erfolglos.

„Vor drei oder vier Tagen“, sagt Ella, denn sie kann es nicht genau sagen. Ihr Gehirn funktioniert nicht mehr richtig.

„Dann hat er ja genug Zeit gehabt. Jeden Tag etwas mitgenommen und die Wohnung war im Handumdrehen leer. Sehr groß ist sie ja nicht“, stellt Marcel fest, ihn hört aber keiner zu.

„Wo sind jetzt Sunnys Sachen?“, weint Ella und fällt in die Arme von Sten.

„Ich denke dort, wo sie ist“, antwortet Marcel, der immer noch wie ein Hund in jede Ecke schnüffelt.

„Und dann bringt uns das hier nicht weiter“, kommt verzweifelt von Sten.

„Wie man es nimmt. Er muss schon genug Platz haben, um das alles unterzustellen“, beginnt Marcel und ist am überlegen. „Außerdem muss er ein Haus haben mit Keller oder Dachboden.“

„Wieso einen Keller?“, hakt Sten unverständlich nach, denn er kann den Gedankengängen von Marcel nicht folgen.

„Er wird die Sachen ja nicht in eine Wohnung stellen und zugleich Sunny da festhalten. Er braucht viel Platz. Außer...“, denkt Marcel laut nach.

„Außer was?“, fragt Sten immer aufgeregter vor Wut auf den Kerl.

„Sie lebt mit ihm zusammen und hat ihre Sachen selbst abgeholt“, antwortet Marcel leise, Ella stets im Blick habend. Aber sie reagiert nicht auf die Anspielung.

„Du meinst, Sunny hat sich für ihn entschieden? Nein, das kann ich nicht glauben“, zweifelt Sten und schüttelt wild mit seinem Kopf.

„Man kann nie wissen. Aber das alles hier spricht echt nicht dafür, dass sie nicht freiwillig gegangen ist.“

„Und was sagt dir das hier jetzt allein in Bezug auf ihn?“, erkundigt sich Sten, der Ella fest in seinen Armen hält, wo sie herzzerreißend weint und die Unterhaltung kaum wahrnimmt.

„Ich denke, dass er außerhalb der Stadt ist.“

„Wie, auf dem Land“, hakt Sten nach.

„Es muss abgelegen sein. Er braucht Platz und er wird keine Nachbarn haben, die ihn beobachten können. Das spricht auch für das Stroh, was wir an der Puppe gefunden haben.“

„Was geht noch in deinem Kopf herum?“, fragt Sten immer weiter.

„Er ist ein Einzelgänger. Er hasst Lesben und wird mit solchen Erfahrungen gemacht haben“, zählt Marcel auf.

„He?“ Sten versteht nur die Hälfte.

„Ich vermute, dass er bei einer Lesbe aufgewachsen ist. Als seine Mutter die Seiten gewechselt hat und ihn ebenfalls ändern wollte. Vielleicht waren da auch zwei Frauen in seinem Leben, die ihm böse mitgespielt haben“, erklärt Marcel.

„Es wachsen doch viele Kinder bei schwulen oder lesbischen Eltern auf“, mischt sich Ella nun mit in das Gespräch ein.

„Eben, deshalb wird er wohl schlechte Erfahrungen gemacht haben, wenn das sein Grund ist. Lesben projizieren viel mehr auf ihre Kinder. Und Jungen können dann schnell mal zu Mädchen umfunktioniert werden. Das geht meist nach hinten los“, erklärt Marcel vereinfacht und hofft, die beiden verstehen es.

„Bringt uns das weiter?“, fragt Sten schon genervt, denn er kann damit immer noch nichts anfangen. Er weiß nur, dass er seinen Frust an Sunny auslässt.

„Ich werde mich mit dem Jugendamt in Verbindung setzen. Viele Probleme in solchen Familien wurden dokumentiert, weil die Kinder meistens auch in den Schulen aufgefallen sind", sagt Marcel und ist sich sicher, dort etwas zu erfahren. Wie weit es ihnen helfen wird, kann er aber erst sagen, wenn er Namen und Adressen bekommen hat. Aber er weiß auch, dass ihnen die Zeit davon läuft und er sich beeilen muss. „Hast du denn nichts auf den Bildern gesehen?", fragt er Sten und schaut ihn intensiv an.

„Nein, aber ich habe auch nicht alles angesehen", antwortet Sten und öffnet den Laptop, um sofort nachzuschauen.

Marcel und Ella stehen daneben und warten darauf, dass Sten etwas findet.

„Geh zwei Tage zurück", fordert Marcel ihn auf.

Sten macht es und nach wenigen Sekunden sehen sie, wie Polizisten in der Wohnung herumlaufen. Kopfschüttelnd verlassen sie diese aber wieder. Genauso wie sie sich das auch gedacht haben. Von da an hatten sie keinen Grund mehr, nach Sunny zu suchen.

„Da war der größte Teil schon raus", schimpft Sten und spult sich weiter durch die Aufnahmen. Man sieht, dass die Bilder manchmal springen und am Ende es so aussieht, wie sie es vorgefunden haben.

„Er hat die Kameras genauso abgeschaltet wie du", brummelt Marcel enttäuscht und ihm sagt das, dass der Entführer sich durchaus vorstellen kann, dass Sten ihn schon gehackt hat. Das Spiel ist nun nicht mehr so sicher, wie er es sich vorgestellt hat.

„Dann müsste er ja wissen, dass ich ihn genauso beobachte", sagt Sten und bestätigt die Gedanken von Marcel.

„So ist es. Aber anmerken lassen dürfen wir uns das nicht. Er weiß anscheinend, was du kannst oder er vermutet es zumindest. Also müssen wir so tun, als wäre es nicht so", kommt von Marcel, der sich schon die nächsten Schritte überlegt.

„Lasst uns bitte gehen", wimmert Ella und holt die beiden Männer in das Jetzt zurück.

„Moment. Ich denke, dass wir hier noch was tun können“, hält Marcel die beiden auf, die schon fast zur Tür hinaus sind.

„Was willst du machen, es ist alles weg, als hätte Sunny hier nie gewohnt“, regt sich Sten auf und klappt genervt seinen Laptop wieder zu.

„Genau das Entsetzen, was ihr gehabt habt, als wir reingekommen sind, muss er sehen“, spricht Marcel vorsichtig, damit sie nicht gleich davon laufen.

„Wie bitte?“, entfährt es Ella und sie starrt ihn verständnislos an.

„Wir gehen jetzt raus und dann schaltest du die Kameras wieder an. Danach geht ihr noch einmal rein und müsst genauso reagieren wie vorhin“, erklärt Marcel langsam und eindringlich.

„Warum sollen wir das tun?“, schüttelt nun auch Sten mit dem Kopf.

„Er spielt mit euch und ihr müsst mit ihm spielen. Lasst ihn glauben, dass ihr wirklich denkt, sie wäre weggelaufen, oder gar zu ihm gezogen. Er soll in diesem Glauben bleiben, dass ihr von den Kameras nichts wisst.“ Marcel wählt seine Worte mit Bedacht und hofft, sie kommen bei den beiden an.

„Sie ist nicht zu ihm gezogen“, faucht Ella, denn bei ihr sind sie doch falsch angekommen.

„Ella, nein ist sie nicht. Ihr sollt es ihm aber so verkaufen. Wenn er denkt, dass ihr nicht mehr nach ihr sucht, wird sein Interesse, dich nervlich kaputtzumachen weg sein. Dann macht er vielleicht Fehler und will dich wieder ermuntern, nach ihr zu suchen. Dabei könnte er uns Hinweise geben, die er gar nicht als solche erkennt“, versucht Marcel zu erklären und langsam beginnen die zwei ihn zu verstehen.

„Ich soll also weiterhin schauspielern“, lenkt Ella ein.

„Ja, und nicht zu knapp. Das Entsetzen ist schon gut, aber ihr könntet auch zeigen, wie gut ihr euch versteht“, geht Marcel noch weiter.

„Dann hat er doch keinen Grund mehr, Sunny frei zu lassen. Wenn sich Ella von mir trösten lässt, kann das für Sunny nach hinten losgehen“, denkt Sten mit und findet das für überzogen.

„Okay, da scheinst du recht zu haben. Aber ihr solltet trotzdem so tun, als würdet ihr das erste Mal wieder hier reinkommen“, lenkt Marcel ein.

„Und du?“, sieht ihn Ella fragend an.

„Ich bleibe natürlich draußen. Er darf mich weder sehen noch hören. Also auch kein Wort von mir. Dann haben wir verloren. Ich weiß nicht, wie weit er gehen kann, um herauszubekommen, wer ich bin“, antwortet Marcel überzeugend.

„Versuchen können wir es ja“, sagt Ella und stupst Sten an, der sich immer noch dagegen zu sträuben versucht.

„Und wenn er es gar nicht sieht?“, fragt Sten skeptisch.

„Er wird. Wenn nicht jetzt, dann eben auf den Aufzeichnungen. Er wird alles aufnehmen, jede Minute, in der sich hier in der Wohnung jemand bewegt, da bin ich mir sicher“, lacht Marcel, aber es sieht ziemlich gezwungen aus.

„Bei mir auch?“ Ella wird bei dem Gedanken schlecht, weil sie sich immer noch nicht daran gewöhnt hat, beobachtet zu werden. Aber wer kann sich schon an so etwas gewöhnen. Niemand!

„So wird es sein“, kommt nur kurz von Marcel.

„Lasst uns rausgehen. Ich brauche nur eine Minute und er kann alles wieder sehen“, gibt Sten klein bei und sie verlassen die Wohnung.

Es dauert wirklich kaum eine Minute und die Kameras laufen. Ella braucht noch einen Moment und bereitet sich innerlich vor, nochmals jemanden etwas vorspielen zu müssen. Doch diesmal geht es um ihre Gefühle, nicht um eine einfache Lüge. Ob sie es wirklich so herüberbringen kann weiß sie nicht, aber sie will ihr Bestes geben.

Kurz darauf schließen sie die Wohnung erneut auf und betreten sie.

„Was willst du eigentlich hier?", fragt Sten und will somit den Besuch in der Wohnung rechtfertigen. Er soll auf keinen Fall Verdacht schöpfen.

„Ich möchte einfach nur schauen. Vielleicht war sie noch einmal da", entgegnet Ella und hat sofort begriffen, warum Sten die Frage gestellt hat. Zusätzlich schaut sie ihn etwas genervt an, obwohl sie nicht weiß, ob der Entführer sie beobachtet, denn sie hat keine Ahnung wo die Kameras hängen. Dann kann das Spiel weiter gehen.

Ella atmet tief durch, weil sie erst jetzt den zugehängten Spiegel im Flur sieht. Das Entsetzen ist ihr somit wieder ins Gesicht geschrieben. Sten steht neben ihr und staunt, wie sie es spielen kann, ohne zu wissen, dass es der volle Ernst ist. Mit zitternden Beinen, weil Ella denkt, noch viel mehr übersehen zu haben, geht sie in das Wohnzimmer. Dort bleibt sie mit offen stehenden Mund mitten im Raum stehen und sieht sich mit Tränen in den Augen um. Erst jetzt begreift sie das Ausmaß und sie scheint sogar geschockter, als bei dem ersten Mal. Sie kniet sich vor die Anbauwand und öffnet die Schubladen. Ihr Herz bleibt fast stehen, denn auch die sind leer. Ihre Fotoalben sind ebenfalls verschwunden und er hat sogar Sunnys Tagebücher mitgenommen. Ihre geheimsten Sachen, die nicht einmal Ella gelesen hat, sind in seinen Händen. Ihr laufen die Tränen und sie schluchzt vor sich hin. Sten kann nicht ganz verstehen, was sie gerade so aus der Fassung bringt, aber ihm ist es egal, was es ist. Er wird es sehen und Ella scheint sich nicht einmal verstellen zu müssen. Langsam steht sie auf und läuft in das Schlafzimmer. Dort muss sie nun tun, als würde sie es das erste Mal sehen, der Kloß in ihrem Hals bildet sich jedoch auch dieses Mal wieder. Also in die Küche und der Versuch, ihn mit Wasser hinunterschlucken. Sten folgt ihr und ist stets bereit, sie aufzufangen, falls ihr das alles zu viel wird. Und das tut es. Sie fällt ihm in die Arme und wird von einem Weinkrampf geschüttelt. Dieser ist ebenso nicht gestellt wie auch, dass ihre Beine plötzlich nachgeben. Sten hat zu tun, dass er sie halten kann. Er versucht sie ins Wohnzimmer zu bringen, weil nur dort noch eine Sitzgelegenheit vorhanden ist. Zusammen setzen sie sich auf die Couch und Sten lässt Ella die Zeit, die sie braucht, um wieder durchatmen zu können. Währenddessen muss er sich anstrengen, nicht in einer der Kameras zu schauen. Er weiß genau, wo sie angebracht sind, und wendet ihnen absichtlich den Rücken zu.

„Wo ist sie nur hin?", schluchzt Ella und ist sich sicher, dass er es hört. Irgendwo hat er garantiert auch eine Wanze.

„Vielleicht wollte sie ein neues Leben beginnen", sagt Sten und hofft, Ella reagiert nicht falsch darauf. Er muss jetzt genauso stark sein wie sie.

„Nein, sie kann nicht einfach gehen. Wir gehören zusammen. Sie gehört zu niemand anderen, als zu mir", erwidert sie und wischt sich die Tränen vom Gesicht.

„Lass uns gehen. Wir können nur hoffen, dass sie irgendwann wieder kommt", entgegnet Sten und löst den nächsten Weinkrampf bei Ella aus, den sie auch nicht verhindern kann.

Wieder liegt sie in seinen Armen und Sten haucht ihr einen Kuss auf die Stirn, um sie zu beruhigen, und nicht, damit er es sieht. Ihm ist inzwischen auch egal, was er sehen könnte, oder was sie ihm vorspielen. Momentan spielen sie gar nicht. Die Gefühle überwältigen sie automatisch und es ist wirklich das Beste, wenn sie jetzt die Wohnung verlassen.

Er zieht Ella auf die Beine und führt sie nach draußen. Im Hausflur sitzt Marcel mit Stens Laptop und hat alles mit angesehen.

„Na, da soll mal einer sagen, ihr könnt nicht schauspielern", lacht er den beiden entgegen.

„Es war ziemlich ernst", sagt Sten und verdreht die Augen. Ella wendet sich ab und läuft weinend die Treppen hinunter.

„Sie hat es doch mehr mitgenommen als gedacht", sagt Marcel fast entschuldigend.

„Ja, sie hat da noch viel mehr gesehen, als vorhin und das hat sie auch fast um den Verstand gebracht", entgegnet Sten, nimmt seinen Laptop und klappt ihn zu. Für heute reicht es ihm, aber da sollte er sich wohl täuschen, denn das Spiel geht noch weiter.

„Ich habe es mitbekommen. Ich bin ja nicht blind", steht Marcel auf, er hatte es sich auf einer Treppenstufe gemütlich gemacht und folgt Sten nach draußen.

Ella sitzt schon in Stens Auto und will einfach nur noch nach Hause.

„Heute Abend geht es aber weiter", sagt Marcel und schaut Sten auffordernd an.

„Können wir das nicht morgen machen?"

„Nein, wir haben keine Zeit mehr. Wir müssen wissen, ob Sunny noch lebt. Und wenn, dann bleiben uns nur noch drei Tage", hält Marcel ernst dagegen und schaut zu Ella, die nur mit dem Kopf schüttelt.

„Ich weiß, aber sie ist so fertig", verteidigt Sten Ella.

„Gut so, dann schläft sie und hat nicht die ganze Nacht Angst."

„Ich glaube, du siehst das etwas falsch. Wenn wir sie überfordern, kippt sie mir noch komplett aus den Schuhen."

„Wird sie nicht. Sie will Sunny wieder haben und da muss sie jetzt Opfer bringen. Sunny macht viel mehr durch als sie und das musst du ihr genauso erklären. Heute Abend gegen acht bin ich bei Ella an der Wohnung. Ich werde etwas zu essen und zu trinken mitbringen. Wir nehmen nichts aus ihrer Wohnung. Das Kleinste könnte uns verraten", erklärt Marcel und Sten weiß, dass er ihn nicht mehr umstimmen kann. Außerdem muss er froh sein, dass er ihm überhaupt hilft und nicht davon überzeugt ist, dass Sunny nur einfach abgehauen ist. „Ruft dich jemand an?", will er noch wissen und Sten nickt ihm zu.

„Das geht alles klar. Mein Kollege weiß Bescheid", antwortet Sten zögerlich.

„Gut, dann bis heute Abend." Mit diesen Worten wendet sich Marcel um, winkt Ella kurz zu und steigt ein paar Meter weiter in sein Auto.

Jetzt ist es an Sten, ihr beizubringen, dass sie noch heute die zweite Aktion durchziehen. Aber er hat sich um sonst Gedanken gemacht. Ella ist einverstanden, denn sie will es schnellstens hinter sich bringen. Genauso will sie die Gewissheit haben, dass Sunny noch lebt und es sich lohnt, alles auf sich zu nehmen, um sie zu finden. Und nur das will sie. Sunny finden, sie wieder in ihre Arme schließen. Einfach dort weiter leben, wo sie durch ihn auseinandergerissen wurden.

Sie weiß, dass es schwer wird, aber ihre Liebe wird ihnen dabei helfen, den Weg zurück in ihr glückliches Leben zu finden.

Sollte es nicht so sein, dann könnte sie heute Nacht sterben. Wie soll sie auch ohne Sunny weiterleben? Ihr ist egal, ob Marcel und Sten ihr helfen würden, zumindest im Moment, denn sie sieht keinen Sinn darin, ohne ihre Liebe zu sein.

Chris

Chris sitzt schon eine kleine Ewigkeit vor seinen Computer und spult gelangweilt die Aufnahmen durch. Seine Augen fallen fast zu, denn die Monotonie macht ihn müde. Er schaut von einem Monitor zum anderen und es tut sich nichts. Er sieht nur Ella hier und mal da, aber sie ist die meiste Zeit allein.

Gerade als er aufhören will, erscheint Ella auf einen der Bildschirme und diesmal ist irgendetwas anders. Sofort ist er putzmunter und beobachtet jeden Schritt von ihr.

Er hört sie schimpfen und sieht, wie sie sich in die Arbeit stürzt, um ihrer Chefin zu gefallen. Sie wirft nicht einmal einen Blick auf ihren Laptop, um zu schauen, ob sie vielleicht eine E-Mail bekommen hat. Das muss er morgen wieder machen und sie damit etwas aufs Neue aufpeitschen.

Langsam zweifelt er daran, dass sie überhaupt nach Sunny sucht, oder überlässt sie alles diesen Freund Sten? Kann er ihm gefährlich werden? Nein, er hat ihn genaustens überprüft und daher ist er sich sicher, dass er keines Falls mehr auf den Kasten hat, wie er selbst. Sten sollte absolut kein Risiko für ihn und seinen Plan sein.

Nun doch wieder gelangweilt, schaut er nebenbei in die Aufzeichnungen von Sunnys Wohnung und abermals wird es noch interessanter.

Es hat sich wirklich gelohnt, Sunnys Wohnung auszuräumen. Den ganzen Stress, den er sich gemacht hat. Ständig musste er auf der Hut sein, dass ihn keiner sieht und ihm am Ende noch dumme Fragen stellt. Er war mehrmals dort und hat immer nur ein wenig geholt. Es sollte ja auch nicht wie ein Umzug aussehen. Nun stehen die Kartons mit den Sachen alle ordentlich gestapelt in einem kleinen Zimmer und Sunny könnte sie jederzeit nutzen. Aber sie weiß bis jetzt überhaupt nicht, dass alles für sie griffbereit ist. Mit diesen Bildern wird er ihr zeigen können, dass es ihm wirklich ernst ist, sie an seiner Seite haben zu wollen.

Aber jetzt zählen erst einmal die Aufnahmen. Er atmet tief und zufrieden ein und aus und ergötzt sich an den Tränen von Ella. Und diese sind mehr als echt. Er würde niemals darauf kommen, dass das alles nur gespielt ist, was es eigentlich auch nicht war. Ella war das zweite Mal fast noch mehr geschockt, denn nun hatte sie einen freien Blick für das Wichtige, was sie bei dem ersten Besuch einfach übersehen hat.

Dann sieht Chris etwas, was er für sich nutzen kann. Die Umarmung und der zärtliche Kuss von Sten, wenn auch nur auf die Stirn, spielen ihn wirklich in die Hände. Es schaut mehr als vertraut aus und so wird er es Sunny präsentieren. Sie wird oder muss sogar einsehen, dass Ella endgültig denkt, dass sie abgehauen ist. Dass sie sie in Stich gelassen hat. Wenn es eine Entführung gewesen wäre, dann nimmt sie doch nicht all ihre Sachen mit. Chris lacht sich vor Freude schon ins Fäustel und malt sich eine schöne Zukunft mit Sunny aus.

Dann sollte ihr doch der kleine Schritt zu einem Leben mit ihm, einsam auf seinem Hof, nicht mehr schwerfallen. Da wäre nur noch der sexuelle Kontakt. Aber auch das wird sich ergeben. Schon morgen wird er Sunny mehr anfassen, spüren, schmecken und fühlen, und sie wird es bestimmt genießen. Wirklich? Er kann es zumindest nur hoffen, dass sie sich ihm ergibt und dabei kommen ihn diese Aufnahmen genau recht.

Er schneidet, mit einer innerlichen Vorfreude auf Sunnys Körper, das Aufgenommene zusammen und speichert es auf einen der Computer ab, um es morgen als Erstes abspielen zu können. Dieses Video öffnet Chris eine Tür zu Sunnys Herzen und schließt gleichzeitig die, die sie zurückführen könnte. Genauso wird er ihr das erklären und sie wird ihn verstehen. Sie wird bei ihm bleiben. Sie wird … Sie muss … Er hofft es zumindest.

Mit diesem Wunschgedanken wird er heute Nacht so gut schlafen, wie schon lange nicht mehr.

Mit einem angenehmen Kribbeln in der Lendengegend, was er als Vorfreude wahrnimmt, geht er noch einmal nach Sunny schauen. Sie schläft nicht mehr, sondern schreibt etwas in das Notizbuch. Gern würde er wissen wollen, was da drin steht, aber er hat es ihr gegeben, um alles aufzuschreiben, was in ihr vorgeht, und das sind eben ihre Gedanken und Gefühle. Es geht ihm nichts an und er wird ihr diese Intimsphäre lassen. Vielleicht zeigt sie ihm das irgendwann freiwillig oder vielleicht auch nicht. Aber das soll sie entscheiden, ansonsten hätte er ihr das Buch nicht geben brauchen. Er ist schon froh, dass sie es angenommen hat und sich damit so die Zeit etwas vertreiben kann. Beruhigt geht er zurück und kommt genau richtig.

Er hört gespannt der Unterhaltung zwischen Ella und Sten zu und schon wieder freut er sich über die Angst, die Ella hat.

Sie ist heute Nacht allein!

Sofort spielt er mit dem Gedanken, ihr noch mehr Angst zu machen. Soll er zu ihr fahren und wenn sie schläft, sie filmen oder gar anfassen? Nein, anfassen niemals! An ihr gibt es nichts, was ihm gefallen könnte. Und was, wenn sie ihn sehen würde?

Alles dreht sich in seinem Kopf. Was er als Nächstes Ella schreiben wird und was er Sunny zeigen könnte. Wie er Ella immer mehr Angst machen kann und Sunny vielleicht doch noch für sich gewinnt. Es geht hin und her, bis ihm etwas ins Auge fällt. Sten ist inzwischen gegangen und Ella ist allein, aber sie schützt sich diesmal nicht so, wie sie es das letzte Mal getan hat. Da hat sie einen Stuhl unter die Türklinke gestemmt, damit sie niemand öffnen kann. Warum macht sie das heute nicht? Hat sie nicht mehr so viel Angst? Doch das hat sie, er kann es ständig in ihren Augen sehen. Aber was ist da heute anders? Hat er sie mit Sunnys Wohnung so durcheinandergebracht, dass sie nicht einmal mehr nach ihr sucht? Nein, so einfach würde sie ihre Liebe nicht aufgeben.

Er überlegt eine ganze Weile und am Ende entscheidet er sich dagegen, zu ihr zu gehen, denn das Detail bringt ihn etwas durcheinander. Es könnte sogar eine Falle sein! Sie wollen ihn vielleicht überwältigen, wenn er es wagt, zu ihr zu kommen. Aber Ella ist allein und sie könnte ihm nichts anhaben. Hat er übersehen, dass dieser Sten schon wieder in der Wohnung ist? Nein, das hat er nicht! Er kann sich darauf absolut keinen Reim machen und bleibt dabei, heute nichts zu unternehmen. Außerdem würde er von seinem Plan abweichen. Er kommt nur zurück, wenn es die Frau, die bei ihm ist, es nicht geschafft hat. Sunny lebt und so hat er keinen Grund, zu Ella zu gehen. Auch wenn es ihm durchaus gefallen würde, hält er für den Moment die Füße still.

Aber Angst machen. Das klingt gut und er weiß auch schon wie. Er greift zu seiner Kamera und macht sich auf durch sein Haus. Eine E-Mail und sie wird wissen, dass sie Sunny verloren hat. Ihre Sachen sind alle weg und hier tauchen sie wieder auf.

Wie ein Wiesel rennt er von einem Zimmer zum anderen. Er wühlt in Sunnys Sachen und dann hat er auch schon etwas gefunden. Abermals zahlt es sich aus, den Stress auf sich genommen zu haben und Sunnys Gegenstände hier herzuholen.

In seinem Schlafzimmer beginnen die Aufnahmen. Nachdem er das Doppelbett mit Sunnys Bettwäsche bezogen hat, die er als Erstes gefunden hat, wobei er die eine Betthälfte noch nie benutzt hat, drückt er auf die Aufnahmetaste.

Dann holt er einige Kleider von Sunny, hängt sie sorgfältig auf Bügel und drapiert sie an den großen Schrank. Jetzt sieht es wirklich aus, als würde sie mit hier wohnen. Aber das reicht ihm noch nicht. Er geht sogar an den Karton mit den Küchenutensilien. Er deckt den Tisch, als hätten sie gerade gemeinsam gegessen. Es macht ihm so viel Spaß, das er einfach nicht mehr aufhören kann. Er steigert sich immer weiter hinein und am Ende sehen die Zimmer aus, wie wenn Sunny da überall wäre. Sein Wohnzimmer muss er erst einmal aufräumen. Dort lässt er eigentlich alles fallen, was er nicht mehr benötigt und da hält er sich auch am wenigsten auf. Aber für Sunny würde er alles tun und findet plötzlich sogar Gefallen daran, sauberzumachen. Zum Schluss ist das Zimmer kaum wiederzuerkennen. Es sieht gemütlich aus und er zündet obendrein Sunnys Kerzen an. Die Wärme erfüllt den Raum und Chris schwelgt in seiner Fantasie. Gemeinsam mit Sunny, der schönsten Frau in seinen Augen, auf der Couch sitzen, einen Film schauen und ungehemmt dabei schmusen. Wie herrlich könnte doch sein Leben sein. Vielleicht wäre es besser gewesen, sich einfach eine Frau zu suchen, die auf Männer steht. Aber er kann nicht aus seiner Haut. Er hat Sunny und er muss das Beste daraus machen. Er liebt sie, wie es dazu gekommen ist, dass gerade er sich in eine Lesbe verliebt hat, kann er nicht sagen und noch weniger verstehen. Aber das ist ihm jetzt auch egal. Diese Abweichung von seinem Plan nimmt er in Kauf, wenn sich sein Leben dadurch positiv ändert. Er muss nur Sunny dazu bringen, ihn zu lieben, nur das zählt. Ob er das schafft, steht in den Sternen und er hat bloß noch drei Tage Zeit.

Der Zeitdruck und der Gedanke daran, Sunny wieder zu verlieren, reißt ihn zurück in die Realität. Er beginnt alles zu filmen und schneidet dann ein Video zusammen. Zumindest in seinen Augen wunderschön. Es wird jedoch Ella das Herz brechen. Sie wird denken, Sunny hat sich für ihn entschieden. Mit einem hämischen Grinsen wartet er darauf, dass es Nacht wird, denn dann macht sich garantiert die Angst breit und die will er noch schüren. Dabei ist er sich nicht bewusst, dass schon längst jemand anders, die Regie bei diesem Spiel übernommen hat.

Ella

Sten hat Ella das weitere Vorgehen im Auto, auf der kurzen Fahrt zu ihr nach Hause, erklärt.

Sie ist immer noch in ihren Gedanken und den Schmerz gefangen, den sie in Sunnys Wohnung erfahren hat. Momentan funktioniert sie wie ein Roboter und ihre Gefühle sind anscheinend eingefroren.

Sie macht in der Küche für Sten und sich etwas zu essen, während Sten es sich vor dem Fernseher gemütlich gemacht hat. Seine innere Anspannung versucht er, so gut wie möglich zu verbergen. Er hört Ella im Hintergrund mit Geschirr klappern und wünscht sich nur eines, das er diese Nacht nicht kommt und ihr die tote Freundin bringt. Genauso macht er sich Gedanken, ob er ihn zusammen mit Marcel überwinden könnte. Marcel hat zwar eine Waffe, aber wird er sie auch benutzen?

„Kommst du", ruft Ella aus der Küche und Sten fährt erschrocken zusammen.

Langsam erhebt er sich, schaltet den Fernseher aus und geht zu Ella. Er kommt jedoch nicht dazu, sich zu setzen. Sein Handy klingelt und er weiß, dass jetzt der nächste Teil ihres Spieles beginnt. Spiel kann man das eigentlich nicht nennen, denn heute Nacht geht es um Leben oder Tod.

Mit dem Handy am Ohr geht er zurück in das Wohnzimmer, um sicherzugehen, dass der Entführer alles mitbekommt.

„Muss das unbedingt sein? Ich kann Ella nicht allein lassen", schimpft er in das Handy und lässt sich gespielt genervt auf die Couch fallen.

„Kannst du das nicht mit jemand anderen machen?", redet er weiter. Jedes Wort ist abgesprochen, weil er sich ebenso sicher ist, dass er mithört, was sein Kollege sagt.

„Da kommen wir erst morgen früh wieder", protestiert Sten gekonnt und ist innerlich zufrieden, dass das alles so gut klappt.

„Okay, ich werde es ihr vorsichtig beibringen. Ich bin in einer halben Stunde in der Firma“, sagt er und legt auf.

Ella steht mittlerweile neben ihn und schüttelt den Kopf.

„Du lässt mich jetzt nicht wirklich allein?“, fragt sie und ihre Augen füllen sich mit Tränen. Schon der Gedanke daran, dass sie allein sein wird, treibt sie fast in den Wahnsinn. Sie weiß zwar, dass sie nicht weit entfernt sein werden, aber was wenn?

Nein, daran darf sie gar nicht erst denken. Marcel wird schon wissen, was er tut.

„Wir müssen die Computer unbedingt über Nacht reparieren. Morgen wollen sie arbeiten und es soll auf keinen Fall Ausfallstunden geben“, erklärt er Ella, als wüsste sie wirklich nicht Bescheid.

„Kann das nicht jemand anders machen?“, hält sie schluchzend dagegen.

„Nein, die haben da ein spezielles Programm, wo nur wir zwei es sind, die damit umgehen können. Und allein würde er mehrere Tage dafür brauchen“, sagt Sten fast entschuldigend und nimmt Ella in den Arm. „Du schaffst das schon“, redet er weiter und gibt ihr wieder einen Kuss auf die Stirn.

„Ich versuche es. Ich bin todmüde, vielleicht kann ich schlafen“, seufzt sie leise. Aber sie weiß jetzt schon, dass sie wohl kein Auge zumachen kann.

„Lass mich schnell noch etwas essen“, lenkt er ab und sie gehen zurück in die Küche. Aber auch hier müssen sie aufpassen, sich nicht zu verraten.

Still und flink isst Sten das köstliche Schnitzel und die Pommes. Er könnte dem Kerl den Hals umdrehen. Durch ihn kann er nicht einmal das Essen genießen. Er schwört sich heimlich, ihm auf alle Fälle eine Richtige zu verpassen. Und wenn er Sunny umgebracht hat, dann kann es auch passieren, dass er Marcels Waffe nimmt. Entkommen lässt er ihn niemals.

Ella sieht Sten an, dass es innerlich in ihm arbeitet. Seine Stirn liegt in Falten und sein Körper ist total angespannt. Sie kann ihn jedoch nicht helfen, denn sie ist diejenige, die wahrscheinlich Hilfe braucht. Sie kann nur hoffen, dass sie sich wirklich auf die beiden verlassen kann.

„Willst du etwas mitnehmen?", fragt Ella und zeigt auf die zwei Schnitzel, die noch in der Pfanne liegen.

„Nein, die esse ich morgen kalt, wenn ich wieder da bin", schüttelt er mit dem Kopf.

Dann steht er auf, drückt Ella noch einmal und verlässt, ohne ein weiteres Wort, die Wohnung.

Jetzt ist sie allein. Nicht wirklich, aber sie fühlt sich schrecklich. Sie räumt die Küche auf und dann läuft sie, nicht wissend, was sie machen soll, durch die Wohnung. Sie sucht etwas, mit dem sie sich ablenken kann. Arbeiten? Nein, für ihre Entwürfe hat sie keine Nerven. Sie schaltet den Fernseher an und tippt sich durch die Programme. Sie findet allerdings nichts, was sie interessieren könnte, und wird immer unruhiger. Dann beginnt sie von einem Fenster zum anderen zu laufen. Aber auf den Straßen ist so viel los, dass sie niemals jemanden erkennen könnte. Wen denn auch? Der kommt doch nicht, wenn so viele Menschen unterwegs sind. Wie will er das dann machen? Was ist, wenn er nicht kommen kann, um nicht gesehen zu werden? Da würde sie nicht erfahren, ob Sunny noch lebt.

Letztendlich findet sich Ella auf der Couch wieder und hat ein Buch in der Hand. Sie beginnt, aber sie merkt schnell, dass sie jede Zeile zweimal lesen muss und am Ende begreift sie sie trotzdem nicht. Auch das hält sie nur eine Weile aus und legt das Buch wieder weg. Sie geht ins Bad, zieht sich in der Ecke vor der Dusche aus, wo er sie nicht sehen kann. Sten hat ihr genau gezeigt, wo die Kameras sind. Unter der Dusche beobachtet er sie jedenfalls nicht. Das ist einer der wenigen Orte, wo sie noch frei sein kann. Aus welchem Grund er sie dabei nicht sehen will, weiß sie nicht. Vielleicht steht er nicht auf blonde Frauen oder sie ist ihm zu mollig. Das möchte Ella sich zwar nicht eingestehen, aber sie kennt sich bei Männern eben nicht aus. Sten gefällt sie und er scheint jedes Gramm an ihr zu mögen. Darüber muss sie lächeln, jedoch tut es ihr auch gleichzeitig weh, dass er so erfahren musste, dass er sie nie haben wird.

Das warme Wasser rieselt über ihre Haut, was sich gut anfühlt und am liebsten würde sie die ganze Nacht hierbleiben. Aber sie will nicht nackt von irgendetwas überrascht werden. Sie schlüpft in einen Jogginganzug und legt sich, ohne weiter zu überlegen, ins Bett. Nochmals hat sie das Buch in Händen und beginnt erneut zu lesen. Diesmal kann sie sich besser konzentrieren und so merkt sie nicht einmal, wie schnell die Zeit vergeht. Draußen ist es dunkel geworden und auf den Straßen kehrt, auch hier in der Stadt, Ruhe ein. Sie schaut auf die Uhr und weil es schon nach zehn ist, will sie das Licht löschen. Ihr Finger bleibt allerdings in der Luft hängen, denn in ihr kriecht plötzlich Panik hoch. Wenn es komplett finster ist, dann kann sie ihn nicht einmal sehen. Würde er bis zu ihr ins Schlafzimmer kommen? Oder würden Sten und Marcel schon vorher eingreifen? Was werden die beiden da draußen machen? Warten und schweigen? Reden könnte sie verraten. Sind sie überhaupt da? Sie kann es nicht einmal kontrollieren. Aber sie würden sie niemals in Stich lassen. Sten hat sie viel zu gern, um sie so einer Gefahr auszusetzen.

Eine Frage jagt die nächste durch ihren Kopf, aber ein Klingelton unterbricht das alles. Wie von einem Blitz getroffen sitzt Ella im Bett. Sie wagt sich kaum, zu atmen, und hört verängstigt in die Stille, die sie zu erdrücken droht. Bis ihr klar wird, dass es eine E-Mail war. Langsam steht sie auf und hofft, sie ist von irgendjemand, nur nicht von ihm. Wie in Zeitlupe schleicht sie ins Wohnzimmer, jeden Lichtschalter betätigend. Wenn er eine E-Mail sendet, kann er doch nicht auf den Weg hier her sein? Oder doch? Sie schiebt den Gedanken beiseite und öffnet sie.

Ella fällt das Atmen schwer. Der Druck auf ihre Brust nimmt zu und ihr Mund ist staubtrocken. Sie versucht zu schlucken, aber es kratzt nur fürchterlich in ihrem Hals.

Sie wagt sich nicht, das Video abzuspielen. Sie ist allein und was wird sie da sehen? Würde sie es verkraften? Aber was meint er damit, dass sie sich entschieden hat? Für was denn? Zu sterben? Freiwillig? Nein, sie ist eine Kämpferin. Mit zitternden Fingern drückt sie auf die Taste und das Video wird geladen. Kurz darauf flimmert etwas über ihren Bildschirm, was sie nicht einordnen kann.

Nur Sekunden und es ist wieder schwarz. Das Video ist vorbei. Aber was war das? Ella schüttelt den Kopf und startet es noch einmal. Sie schaut intensiver und jetzt beginnt ihr Herz zu rasen. Ein Schlafzimmer? Dann drückt sie auf Standbild und erkennt, was er ihr zeigen will.

Die Bettwäsche kommt ihr bekannt vor. Hat er etwa genauso eine wie Sunny? Ist das ein Zufall? Sie lässt es weiter laufen und stoppt es jedoch gleich wieder. Das kann nicht wahr sein. Da hängen die Kleider von Sunny am Schrank. Wie kommen die denn dahin? Sunnys Wohnung ist es ganz sicher nicht. Es muss seine sein. Aber was will er ihr damit sagen? Sie spielt es weiter ab und erkennt noch mehr Sachen von Sunny. Im Wohnzimmer sind ihre Kerzen zu sehen, die angezündet sind und den Raum gemütlich wirken lassen. Sie sind unverkennbar, denn sie hat sie selbst angefertigt und somit sind sie einmalig. In der Küche ist der Tisch gedeckt und wie es scheint, ist auch das Geschirr von Sunny.

Ella lehnt sich zurück und muss das alles erst mal verarbeiten. Überall sind Sunnys Sachen verstreut. All das hat er aus ihrer Wohnung mitgenommen. Das ist sicher. Aber hat Sunny diese Dinge in der fremden Wohnung verteilt? Hat sie die Betten bezogen und schläft da etwa mit ihm zusammen? Meint er das damit, dass sie sich entschieden hätte? Hat sie das? Hat Sunny Ella einfach vergessen? Vielleicht hat Sunny ihre Sachen doch selbst geholt. Aber was ist dann mit den Qualen, die er ihr zugefügt hat? Hat er sie dadurch dazu gebracht, sich ihm zu ergeben?

Das alles kann Ella nicht begreifen. Und solange Sunny da nicht mit auf dem Video zu sehen ist, wird sie es auch nicht glauben. Sie fühlt sich genauso geschockt, wie bei dem ersten Video und sie spürt wieder jeden Schmerz, den er Sunny zugefügt hat. Nein, sie würde es ihm nie verzeihen und mit ihm zusammen leben. Er zwingt sie dazu, anders kann es nicht sein. Aber wenn sie mit in der Wohnung ist und keine Fesseln hat, kann sie da nicht fliehen? Oder hat er das Video nur für sie so gestellt? Ja, so muss es sein! Und er wird sie damit nicht kaputt machen. Sie ist genauso stark wie Sunny und sie gehören zusammen. Er kann sie nicht trennen, dann muss schon einer sterben.

Am liebsten würde sie es in den Raum schreien, aber ihre Zunge klebt an ihrem Gaumen und sie bekommt kein Wort heraus. Sie spürt seine Blicke, wie er sie beobachtet. Sie wird ihm jedoch nicht den Gefallen tun und weinend zusammenbrechen. Er soll ruhig sehen, dass sie genauso stark ist, wie die Frau, die in seiner Gewalt ist. Sie klappt den Laptop zu, steht auf und geht in die Küche. Ein Glas Wasser ist das, was sie jetzt braucht. Das kühle Nass läuft durch ihre Kehle, löscht die Trockenheit und das Kratzen in ihrem Hals. Sie könnte ihren Unmut sofort und lautstark Luft machen, aber sie kann sich bremsen. Mit einem noch einmal gefüllten Glas macht sie die Balkontür auf und tritt in die frische Nacht hinaus. Sie atmet tief durch und tankt ihre Kräfte wieder auf. Egal, was er ihr beweisen will, sie wird es ihm nicht abnehmen. Erst wenn es ihr Sunny selbst sagt, könnte sie vielleicht dem allen Glauben schenken. Aber das wird nie passieren. Ihre Liebe ist so innig und tief, die kann kein Mann brechen. Dabei bleibt sie und sie lässt sich auch nichts anderes einreden.

Sten starrt auf das Video und kann es ebenso nicht fassen. Er hat Sunnys Sachen sofort erkannt. Er war auch bei ihr zu Genüge in der Wohnung und deshalb ist es ihm möglich, einiges zuordnen.

„Um Himmels willen, wenn das Ella sieht", sagt er fassungslos.

„Sie wird es verkraften. Sie ist genauso stark wie Sunny", beruhigt Marcel Sten.

„Ich muss rein", kommt aufgeregt von Sten und ist schon am Aufstehen.

Sie sitzen ein paar Stufen oberhalb von Ellas Wohnung, also wäre er sofort bei ihr.

„Bleib hier", fordert Marcel ihn auf und zieht ihn am Ärmel wieder zurück. „Wenn du jetzt reingehst, denkt sie am Ende, dass es der Entführer ist, und damit machst du es nur noch schlimmer", fügt er ernst hinzu und es kommt bei Sten an. Er setzt sich wieder und schaut sich das Video nochmals an.

„Davon wird es auch nicht besser. Du kannst dir es egal, wie viele Mal ansehen, ändern können wir nichts daran", sagt Marcel nun wieder leiser.

„Ich versuche, nur etwas zu erkennen, was uns vielleicht weiter hilft", entgegnet Sten und hält das Video auch immer wieder an.

„Du wirst nichts finden. Erstens ist es alles innen in einem Haus und zweitens ist er ja nicht dumm. Er gibt uns keine Hinweise, er will Ella damit nur in den Wahnsinn treiben", erklärt Marcel und Sten schnauft tief. Er weiß genau, wie recht er hat. Ihn tut nun Ella fast mehr leid als Sunny. Das ist eine unvorstellbare Qual, die Ella da durchleben muss. Aber bei einem ist er sich sicher, Sunny würde nie ihr Leben aufgeben und jetzt mit ihrem Peiniger zusammen leben.

„Nur noch drei Tage“, flüstert Sten und langsam bekommt er auch Angst, Sunny nicht mehr retten zu können.

„Wenn er heute nicht kommt“, antwortet Marcel trocken und Sten schaut ihn verständnislos an.

„Wie kalt bist du denn?“, fährt er ihn von der Seite an.

„Ich sage nur so, wie es ist. Die weiteren Schritte überlegen wir uns morgen früh. Erst dann können wir sicher sein, dass Sunny noch lebt“, zuckt Marcel mit den Schultern.

Sten versteht seine Gelassenheit nicht und wendet sich nochmal dem Video zu.

„Er hat drei Tage geschrieben“, klingelt es bei Sten.

„Na und? Ich kann viel schreiben“, hält Marcel dagegen und Sten fährt fast aus der Haut.

„Hast du immer ein aber und ein wenn?“

„Das muss ich. Einen Schritt nach dem anderen, ansonsten verrätst du dich selbst und er ändert seine Taktik. Damit wäre uns nicht geholfen, denn er hatte immer denselben Plan.“

„Diesmal ist es schon längst anders, denn Sunny lebt noch und die Frauen vor ihr sind viel eher tot gewesen“, knurrt Sten.

„Aber was ist, wenn die zehn Tage um sind und wir Sunny nicht finden. Er stattdessen sich schon die Nächste holt.“

„Willst du nur den Fall studieren, um bei einem Weiteren gut dazustehen?“ Sten würde am liebsten alles hinschmeißen und zu Ella gehen. Aber irgendwie hat ja Marcel auch recht. Er ist hin- und hergerissen.

Sten macht genervt den Laptop zu und es zieht wieder Ruhe ein. Beide sitzen still nebeneinander und jeder geht seinen Gedanken nach. Einer, der sofort loslaufen würde, um Sunny zu suchen und der andere, der alles beobachtet und in Ruhe abwägt. Die Unterschiede sind sehr offensichtlich, aber beide vertrauen darauf, dass sein Gegenüber das Richtige tut. Also tun sie im Moment nichts weiter als warten und das ist wohl das Beste und Einzige, was sie machen können.

Nach ein paar endlosen Minuten zerreißt ein Handyklingeln die Stille. Sten holt seines heraus und sieht erstaunt darauf. Es ist das Nothandy und da haben nicht viele die Nummer. Einer der wenigen ist sein Arbeitskollege, aber was will er mitten in der Nacht von ihm?

„Hallo", meldet er sich leise, denn er muss ja immer damit rechnen, dass sie nicht mehr allein im Hausflur sind.

„Sten, ich habe die IP-Adresse", sagt der Kollege am anderen Ende mit freudiger Stimme.

„Was? Das ist ja klasse", kommt nun doch etwas lauter von Sten und Marcel schaut ihn böse an. „Wann bist du morgen im Büro?", fragt er wieder gedämpfter, aber er kann seine Freude nicht verbergen.

„Ich glaube, ich habe mir etwas Schlaf verdient. Es wird wohl nicht vor zehn werden. Wir müssen jedoch noch den genauen Standort orten. Das können wir zusammen machen", lacht er, denn er scheint sich ebenso zu freuen, dass er wirklich helfen kann.

„Ist in Ordnung, eher werde ich wohl auch nicht da sein. Dann bis morgen und schon mal danke." Sten steckt das Handy wieder weg und schaut freudestrahlend Marcel an, dessen Augen immer größer werden.

„Was?", fragt er nur kurz, denn das es um Sunny geht, steht außer Frage.

„Mein Kollege hat die IP-Adresse herausgefunden", lächelt Sten zufrieden und er würde jetzt gern Ella Bescheid geben, aber auch das muss er sich noch verkneifen.

„Und wo ist er?", wird Marcel neugierig.

„Wir orten ihn morgen gemeinsam."

„Ihr geht da aber nicht allein hin", sagt Marcel ernst.

„Wir nehmen dich schon mit", stichelt Sten ihn noch an.

„Wenn ihr ohne Schutz da aufschlagt, kann es gefährlich werden. Nicht nur für euch, vor allem für Sunny", knirscht Marcel mit den Zähnen und Sten merkt, dass es ihm sehr ernst ist.

„Das weiß ich doch. Aber wir haben endlich eine Chance Sunny zu retten", murmelt Sten und dann zieht wieder Ruhe ein.

Was wird wohl Ella sagen? Sie wird ihm um den Hals fallen und es ihm nie vergessen. Aber was bringt es ihm? Nicht viel. Denn dann sind wohl alle Bemühungen um sie endgültig umsonst. Er freut sich jedoch trotzdem, weil er keine von beiden missen möchte. Sie sind ihm als Freundinnen ans Herz gewachsen und er will, dass es ihnen gut geht.

Marcel beobachtet Sten argwöhnisch und kann nur hoffen, er hält sich wirklich daran. Nicht, dass das nach hinten losgehen könnte, nein, er will einfach dabei sein. Das wäre ein sehr guter Karriereschub für ihn, wenn er einen gesuchten Mehrfachmörder gestellt hat. Denkt er jetzt nur an sich? Nein, das Leben von Sunny ist vorrangig. Aber entgehen lassen will er sich diese Chance nicht.

Beide schwelgen in ihren Gedanken und Ella hat sich inzwischen in den Schlaf geweint. Sie hat sich in ihre Kissen geschmissen und herzzerreißend den Tränen hingegeben. Die Angst um ihre Liebe bringt sie um den Verstand und mit dem Video hat er genau diesen Nerv getroffen.

Erschöpft von dem Tag und dem Erlebten driftet sie in einen Traum, in dem sie und Sunny noch ihre tiefe Liebe genießen konnten.

Chris

Heute ist der achte Tag und endlich kommt das, auf was er sich die ganze Zeit gefreut hat. Schon mehrmals musste er sich bremsen oder anders abreagieren, aber heute gehört ihm Sunny, mit Haut und Haaren, im wahrsten Sinne.

Aufgeregt bringt er Baxter nach draußen, um sein Geschäft zu verrichten, und nebenbei hat er an Sunnys Tür geklopft. So weiß sie Bescheid, dass er sie gleich holen wird.

Sunny sieht an sich hinunter und langsam kommt sie sich vor wie eine Mumie. Beide Oberarme verbunden, eine schmale Kompresse am Dekolletee, die gerade so die Brandwunden verdeckt und jetzt auch noch ein Oberschenkel. Offen kann sie keine Wunde lassen, da sie wieder aufplatzen und bluten könnten. Was wird er wohl heute mit ihr anstellen? Ihr anderes Bein? Und dann? Damit wird er sich bestimmt nicht begnügen. Will er mehr von ihr? Schon der kleinste Gedanke daran, dass er sie mehr berührt als sonst, lässt sie erzittern. Aber was soll sie dagegen tun? Wehren kann sie sich nicht, wenn sie angebunden ist. Ihre Gedanken kreisen um das, was da kommen mag, und nebenbei zieht sie das nächste Dessous an. Heute ist es weiß und weniger als wenig. Der Slip ist nur noch ein zarter Strick und der Büstenhalter bedeckt fast nichts mehr. Es ist aber ihre Größe und wieder staunt sie, wie er das wissen konnte. Das ist jetzt jedoch egal, sie muss es anziehen und kann nur hoffen, dass es erträglich wird und vor allem, dass sie es übersteht, beziehungsweise überlebt.

Kurze Zeit später sind all ihre Überlegungen und Gedanken verschwunden. Schon während er sie anbindet, sind ihre Augen an den Monitoren gefesselt. Er hat sie absichtlich alle angemacht und Sunny sieht ihre Wohnung. Aber irgendetwas stimmt da nicht.

Wo sind ihre Sachen? Es sieht alles so leer aus.

„Das ist nicht meine Wohnung“, kommt überzeugt, jedoch leise von ihr.

„Doch das ist sie“, antwortet er gelassen und geht mit dem Messer auf sie zu. Durch das Blitzen der Klinge im Licht wird sie darauf aufmerksam, aber das interessiert sie jetzt nicht.

Soll er doch schneiden, denkt sie sich und widmet sich wieder den Monitoren.

Etwas enttäuscht darüber, dass sie vor dem bedrohlich großen Messer nicht die geringste Angst zeigt, überlegt er, ob er es weglegen sollte. Aber er tut es nicht und setzt es an dem anderen Oberschenkel an, der noch nicht verbunden ist. Sunny zuckt kurz und spürt dann ihr warmes Blut. Sie weiß, dass Baxter gleich da ist, und durch seine Zunge verringert sich auch wieder der Schmerz. Aber er kommt nicht. Chris hat ihn heute eingesperrt. Er will ihn nicht bei sich haben. Warum nicht? Was hat er vor, dass er denken könnte, Baxter würde abermals dazwischen gehen? Und wenn er etwas macht, wo sie sterben könnte? Dann kann Baxter sie nicht retten. Sunnys Gedanken rasen durch ihren Kopf, während das warme Blut an ihrem Bein hinunterläuft, aber die Bilder auf den Monitoren fesseln sie momentan am meisten und so hängen ihre Augen auch daran fest.

Chris ist sichtlich verwirrt, dass sie auf nichts mehr reagiert und so geht er auf ihre Neugierde gegenüber der Bilder ein.

Er drückt auf eine Taste und auf einen der Bildschirme erscheint Ella.

„Ella“, piepst Sunny und hat augenblicklich Tränen in den Augen.

„Schau, wie sie reagiert, als sie in deiner Wohnung ist“, murmelt er leise an ihrem Ohr und hat wieder sein hämisches Grinsen auf dem Gesicht. Das sieht Sunny jedoch nicht, denn ihr Blick klebt regelrecht an Ella.

Sie beobachtet Ella, wie sie in der Wohnung umherläuft und ihre Sachen sucht. Sie selbst weiß nicht einmal, wo sie sind.

„Deine Sachen sind alle schon hier", sagt Chris, als hätte er ihre Gedanken gelesen.

„Was?", fragt Sunny und ihre Stimme zittert. Insgeheim wünscht sie sich, dass er sie nur veralbert. Aber wo sollen sie sonst sein.

„Es ist alles oben in meinem Haus. Alles ist fertig und du musst dich nur noch entscheiden", grinst er sie an.

„Wofür?", fragt sie jetzt ernster, nimmt den Blick jedoch nicht von den Monitoren.

„Das du bei mir bleibst. Dir würde es sehr gut gehen und du könntest alle deine Sachen benutzen", lächelt er sie jetzt an und seine Augen leuchten, was Sunny sogar unter anderen Umständen gefallen würde. Aber jetzt und hier empfindet sie nur Abscheu für ihn.

Sie ist entsetzt. Sie soll sich entscheiden? Für Ella oder für ihn? Für ein Leben hier mit ihm oder dem Tod zusammen mit Ella? Langsam wird ihr klar, dass er sie nie gehen lassen würde. Er will sie unbedingt haben und wenn sie nicht bei ihm bleibt, darf auch kein anderer sie lieben. Wie soll sie sich entscheiden? Nein, sie wird sich nicht entscheiden! Sie gehört zu Ella und sie zu ihr. Er wird nie ihr Herz erobern, egal was er macht. Er ist ein Mann! Und das will sie nicht mehr. Wenn das heißt, dass sie sterben wird, dann soll es so sein. Immer noch besser, als ein Leben ständig in Angst und mit Ekel vor dem, wenn er sie berührt. Sunny schüttelt es innerlich und sie widmet sich wieder den Bildern.

Ella ist gerade im Wohnzimmer und schaut in die Fächer der Anbauwand. Es ist wirklich alles leer. Ella weint bitterlich und es zerreißt Sunny fast das Herz. Dass er auch ihre Tagebücher hat, ist ihr momentan egal, jetzt zählt nur Ella und ihre Gefühle für sie.

„Schau genau hin", fordert Chris sie auf.

In diesem Moment nimmt Sten Ella in die Arme und gibt ihr den Kuss.

„Siehst du das? Sie weiß, dass du nicht wiederkommst, und lässt sich auch schon rührend von euren angeblichen Freund trösten", flüstert er Sunny ins Ohr und freut sich, über jede einzelne Träne die Ella vergießt.

„Ja, er tröstet sie nur", sagt sie leise, denn sie weiß, wie es gemeint ist. Sten tut das ständig und es ist nur eine freundschaftliche Geste.

„Er küsst sie", haucht er Sunny zu.

„Ein Kuss auf die Stirn, das macht er immer wieder mal, auch bei mir", verteidigt sie das Geschehen.

„Da ist mehr als Freundschaft. Er liebt sie", wird er nun ungeduldig, denn Sunny denkt gar nicht daran, auf seine Andeutungen einzugehen.

„Das wünschst du dir, aber es ist nicht so", entgegnet sie, ist sich jedoch selbst nicht mehr so sicher, was Sten beabsichtigt. Sten umarmt sie schon ziemlich intensiv und seine Hände streichen zärtlich über Ellas Rücken. Ella liebt aber nur sie, und dessen ist sie sich durchaus sicher, oder liegt sie da falsch? Nein, Sten ist nur ein guter Freund.

„Ich glaube, sie denkt jetzt, dass du einfach gegangen bist. Sie wird nicht mehr nach dir suchen", flüstert Chris wieder viel zu nahe an ihrem Ohr. Seine Lippen berühren schon fast ihren Hals und sie erschaudert.

„Sie wird mich finden, egal was du alles inszenierst", kommt von Sunny und sie muss den Ekel weg atmen, der wieder da ist, verursacht durch seinen warmen Atem in ihrem Genick.

„Sie hat auch schon gesehen, wo deine Sachen jetzt sind", sagt er jetzt fast wütend und geht zu seinem Computer. Ein paar Klicks und Sunny sieht die mit ihren Gegenständen eingeräumten Zimmer von Chris.

Vollkommen sprachlos registriert sie, dass überall etwas von ihr platziert ist.

„Meine Bettwäsche", flucht sie laut, als sie ihre Stimme wieder gefunden hat, und sieht Chris bitterböse an.

„Ja, du sollst dich ja von Anfang an wohlfühlen“, schmunzelt er sie jetzt wieder an und sie holt tief Luft. Aber sie lässt es ungesagt, denn sie fürchtet seine Reaktion.

„Wolltest du noch etwas sagen“, geht er sofort darauf ein, aber Sunny schüttelt nur den Kopf. „Gut da können wir das ja abschließen“, legt er nach und schaltet die Monitore ab.

Dann macht er Musik an und Sunny fährt augenblicklich die Angst in die Knochen. Wunderschöne Musik dringt an ihre Ohren, eigentlich richtig schön, nur nicht hier und nicht jetzt. Was hat er vor? Will er es kuschelig machen? Nein, er will doch nicht mehr von ihr?

Langsam kommt er ihr wieder näher und sie drückt sich gegen den Pfahl, an dem sie gebunden ist. Sie kann nicht weg und sie kann ihn nicht einmal ein klein wenig ausweichen.

Im nächsten Moment hält er ihr Gesicht in seinen Händen und schaut ihr so tief in die Augen, dass ihr schlecht wird.

„Wir sollten daran arbeiten, dass du dir überlegst hierzubleiben“, raunt er ihr entgegen und sie wünscht sich jetzt, sofort in Ohnmacht zu fallen. Aber das passiert natürlich nicht.

Er legt ganz sacht seine Lippen auf ihre und sie presst ihre automatisch zusammen.

„Nicht so verkniffen. Ich tu dir schon nichts“, flüstert er, aber sie starrt ihn nur unverständlich an. „Wir tun nur das, was das Normalste auf der Welt ist“, redet er weiter und seine Lippen wandern zu ihrem Hals.

Er schiebt mit einer Hand den BH ganz runter und die andere fährt zärtlich über ihren Rücken. Sunny hält die Luft an, das wird ihr jedoch nicht helfen. Seine Küsse sind voller Gefühl und Zärtlichkeit, aber sie kann es nicht annehmen.

Für Sunny bleibt die Zeit stehen und sie denkt an Ella. Damit will sie ihre eigenen Gefühle abschalten, die sich an die Oberfläche schleichen. Seine Hände sind inzwischen an ihren Brüsten und massieren sie einfühlsam. Sein Mund wandert ebenso dahin und er saugt an ihren Brustwarzen. Auch er hat alles um sich herum vergessen und genießt es in vollen Zügen. Er hat es sich verdient! Er hat sich bis heute an den Plan gehalten und bekommt jetzt die Belohnung. Ob sie es will oder nicht. Er wird sie sich nehmen.

Seine Zunge tanzt um die Nippel und dann fährt eine Hand weiter nach unten. Sunny bleibt fast das Herz stehen, denn er lässt doch wirklich seine Finger in den viel zu knappen Slip gleiten. Sie hört sein leises stöhnen und schwingt ihr Becken hin und her, um ihn davon abzuhalten. Es ist das Einzige, was sie bewegen kann, aber es hält ihn von nichts ab. Sein Bein drückt sie fester an die Stange und verhindert damit, dass sie sich überhaupt noch rühren kann.

Seine Lippen sind wieder an ihrem Hals und zwei Finger dringen in ihren Schoß ein.

„Hör auf. Du kannst mir soviel in die Haut brennen, wie du willst, aber bitte höre auf", jammert Sunny und er hält kurz inne.

„Hattest du eigentlich schon einmal einen Schwanz zwischen den Beinen?", zischt er sie an und sie weiß, dass sie ihn noch mehr als sonst verärgert hat.

„Denkst du etwa, ich bin als Lesbe auf die Welt gekommen? Ihr Männer seid doch schuld, dass ich mich von euch abgewendet habe", faucht sie ihn an, ohne die Konsequenzen abzuschätzen, wenn sie so mit ihm spricht.

„Dann hattest du nicht den Richtigen", hält Chris dagegen und bleibt überraschend ruhig.

Sunny verstummt und seine Zunge spielt schon wieder mit ihren Nippeln. Seine Finger schiebt er noch tiefer in sie hinein und bewegen sich weiter, aber Sunny spürt nichts, denn sie driftet in ihre Gedanken ab.

Sie denkt zurück an die wenigen Male, die sie mit einem Mann erlebt hat. Sie war über beide Ohren verliebt, aber sie wurde zutiefst enttäuscht. Am Ende war alles nichts weiter als ekelerregend, einen schweißgebadeten Körper auf sich und einen Schwanz in sich zu haben. Sie hat nie etwas wie Erfüllung oder Erregung gefühlt. Keiner ist auf sie eingegangen. Nein, sie haben ihr den Schwanz in den Mund gesteckt, ohne zu fragen, und sich an ihr sowie in ihr befriedigt. Einfach nur abartig und sie konnte sich nie vorstellen, dass es auch andere Männer geben könnte. Erst mit Ella hat sie erfahren, was echte Zärtlichkeit ist. Sie hat ihr gezeigt, was Liebe ist und das man sich wirklich bei jemanden fallen lassen kann und derjenige auch ihre Bedürfnisse befriedigt. Sie war keinesfalls lesbisch, aber Ella hat ihr so viel Liebe entgegen gebracht, dass ihr die Männer seid diesen Erfahrungen gestohlen bleiben können.

„Bist du überhaupt anwesend?", schüttelt Chris sie plötzlich an den Schultern, denn sie hatte im wahrsten Sinne alles abgeschaltet.

„Du kannst machen, was du willst, ich werde nichts fühlen", nutzt sie die Gelegenheit aus, aber sie weiß, dass es schon einmal anders war, das muss er jedoch nicht wissen.

„Okay, wenn das so ist, dann kannst du wenigstens mir etwas Gutes tun", sagt er mit einem Grinsen, denn er hat sehr wohl schon etwas an ihr gemerkt, aber er geht erst einmal auf sie ein.

Er öffnet seine Hose und holt seinen bereits in voller Größe stehenden Schwanz heraus. Sunny schließt die Augen, denn sie will ihn nicht sehen.

Innerlich schreit sie nach Baxter, damit er ihr helfen kann. Aber es kommt kein Laut über ihre Lippen. Sie würde ihr Verhältnis zu Baxter verraten und das könnte ihr am Ende erst recht das Leben kosten. Oder hat er schon etwas bemerkt? Ist Baxter deshalb nicht hier? Sie kann nur hoffen, dass es nicht so ist, denn sie hat soviel Kraft aufgebraucht, zu Baxter durchzudringen.

Während Sunny sich Gedanken über Baxter macht, bindet Chris als Erstes die Füße los, dann ihre Hände von den seitlichen Balken und diese über ihrem Kopf wieder zusammen. Dort hat er eine Schlaufe mit einem Seil angebracht, was ihm ermöglicht, Sunny so zu bewegen und in Positionen zu bringen, in der er sie gern haben will. Er löst das Band um ihren Hals, lockert das, was ihre Hände nach oben zieht und drückt sie in die Knie.

Erschrocken öffnet sie wieder ihre Augen, denn sie dachte, er bringt sie zurück in ihr Zimmer. Aber das hatte er wohl nicht im Sinn. Sie ahnt, was er will und dreht schnell ihren Kopf zur Seite. Sie ist genau in der Höhe seines Schwanzes und sie schwört sich, dass es das Letzte sein wird, was sie tut.

„Wage es nicht. Dann hast du keinen Schwanz mehr. Ich verspreche dir, ich beiße zu, egal was du danach mit mir machst", zischt sie ihn laut an und er weicht tatsächlich ein Stück zurück.

„Du würdest sterben", knirscht er ihr zwischen den Zähnen durch, in ihr Ohr.

„Egal, aber du könntest nie wieder einer Frau etwas antun", entgegnet sie ernst und schaut ihn von unten heraus an.

Mit einem wütenden Gesicht zerrt er Sunny nach oben, hängt das Seil, an dem ihre Arme befestigt sind, über ihrem Kopf ein. So hoch, dass sie fast auf den Zehenspitzen stehen muss, und bindet ihr auch das Halsband wieder um.

Er wendet sich ab und geht zu seiner Werkbank. Sunny weiß, dass sie zu weit gegangen ist. Was wird er jetzt mit ihr machen? Wird sie nun sterben? Ohne noch einmal Ella gesehen zu haben? Sie denkt an Ella und ihr laufen Tränen über die Wangen. Aber lieber tot sein, als sich auf seine Spielchen einzulassen. Oder hat er etwas anderes vor? Wird er doch weiter machen?

Sein Blick, der sie trifft, beendet das Stellen von Fragen in ihrem Kopf.

Er kommt abermals mit dem Messer auf sie zu. Hat jetzt ihr letztes Stündchen geschlagen?

„Du willst also, dass ich alles andere mit dir mache, nur nicht dich durchficken?", fragt er mit einem Grollen in der Stimme und Sunny reißt nur die Augen auf. Ihre Stimme versagt und seine Gesichtszüge gehen in ein breites Grinsen über.

„Dann werde ich dir eben eine Kette für die Ewigkeit anlegen", grunzt er und sie versteht kein Wort.

Langsam setzt er das Messer an ihrem Hals an und zieht es im Halbkreis von der einen Seite auf die andere. Sunny bewegt sich nicht ein Stück, zu groß ist die Angst, dass er zu tief schneiden könnte.

„Es wird eine zarte Narbe bleiben", flüstert er und bestaunt sein Kunstwerk. „Ach, ein paar Anhänger braucht die Kette ja auch noch", brummt er und reißt den Verband von den Brandwunden. Dann setzt er das Messer wieder an. Fünf Schnitte und die Buchstaben sind mit dem Kranz am Hals verbunden. Sunny hat die Augen geschlossen und wartet darauf, dass er entweder aufhört oder ihr den letzten Stich verpasst. Vielleicht schlitzt er ihr auch die Kehle auf, dann bräuchte sie nicht zu lange leiden.

Aber das, was er da tut, kann sie gut aushalten und sie schweift schon wieder in den Gedanken, dass er gar nicht so ist und ihr nicht zu sehr weh tun will.

Im nächsten Moment spürt sie jedoch etwas, was sie vor Erstaunen und Ekel fast umhaut. Seine Zunge fährt über die Wunden. Es ist diesmal nicht Baxter, der ihr Blut ableckt, sondern Chris. Jeden einzelnen Schnitt befreit er von ihrem warmen Blut und es scheint ihm sogar zu schmecken. Nach unendlichen Minuten sieht er sich das Ergebnis an und ist durchaus zufrieden.

Jedoch ist das immer noch nicht alles. Er steht plötzlich vor ihr und jetzt mit einer Schere in der Hand. Seine Augen funkelt sie an und sie erkennt seine Vorfreude darin. Sie wagt es nicht, zu mutmaßen, auf was. Manche würden das vielleicht sogar schön finden, aber Sunny sieht es als Bedrohung. Will er sie mit einer Schere umbringen? Nein. Das hätte er wohl längst mit dem Messer getan. Er schneidet dreimal und ehe sich Sunny versieht, steht sie nackt vor ihm. Er hat die Dessous zerschnitten und sie liegen nun zu Sunnys Füßen. Automatisch presst sie die Beine zusammen, aber auch dafür hat er vorgesorgt. Er kann ihre Füße nach außen versetzten und an einer

Querstrebe festbinden. Und das macht er, ohne das sich Sunny wehren kann. Nun sind es Tränen der Hilflosigkeit, die sie weint und sie vermag vor Angst nicht einmal mehr an Ella zu denken.

„Jetzt werde ich dir zeigen, was ein richtiger Mann mit einer Frau macht, die er liebt", sagt er ruhig und legt die Schere weg.

Er steht vor ihr und lächelt sie an. Er wischt ihr die Tränen vom Gesicht und nun wandert sein Mund zärtlich über ihren ganzen Körper.

Sunny hält die Luft an, dann wieder nicht, weil ein wohliger Schauer sie erfasst. Aber genau das muss sie verhindern. Sie strengt sich an, an irgendetwas zu denken, sich einfach nur ablenken. Aber es funktioniert nur bedingt.

Chris beobachtet sie ganz genau und spürt jede Regung von ihr. Langsam geht er tiefer und am Ende ist seine Zunge da, wo sie Sunny nie haben wollte. Sie spielt mit ihrem Kitzler und bringt sie fast um den Verstand.

Seine Hände liegen auf ihrer Hüfte und drücken sie gegen die Säule. So kann sie sich nicht einen Zentimeter bewegen. Nach ein paar Sekunden will sie das auch nicht mehr. Ihr Atem geht immer schneller und Chris muss lächeln. Er hat sie dort, wo er sie haben wollte. Sie zerfließt unter seiner Behandlung. Zufrieden wird seine Zunge stetig schneller, bis Sunny den Kampf gegen ihn verliert. Sie schreit den Orgasmus aus sich heraus. So wie sie es noch nie getan hat. So intensiv hat sie nie einen erlebt. Kann das wirklich nur ein Mann? Nein, sie ist in einer Ausnahmesituation. Das redet sie sich schnell ein und will diese Erfahrung auch sofort aus ihrem Kopf wieder streichen.

Chris lässt aber nicht von ihr ab. Seine Finger verschwinden in ihrer feuchten Muschi und sein Schwanz tanzt vor Freude, genauso wie sich seine Finger in ihr bewegen, schnell hin und her.

„Jetzt bin ich dran", haucht er Sunny ins Ohr, denn er hat lange genug gewartet. Sie kann nicht antworten, sie ist immer noch in ihrem Gefühlschaos gefangen. Er hat all ihre Nerven getroffen und gereizt.

Und ihm ist es egal, ob sie etwas sagt oder nicht. Sie hatte ihre Befriedigung, auch wenn sie sie nicht wollte, und jetzt holt er sich seine. Er denkt nur an sich und zieht sie zu sich heran. So zärtlich seine Zunge war, so derb und brutal stößt er im nächsten Moment zu. Er treibt seinen Schwanz in sie hinein und sie kann nicht einmal schreien. Ihr bleibt die Luft weg und muss die harten Stöße über sich ergehen lassen. Sie kann nichts mehr denken und auch nichts fühlen. Jetzt ist es so, wie sie es in Erinnerung hatte. Er denkt nur an sich und fügt ihr zudem noch Schmerzen zu. Aber sie hatte ja ihre Erfüllung, die jedoch mit dem allen vernichtet wird. Sie beißt sich ihre Unterlippe fast durch und lenkt den Schmerz dadurch etwas ab. Eine unendliche Zeit und nicht endende Stöße vernebeln ihren Kopf und am Ende weiß sie beinahe nicht mehr, wo sie überhaupt ist und was mit ihr passiert.

Ein Schrei, der aus der tiefsten und schwärzesten Seele kommt, reißt sie zurück in die Realität. Er hängt an ihr, sein warmer Atem schlägt ihr ins Gesicht und sein Schweiß tropft auf ihre Brüste. Ehe sie es verinnerlichen kann, zieht er seinen erschlafften Schwanz aus ihr heraus, seine Hose wieder hoch und wendet sich von ihr ab.

Sunny atmet erst einmal tief durch. Sie hat es überlebt, aber ihre Seele ist geschändet, abgesehen von den Schmerzen zwischen ihren Beinen. Dass er stattlich gebaut ist, kann man ja schon sehen, sein Schwanz ist jedoch so groß, dass sich Sunny vorkommt, als hätte sie jemand aufgespießt. Sie würde gern ihre Beine zusammenpressen, um den Schmerz zu lindern, aber sie steht immer noch so da, breitbeinig, nackt und für jeden ein willkommenes Geschenk. Für ihn war sie es wohl. Er hat sich genommen, was er wollte. Aber er hat genauso gegeben.

Nein, das zählt nicht, hämmert es in ihrem Kopf. *Er hätte vorsichtiger sein können.*

Nein, war er nicht. Und warum auch? Sie sollte doch froh sein, dass er ihr überhaupt so einen Orgasmus verschafft hat. Er hätte sie ebenso gleich vergewaltigen können und das nicht nur einmal am Tag. Sie hat ihr Zimmer und er hat sie bis jetzt auch einigermaßen gut behandelt. Zumindest durfte sie sich zurückziehen und sich um sich selbst kümmern. Andere Entführte bekommen nichts zu essen oder zu trinken und haben auch kein Bett. Sie sind immer gefesselt und jeder Zeit seinem Peiniger ausgesetzt. Warum aber ist er so andersartig? Empfindet er wirklich etwas für sie? Denkt er echt, sie könnte bei ihm bleiben? Nachdem was er heute getan hat, eher nicht.

Aber vielleicht macht er es auch wieder gut. Will sie das überhaupt? Nein, sie will ihn nicht mehr an sich und vor allem nicht in sich spüren. Niemals mehr! Er wird sich jedoch nicht daran halten und das kann sie sich selbst ausmalen. Noch zwei Tage und ihr wird himmelangst, denn das ist viel Zeit, um das er sich immer wieder an ihr vergehen kann. Sie ahnt, dass er weiß, dass sie niemals bei ihm bleiben wird, und so könnte er sich in der bleibenden Zeit soviel nehmen, wie er will.

In ihrem Kopf dreht sich alles, und sie kann nur die Augen zumachen, damit wenigstens das Hämmern in ihren Schläfen verschwindet.

Sie weiß nicht, wie viele Minuten sie schon in den Fesseln hängt, aber plötzlich bindet er sie ohne ein Wort los und bringt sie in ihr Zimmer. Er hat nichts mehr gesagt. Was denn auch? Er hat bekommen, was er wollte, und sie hat jetzt erst einmal wieder ihre Ruhe.

Die Tür hat sich noch gar nicht richtig hinter ihr geschlossen, da steht sie schon unter der Dusche. Sie kann nicht genügend Seife auf ihrer Haut verteilen, wie sie in Gedanken braucht, um alles abzuwaschen. Sie schrubbt und rubbelt, bis ihre Haut brennt und sie rot wie ein Krebs aus der Dusche steigt. Eingewickelt in einem Badetuch sitzt sie auf dem Bett und lässt alles noch einmal in ihrem Kopf durchlaufen.

Sie denkt an Ella, wie sie sich bei ihr fallen lassen kann. Ohne Angst oder Bedenken kann sie genießen. Sie weiß genau, welche Knöpfe sie drücken muss, um die höchste Wonne zu erreichen. Aber Sunny muss sich eingestehen, dass sie so einen Orgasmus bei ihr noch nie erlebt hat. Auch bei niemand anders, bisher niemals! Er war wunderschön und die tiefe Befriedigung, spürt sie bis jetzt, jedoch schüttelt es sie, wenn sie daran denkt, wem sie dieses Erlebnis zu verdanken hat. So schön es auch war, das, was er danach getan hat, hat ihrer Seele einen enormen und schmerzhaften Riss verpasst.

Sämtliche Gedanken rasen in ihrem Kopf durcheinander und ein Schauer nach dem anderen, wohlige und wunderschöne, wie die vor Angst und Ekel, jagen über ihren Körper, bis sie erschöpft zur Seite fällt.

Chris hingegen läuft auf seinem Hof hin und her und freut sich über seine äußerst gute Befriedigung. Dass er Sunny weh getan hat, weiß er, aber irgendwie tut es ihm nicht leid. Sollte es jedoch. Wenn man jemanden liebt, dann macht man so etwas nicht. Er lächelt über diesen Gedanken, denn er würde keine Lesbe lieben können. Oder doch? Sunny reizt ihn und er würde sie gern behalten, aber genauso ist ihm bewusst, dass das nie geschehen wird. Und nach heute erst recht nicht. Und auch nicht, nachdem, was er die ganzen Tage zuvor ihr schon angetan hat. Hat er die Chance auf diese Liebe verspielt?

Ist das nicht alles nur ein Spiel? Hat er sich beim Spielen verliebt? War er nicht schon, seit er sie das erste Mal gesehen hat, in ihr verknallt? Was, wenn es ihr gefallen hat? Sie hat nichts gesagt. Vielleicht war das, was er gespürt hat, doch nicht nur Angst?

Die Fragen schwirren nun auch in seinem Kopf unaufhörlich umher und er findet ebenfalls keine Antworten. Momentan scheint es ihm aber immer weniger zu interessieren, denn er lenkt sich ab und spielt mit Baxter und das so ausgelassen, wie schon lange nicht mehr.

Ella

Vollkommen übermüdet quält sich Ella aus ihrem Bett. Während sie sich den Morgenmantel überwirft, hört sie Geräusche aus der Küche. Ihr Herz beginnt zu rasen, die Spucke in ihrem Mund ist verschwunden und er ist staubtrocken. Wie angewurzelt steht sie mitten im Schlafzimmer. Das Klopfen ihres Herzens schallt im Kopf wieder und sie kann sich nicht darauf konzentrieren, was da in ihrer Wohnung passiert. Sie hofft nur, dass es nicht der Entführer ist. Aber würde er am Tag zu ihr kommen? Da könnte er beobachtet werden. Das letzte Mal war er nachts hier und hat keinerlei Geräusche gemacht. Sten und sie haben geschlafen und nichts von dem mitbekommen. Also kann er es eigentlich nicht sein und so befreit sie sich aus ihrer Starre und schleicht ins Wohnzimmer. Jetzt hört sie jemanden summen und dann die Kaffeemaschine. Erleichtert geht sie um die Ecke und erblickt Sten. Sie beobachtet ihn, wie er das Frühstück vorbereitet und fragt sich, warum er so gute Laune hat. Freut er sich etwa, dass Sunny weg ist? Macht er deshalb alles so schön, dass er sie beeindrucken kann? Nein, das kann sie nicht glauben. Er weiß jetzt, dass sie nicht auf Männer steht und jeden Versuch, ihr näherzukommen, abblockt.

Sie lehnt sich an den Türrahmen und wartet darauf, dass er sich umdreht. Dies tut er auch einen Moment später und erschrickt so, dass er fast die beiden Tassen, die er gerade aus dem Schrank geholt hat, fallen lässt.

„Guten Morgen", lacht sie Sten an.

„Mensch hast du mich erschreckt", prustet er die angehaltene Luft heraus. „Guten Morgen, ich habe frische Brötchen mitgebracht", lächelt er sie auch an.

„Bist du schon lange da?", fragt Ella, stets im Hinterkopf abgehört zu werden.

„Eine halbe Stunde etwa", antwortet Sten und zeigt auf einen Stuhl, damit sich Ella setzt.

„Na, dann lasse ich mich mal verwöhnen", schmunzelt sie Sten an, obwohl ihr eigentlich nicht danach ist.

Die Nacht steckt ihr noch in den Knochen. Sie wusste zwar, dass sie nicht allein ist, aber sie war ständig munter und hörte in die Stille hinein. Zum Glück konnte sie jedes Mal wieder einschlafen, einen richtigen Tiefschlaf hatte sie jedoch nicht.

„Ich muss dann gleich noch einmal weg, aber zum Mittag werde ich wohl zurück sein. Irgendwie sollte ich ja Schlaf nachholen", sagt Sten und beißt in sein Brötchen, was er mit Marmelade bestrichen hat.

„Bist du nicht jetzt schon müde?", hakt Ella nach, denn sie will nicht wieder allein sein.

„Ich habe im Auto etwas geschlafen. Aber wir müssen noch den Bericht schreiben. Das dauert nicht lange", nickt Sten ihr zu und will ihr sagen, dass sie doch tagsüber nicht in Gefahr ist.

„Okay, ich werde wohl putzen. Da ist dann Ruhe, wenn du zurückkommst", entgegnet Ella und in ihrem Kopf schleicht sich schon wieder ein Gedanke.

Sten bemerkt es und verdreht die Augen, aber sie schüttelt nur ein wenig mit dem Kopf. Beide wissen, dass er jede Reaktion von ihnen wahrscheinlich registriert und das wird Ella dann ändern.

Eine halbe Stunde später steht sie unter der Dusche und denkt sich einen Plan aus. Sie will irgendwie die Kamera in der Küche unschädlich machen. Sie weiß genau, wo sie ist, und es sollte kein Problem werden, sie in eine andere Richtung zu drehen.

Er hat sie in den kleinen Blumentopf auf dem Küchenschrank versteckt. Ein winziger schwarzer Punkt, den man beim genaueren Hinsehen zwischen dem grünen Efeu erkennen kann. Das hat sie nicht, aber die Aufnahmen, die sie auf dem Computer gesehen haben, zeigen ihnen den Blickwinkel. Also kann sie nur da drin sein.

Ella beginnt im Schlafzimmer mit dem saugen und arbeitet sich durch das Wohnzimmer, immer mehr zu der

Küche heran. Als sie mit dem Fußboden fertig ist, holt sie einen Staubwedel. Erst geht sie über ihre Anbauwand und kurz darauf steht sie vor dem Küchenschrank. Sie steigt auf einen Stuhl und wischt oben auf den Hängeschränken entlang. Sie nähert sich immer mehr dem Blumentopf und dann schiebt sie ihn ein Stück zur Seite. Als sie sich fast sicher ist, nicht im Blickwinkel zu stehen, dreht sie ihn noch einmal ein Viertel um und jetzt ist das Vordere hinten. So sollte er nun die Wand sehen und sie können sich wenigstens mit Gesten unterhalten. Ob hier eine Wanze ist, weiß sie nicht und entdeckt hat sie auch nichts. Da scheint wohl die eine im Wohnzimmer zu reichen, um alles zu hören, was in den Zimmern gesprochen wird. Zufrieden steigt sie wieder herunter und holt das Zweithandy. Mit ihm und dem Müll verlässt sie die Wohnung. Auf den Weg nach unten ruft sie Sten an.

„Kannst du mal die Kamera in der Küche überprüfen?", überfällt sie ihn, aber es ist ja kaum möglich, dass jemand anders auf diesem Handy anruft.

„Moment mal", antwortet er kurz. „Was hast du denn gemacht?", fragt er dann doch noch nach.

„Ich habe geputzt und bin wahrscheinlich ungünstig an den Blumentopf gekommen", lacht sie in den Hörer.

„Du rufst jetzt aber nicht aus deiner Küche an?", kommt leise von Sten.

„Also so doof bin ich nun auch nicht. Ich schaffe gerade den Müll nach unten", entrüstet sich Ella.

„Schon gut, war nicht so gemeint", murmelt Sten entschuldigend. „Es hat geklappt. Ich sehe die weiße Wand", lacht er und Ella ist richtig stolz auf sich.

„Gut, dann können wir uns wenigstens etwas unterhalten. Wenn auch nur mit Händen und Füßen", sagt Ella glücklich.

„Hätte dir auch eher einfallen können", dämpft Sten gleich wieder ihre Freude.

„Hallo? Du hättest ebenso etwas unternehmen können", knirscht Ella beleidigt mit den Zähnen.

„Wow, das hast du gut gemacht. Ich habe auch was, was dich freuen könnte“, will Sten sie wieder besänftigen.

„Was denn?“, ist Ella immer noch enttäuscht über seine Bemerkung.

„Wir haben ihn geortet. Wir wissen, wo er wohnt“, sagt er und Ella glaubt, sich verhört zu haben.

„Dann können wir Sunny da rausholen“, redet sie so schnell, dass Sten sie kaum versteht.

„Darüber reden wir, wenn ich da bin. Es ist ein Umkreis von circa zweihundert Meter, die wir absuchen müssten“, kommt gleich darauf doch etwas zurückhaltender von Sten.

„Dann hast du keine genaue Adresse?“ Ella ist schon wieder enttäuscht.

„Vielleicht können wir es weiter eingrenzen. Ich erkläre es dir später“, antwortet Sten leise.

„Okay, beeile dich. Wir haben nur noch drei Tage Zeit“, jammert Ella.

„Ich weiß“, flüstert Sten. „Gehe wieder hoch, sonst merkt er am Ende noch was. Wir können nie wissen, wann er vor seinem Computer sitzt.“ Nach diesen Worten legt er einfach auf.

Ella schaut das Handy an und muss jetzt wohl warten, bis sie weitere Details erfährt. Richtig hibbelig geht sie wieder hoch und weiß vor Aufregung nicht, was sie nun machen soll. Sie läuft durch ihre Wohnung und findet keine Ruhe. Am Ende besinnt sie sich aber, denn auch das könnte ihm auffallen. So setzt sie sich mit einem Buch auf ihren kleinen Balkon und versucht, die Zeit zu überstehen.

Es ist fast eine Stunde vergangen, als Sten endlich kommt. Ella ist sofort bei ihm und er signalisiert ihr in die Küche zu kommen. Dort schreibt er etwas auf, während sie mit Gläsern klappert, um von dem Geschehen abzulenken.

„Wir sollen uns mit Marcel treffen“, schreibt Sten und schiebt Ella den Zettel zu.

Sie zuckt nur mit den Schultern und er schreibt weiter. *„Er hat irgendetwas gefunden und will mit dir darüber reden.“*

Ella schaut Sten erstaunt an. Hat er etwa einen Verdächtigen? Stimmt das vielleicht sogar mit dem, was Sten herausgefunden hat überein?

Ella tippt auf ihre Uhr und will somit wissen, wann sie los müssen.

„Morgen Mittag in der gleichen Bar“, notiert er und Ella nickt ihm zu.

„Wolltest du nicht etwas schlafen?“, fragt sie wieder laut.

„Eine gute Idee, aber du musst mich dann wecken, ich darf nicht zu spät kommen, wenn sie meine Couch bringen“, lächelt Sten, denn er weiß ja, dass er sie nur hören kann.

„Da gehe ich mit. Vielleicht kann ich dir dabei helfen, noch einiges umzuräumen. Und für mich ist es etwas Ablenkung“, sagt Ella und schreibt gleichzeitig auf einen Zettel: *„Keine Kameras in deiner Wohnung?“* Nebenbei zeigt sie auf Marcel, was auf dem anderen steht.

Sten schüttelt den Kopf, aber Marcel will er trotzdem nicht zu sich holen. Er hat keine Hinweise darauf gefunden, dass auch seine Wohnung von ihm überwacht wird, sie sollten jedoch trotzdem vorsichtig sein. Man weiß ja nie.

„Leg dich hin. Ich wecke dich rechtzeitig“, kommt von Ella und sie schiebt Sten ins Wohnzimmer.

Er macht es sich auf der Couch bequem und sie setzt sich an ihren Schreibtisch. Sie bringt ein paar Skizzen auf das Papier und damit vergeht die Zeit am schnellsten.

Nach zwei Stunden sind sie auf dem Weg zu Stens Wohnung und kommen gerade richtig. Kaum das sie Platz gemacht haben, die alte Couch hat Sten schon vor Tagen entsorgt, wird die neue geliefert. Als sie an der vorgesehenen Stelle steht, beginnt Ella sofort das Wohnzimmer in Ordnung zu bringen. Sten schaut ihr, mit einem Lächeln auf dem Gesicht zu und wünscht sich schon wieder insgeheim, dass sie mit ihm hier zusammen wohnen würde. Er schüttelt den Kopf und vertreibt damit die Gedanken, denn er weiß zu gut, dass es nie passieren wird. Es ist schmerzlich, aber er muss mit der Erkenntnis klar kommen.

Ella lässt sich, als sie fertig ist, zufrieden auf die Couch fallen. Sten reicht ihr ein Glas Wasser und nimmt neben ihr Platz. Er legt einen Arm um sie und driftet schon wieder in seine Fantasie ab.

„Hallo, träumst du?", schubst sie ihn von der Seite an und holt ihn in die Wahrheit zurück.

„So in etwa", antwortet er enttäuscht und Ella weiß genau, was er meint. Aber sie kann ihre Gefühle nicht einfach abändern. Die Natur hat etwas anderes für sie vorgesehen, auch wenn sie Sunny nicht wieder finden sollten. Daran will sie jedoch gar nicht denken.

„Kommst du mit zu mir oder willst du deine neue Couch genießen?", lächelt sie ihn von der Seite an.

„So lange Sunny nicht wieder da ist, lasse ich dich nicht allein", antwortet er und haucht ihr einen Kuss auf die Stirn. Ella lacht und lässt es natürlich zu. Für sie ist es ein Zeichen von tiefer Freundschaft und Sten genießt es jedes Mal, ihr so nahe zu sein.

Sie fahren zusammen zurück zu Ella, aber beide sind so müde, dass es kein langer Abend wird. Sten schläft wie immer auf der Couch und Ella kuschelt sich in ihr Bett und fällt fast zeitgleich in einen tiefen Schlaf.

Sunny küsst Ella zärtlich auf den Mund. Ella schließt die Augen und kann so jede Berührung besser und tiefer fühlen. Sie kann sich fallen lassen, denn Sunny würde nie etwas tun, was ihr nicht gefällt. Ihre Lippen wandern über den gesamten Körper und vergessen keine Stelle, nicht die kleinste. Ella windet sich unter Sunnys Händen, die alles tun, bis zur Befriedigung. Das Gleiche passiert nochmals, aber nun ist Ella die Akteurin und Sunny kann fühlen und genießen, bis zum Höhepunkt.

Kaum hat Sunny sich zufrieden zurückgelegt, weckt Ella erschrocken auf. Irgendetwas hat sie aus dem Schlaf gerissen und sie schaut sich danach um. In der Dunkelheit kann sie allerdings nicht viel erkennen. Sie tippt auf den Knopf ihrer Nachttischlampe, aber sie funktioniert nicht. Sie drückt nochmal und nochmal, es bleibt jedoch dunkel. Ein winziger Lichtschein vom Mond fällt durch das Fenster herein, der jedoch nicht ausreicht, um Genaueres zu erkennen. Langsam kriecht Angst in ihr auf und sie greift auf die andere Bettseite. Sunny ist nicht da! Sie ist allein! War sie nicht gerade noch hier? Haben sie sich nicht eben geliebt?

Auf einmal geht die Lampe von ganz allein an. Erschrocken schaut sie sich um und sieht dabei auf ihre Hände. Ihr Herz bleibt einen Moment stehen und es schlägt in ihren Schläfen mit einem unaufhörlichen Hämmern weiter. Ihre Finger sind mit Blut verschmiert und Ella schreit auf.

Neben ihr erscheint plötzlich Sunny. Sie ist tot! Vor ihr auf der Bettdecke liegt ein Messer und es ist ebenfalls voller Blut. Ella schnappt nach Luft und sie rutscht an den Rand des Bettes. Hat sie Sunny umgebracht? Wie konnte das passieren? Hat sie etwa geschlafwandelt? Aber auch da würde sie doch Sunny nicht umbringen. Ella ist nicht einmal fähig zu weinen, geschweige einen klaren Gedanken zu fassen.

Dann kommt ein hämisches und nervtötendes lautes Lachen aus der Dunkelheit des Wohnzimmers, gefolgt von einer unheimlichen Stimme.

„Du wirst sie nicht finden. Niemals! Sie gehört jetzt mir.“

Ella sieht einen Schatten in der Tür und will noch weiter nach hinten ausweichen, aber das Bett gibt keinen Platz mehr her. Sie zittert am ganzen Körper und kann nicht sprechen, obwohl sie die Lippen versucht zu bewegen.

„Dachtest du, dass du mir entkommen kannst? Jetzt bist du dran“, spricht die unheimliche Gestalt und kommt Ella immer näher.

Sie sieht ein weiteres Messer vor ihren Augen aufblitzen, doch dann lässt er es fallen und greift mit beiden Händen an ihren Hals. Sie kann sich nicht wehren und er würgt sie. Er will sie umbringen. Sie bekommt keine Luft mehr und das Letzte, was sie sieht, ist sein Gesicht, ganz nahe vor ihrem. Sie schaut in die stahlblauen Augen, die fast das Einzige sind, was jetzt in der Dunkelheit leuchtet und bevor ihr Bewusstsein schwindet, kann sich die Gesichtszüge noch einprägen, dann wird es finster um sie.

Sten versucht, Ellas Arme festzuhalten, aber es gelingt ihm nicht. Sie schlägt die Augen auf, hört ihre eigenen Schreie und sieht, wie Sten ihren Schlägen ausweicht.

Sie holt tief Luft und greift sich an den Hals, gleichzeitig beginnt sie zu weinen.

„Er wollte mich umbringen“, schluchzt sie immer noch voller Angst.

„Hier ist niemand“, sagt Sten und nimmt sie in die Arme.

„Ich habe Sunny umgebracht“, schreit sie, aber er hält sie einfach nur fest, zärtlich und beschützend.

„Du hast geträumt“, versucht er, sie beruhigen.

„Ich habe ihn gesehen“, kommt nun leiser und gefasster von ihr. Sie selber kann nicht sagen, ob sie dem glauben soll, aber irgendwie hat sich sein Gesicht in ihr Gehirn gebrannt.

„Wen?“, fragt Sten hektisch.

„Den Entführer“, antwortet sie und würde ihm am liebsten selbst den Hals umdrehen.

„Das kann nicht sein“, widerlegt Sten. „Aber vielleicht war das alles dein Unterbewusstsein?“, lässt er seine Vermutung laut erklingen.

Hat Ella ihn schon irgendwo gesehen? Hat er sich selbst verraten? Nein, er war ja nicht echt hier. Aber irgendetwas passiert in ihrem Kopf, sie kann es nur noch nicht klar sehen. Wer kann ihr dabei helfen? Und was hat das alles zu bedeuten?

Ella kuschelt sich unbewusst immer mehr an Sten. Er rutscht zu ihr ins Bett und sie kommt in seinen Armen etwas zur Ruhe. Ihr Kopf liegt auf seiner Brust und sie macht sich keine Gedanken darüber, was es in Sten auslöst. Sie nimmt einfach seinen Schutz, den er ihr anbietet an und schläft sogar ganz nah an seinem Körper wieder ein.

Sunny

Sunny hat sehr schlecht geschlafen. Ständig spürt sie, wie Chris schmerzhaft und mit voller Wucht in sie eindringt und erinnert sich mit Ekel daran, wie er sich keuchend an ihr vergangen hat. Sie hat seinen Schweißgeruch in der Nase und spürt ihn auf ihrer Haut. Am liebsten würde sie ständig unter die Dusche gehen, aber das ist nicht gut für ihre Wunden. Die tun weh und brennen unaufhörlich genauso, wie sie jetzt auch noch Schmerzen zwischen ihren Beinen hat. Was wenn er sie mit irgendetwas angesteckt hat? Was wenn sie schwanger geworden ist? Könnte sie ein Kind abtreiben? Könnte sie eines aufziehen, was nicht aus Liebe entstanden ist? Wird sie es überhaupt erfahren, weil sie vorher durch seine Hand stirbt? Aber er will sie ja angeblich nicht umbringen. Er will es jemanden anders überlassen und jetzt weiß sie ja auch wen. Baxter! Würde er es wirklich tun? Konnte sie schon soviel Vertrauen zu ihm aufbauen, dass er es nicht machen würde? Kann sie sich auf einen Hund verlassen? Sie kennt Hunde und ist mit welchen aufgewachsen. Aber wie weit ist sie in Baxter eingedrungen? Was, wenn ihr Blut besser ist, als ihre Worte?

Sunny wälzt sich im Bett hin und her und kann nicht mehr schlafen. Sie setzt sich hin und sieht das Frühstück schon auf ihrem Tisch stehen.

Wie schafft er es, ihr es stets hinzustellen, und sie merkt es nicht? Sie muss doch noch einmal kurz eingeschlafen sein. Beobachtet er sie? Aber sie hat schon fast jeden Winkel des Zimmers abgesucht und keine Kamera gefunden. Aber wie soll er dann immer den passenden Augenblick erwischen? Den kleinen Schlitz in der Tür hat sie gesehen, reicht der jedoch aus?

Schon wieder fahren die Fragen Karussell in ihrem Kopf. Sie steht auf, duscht nun doch und diesmal ihren eigenen Schweiß der Nacht weg und schlüpft in den Jogginganzug. Dann setzt sie sich an den Tisch und isst eines der fertig gemachten Brötchen. Sie sehen richtig lecker aus, wie mit viel Liebe zubereitet. Liebe! Was versteht er denn darunter? Sie gefügig zu machen? Das ist keine Liebe und dadurch wird auch nie welche entstehen. Sie greift nach noch einem Brötchen, obwohl sie keinen richtigen Hunger hat, sie darf jedoch ihre Kräfte nicht verlieren. Sie muss stark bleiben. Und für heute hat sie sich auch etwas vorgenommen, was ihr vielleicht das Leben kosten wird. Aber das ist ihr egal, ob sie heute oder morgen stirbt. Sie will das nicht noch einmal über sich ergehen lassen müssen. Sie wird sich wehren. Wie weiß sie zwar bis jetzt nicht, es wird sich wohl ergeben. Wenn nur Baxter dabei wäre. Ihn sperrt er jedoch neuerdings wieder weg. Hat er vielleicht doch etwas gemerkt? Er war durchaus froh, als er ihn davon abgehalten hat, mich mit seinen eigenen Händen umzubringen. Oder will er, dass Baxter die sexuellen Übergriffe nicht mitbekommt? Aber versteht ein Hund das überhaupt? Würde er da ebenfalls dazwischen gehen? Bestimmt und das weiß Chris. Anscheinend will er sich dabei nicht stören lassen.

Sie schaut sich um, aber auch heute findet sie nichts, was ihr helfen könnte, sich zur Wehr zu setzen. Er hat alles durchdacht, sogar das Essen kommt jetzt immer fertig, sodass sie kein Messer mehr nötig hat. Wahrscheinlich rechnet er schon damit, dass sie es gegen ihn verwenden würde. Aber so schlau ist wohl jeder Entführer, keine Gegenstände, die man als Waffe benutzen kann, seinen Gefangenen zu geben. Und plötzlich lächelt sie, denn er hat doch etwas falsch gemacht. Er hat ihr eine Schere gegeben, um die Verbände zuschneiden zu können. Er hat einen Fehler gemacht! Das hat er in seinem Plan nicht bedacht. Oder hat es einfach übersehen.

Diesen Fehler wird sie jetzt ausnutzen. Wird es reichen? Verletzen kann sie ihn allemal damit. Sie muss ihn ja nicht gleich umbringen, sie braucht nur etwas Zeit, um einen kleinen Vorsprung zu gewinnen, um fliehen zu können.

Im Hintergrund hört sie ihn kommen und sie greift sich die Schere und setzt sich aufs Bett. Sie zieht kein Dessous an und sie wird auch nicht aufspringen, wenn er ins Zimmer kommt. Sie hat es zwar schon einmal probiert, aber jetzt ist sie schlauer. Heute kennt sie ihn besser und er wird auf sie zukommen. Und wenn er nah genug ist, dann hat sie die Schere.

Im Schneidersitz sitzt Sunny auf dem Bett und wartet auf das, was da kommen mag. Erstaunlicherweise zittert sie nicht einmal, sondern überlegt, wo die beste Stelle ist, an der sie zustechen sollte. Sie muss nicht tödlich sein, sie will ihn nur außer Gefecht setzen.

Sie wägt immer noch das geplante ab, als die Tür aufgeht. In dem Moment als Chris sie sieht, verändert sich sein Gesicht in etwas, was sie nicht deuten kann. Überrascht ist er nicht, dass sie heute nicht das Gewünschte anhat. Hat er das erwartet? Ihr scheint, sogar ein Grinsen auf seinem Gesicht zu erkennen. Will er, dass sie sich endlich mal wehrt? Will er mit ihr kämpfen? Nein, er will ihr zeigen, dass er der Stärkere ist und das Sagen hat. Ja, er sagt was, wie und wo etwas passiert. Sie hat hier keine Rechte. Aber heute will sie es zumindest versuchen, aus dieser Hölle herauszukommen.

„Was soll das?", fragt er mit einem Unterton, den Sunny noch nicht bei ihm gehört hat. Er klingt fast erfreut und ihr kommt es vor, er hätte es sich sogar gewünscht, sie so anzutreffen. Er will spielen! Kann man das Spiel nennen? Sunny nennt es gewiss nicht so.

Sie zuckt nur mit den Schultern, bewegt sich jedoch nicht vom Fleck.

„Heute kein Dessous?", stichelt er und kommt langsam auf sie zu.

Sunny schüttelt den Kopf und nun versteift sich doch ihr Körper. War es schlau, ihn zu provozieren? Was wird er als Nächstes tun? Ihre Finger schließen sich noch fester um die Schere, die sie hinter ihrem Rücken versteckt hat.

„Soll ich dir beim Anziehen helfen?", grinst er und wenn die Situation nicht die wäre, die es ist, könnte Sunny sogar darüber lachen. Aber es ist ernst, tot ernst!

Er steht vor ihrem Bett und sie schaut zu ihm auf. Er mustert sie, aber sie drückt den Rücken durch und zeigt keine Bereitschaft, sich ihm zu unterwerfen. Seine Augen blitzen in einem Blau, was Sunny fast vergessen lässt, was sie eigentlich vorhat.

Er beugt sich zu ihr hinunter und dann sind seine Augen genau vor ihren. Ihr kommt es vor, als würde er in ihren Kopf eindringen und ihre Gedanken lesen. Zumindest fühlt sie sich wie hypnotisiert, denn sie kann sich nicht bewegen. Genau jetzt wäre der Augenblick und die günstige Situation, die Schere nach vorn zu rammen, aber irgendetwas hält sie zurück. Ob es Angst ist oder die Augen, die irgendwie nach ihrer Seele greifen, kann sie nicht sagen.

Und genau dieser kleine Augenblick lässt ihr Vorhaben, wie eine bunt tanzende Seifenblase zerplatzen. Ehe sie sich versieht, liegt sie flach auf dem Bett und er hat die Schere in seiner Hand. Wie hat er das angestellt? Woher wusste er? Was hat sie falsch gemacht? Hat sie zu lange gezögert? Was macht er jetzt mit ihr?

Sunny starrt ihn an und nun kommt doch wieder die Angst, die ihr die Kehle zuschnürt. Oder wird er ihr den Hals zudrücken? Wird er sie diesmal umbringen, indem er ihr die Luft zum Atmen nimmt? Wo verdammt nochmal ist Baxter? Hat er ihn wieder absichtlich nicht mit hier hergebracht? So wie gestern, da war er auch nicht dabei. Weiß er von ihr und Baxter, wie gut sie sich inzwischen verstehen? Wenn es so ist, dann hat ihr letztes Stündchen geschlagen.

Aber er tut nichts dergleichen. Er legt die Schere weg, setzt sich zu Sunny auf das Bett und beäugt sie akribisch.

„Wolltest du mich wirklich umbringen?", fragt er kalt und sie versucht, nach hinten auszuweichen.

Sie antwortet nicht und bewegen kann sie sich auch kaum. Ihre Muskeln sind wie eingefroren. Zudem hält er ihre Beine fest. Es ist fast so, als wären sie in einem Schraubstock eingespannt, obwohl er nur eine Hand dazu benutzt.

„Ziehe das aus", fordert er sie auf und zieht kurz mit der freien Hand an ihrem Oberteil vom Jogginganzug. Automatisch schüttelt sie den Kopf und sein Gesichtsausdruck verändert sich abermals. Sie kann nicht sagen wie, aber dass das nicht gut für sie ist, weiß sie sofort.

Sunny kommt gar nicht dazu, zu überlegen, was sie als Nächstes tun könnte, da sitzt er auf ihren Beinen und zieht ihr das Oberteil über den Kopf.

Sie erschrickt dermaßen, dass sie doch wirklich nach ihm schlägt. Sie trifft ihn mit voller Wucht, aber ihr tut jetzt wahrscheinlich die Hand mehr weh, als ihm seine Wange. Er lacht sogar und das macht Sunny erst richtig wütend.

„Lass mich in Ruhe. Such dir eine, die deine Spiele mitmacht", faucht sie ihn an und sein Lachen wechselt zu einem hinterhältigen Grinsen.

„Schlag ruhig zu. Ich liebe Kratzbürsten", raunt er ihr zu und Sunny wird schlecht. Genau das wollte sie nicht. Ihn damit sogar noch spitz machen. Ihm gefällt das und sie ist in seine Falle getappt. Blitzartig verschränkt sie ihre Arme auf ihrer Brust. Nicht, dass sie jetzt trotzig erscheint, nein, sie nimmt ihn auch noch den Blick auf ihre Brüste. So soll es jedoch nicht bleiben. Er beugt sich vor und Sunny kann nicht ahnen, was er da macht. Er greift nach etwas, was anscheinend auf ihrem Nachtschrank liegt. Ehe sie es erfassen kann, hat er ihre Hände und wickelt eine Mullbinde darum. Die lag doch tatsächlich da. Die hat sie selbst dahin gelegt. Wie dumm kann man denn sein? Sunny glaubt nicht, dass sie jetzt den Fehler gemacht hat. Aber wie sollte sie wissen, dass er das sofort ausnutzt. Sie ist über sich selbst entsetzt, jedoch kommt diese Einsicht zu spät.

Er bindet, unter Protest von Sunny, ihre Hände oberhalb ihres Kopfes an das Bettgestell. Sie ist wieder wehrlos. Und was wird nun aus ihrem Plan? Sie hat verloren, ehe sie überhaupt eine Chance hatte.

Jetzt hat sie nur noch ihre Beine zum Kämpfen, aber auf diesen sitzt er und er scheint sich auch nicht, da wegbewegen zu wollen.

Der Anblick der nackten Brüste und der sich wehrenden Sunny, lässt seinen Schwanz vor Vorfreude anschwellen. Genau solche Spielchen gefallen ihm. Die hat er sogar mit Rosa aus Spaß inszeniert und es brachte ihm jedes Mal die größte Befriedigung. Rosa hat es jedoch freiwillig gemacht und nun liegt Sunny unter ihm und er fragt sich kurz, ob es förderlich für seine Liebe ist. Er schiebt den Gedanken weg, denn er ist gestern schon zu weit gegangen. Das kann er nicht rückgängig machen und irgendwie will er es auch nicht.

Er senkt sich zu ihr hinunter und will sie küssen. Sunny dreht jedoch den Kopf weg und fürchtet, dass auch das ein Fehler ist. Sofort bekommt sie es zu spüren. Eine Hand greift nach ihrem Kiefer und drückt zu. Sunny öffnet automatisch den Mund und kann nichts dagegen tun. Sie weiß als Krankenschwester, dass er jetzt bei einer falschen Bewegung von ihr, den Unterkiefer ausrenken kann. Das will sie auf keinen Fall riskieren und so schließt sie die Augen und lässt ihn machen.

Seine Lippen, die sich auf Sunnys legen, sind weich und unter anderen Umständen würde sie das Gefühl sogar genießen. Aber jetzt drängt sich seine Zunge fordernd in ihren Mund, er bekommt aber kein Gegenspiel. Sunny hält still und wartet darauf, dass er aufhört. Er denkt jedoch nicht daran und ihm scheint es zu gefallen. Seine andere Hand wandert zu ihren Brüsten und massiert sie. Immer mehr geilt er sich auf und sein Schwanz beginnt schon wieder zu schmerzen.

Er will Sunny eigentlich nicht weh tun, aber sie macht nicht mit. Ganz im Gegenteil, der Druck auf ihren Beinen ist weg und so zieht sie sie ruckartig an. Sie stoßen kräftiger als erwartet gegen seinen unteren Rücken. Erschrocken nimmt er seine Hand von Sunnys Kiefer und drückt ihre Beine wieder zurück. Böse schaut er sie an, aber sie hat die

Augen immer noch geschlossen. Sie will ihn nicht sehen und das scheint auch besser zu sein. Seine Augen sprühen jetzt vor Wut und wenige Sekunden später hat er sie wieder unter Kontrolle. Bewegen kann sie sich abermals nicht mehr und er beugt sich nochmals zu ihr hinunter. Diesmal nimmt er aber eine der Brustwarzen in den Mund und beißt zu.

Sunny schreit auf und schaut ihn jetzt doch entsetzt an. Augenblicklich ist sein Gesicht ihr ganz nahe und das Blitzen in seinen Augen zeigt ihr, dass er es nicht lustig findet.

„Du solltest dich nicht wehren, denn dann werde ich dir weh tun", flüstert er ihr mit einer unheimlichen rauen Stimme zu und sein Atem schlägt ihr ins Gesicht. Sunny beginnt vor Angst zu zittern, aber sie kann nicht anders und versucht nochmals ihre Beine zu bewegen.

„Du willst es also nicht verstehen", knurrt er. „Du willst mich nicht anschauen und aufhören mit zappeln kannst du auch nicht", sagt er und seine Gedanken kann sie nicht lesen. Deshalb schüttelt sie den Kopf, ohne sich darüber klar zu sein, was das bedeuten könnte.

Aber sie spürt es. Denn es sind wieder nur einige wenige Sekunden und sie liegt auf dem Bauch. Er hat sich erhoben und sie im gleichen Moment gedreht.

„Dein Rücken ist auch sehr schön", raunt er ihr in die Ohren und Sunny wird nun richtig schlecht. In dieser Lage kann sie sich gar nicht mehr wehren. Ihre Beine fest unter ihm und die Hände über dem Kopf angebunden. Genauso wollte er es. Damit er mit ihr machen kann, was er will und wie er es will.

Als Nächstes zieht er Sunny die Hose aus. Das geht so schnell, dass sie nicht reagieren kann. Was hätte es auch gebracht. Nichts. Ihre Hände sind nicht frei und die bräuchte sie, um irgendeinen Erfolg ihm gegenüber zu haben.

Er hebt ihr Becken an, zwängt sich zwischen ihre Oberschenkel und stößt ohne Vorwarnung zu.

Ein erstickter Schrei entweicht Sunny, als sie in das Kissen beißt und jegliche Gedanken an Gegenwehr sind wie weggeblasen. Der Schmerz zerreißt sie fast und ihre Tränen sickern ebenso in das Kopfkissen. Jeder Stoß nimmt ihr den Atem, bis ein anderer Schmerz sie etwas ablenkt.

Seine Finger kratzen über ihren Rücken. Es fühlt sich an, als würde er ihr die Haut abziehen wollen. Ganz langsam von oben nach unten und immer im Takt zu den Stößen. Dann sind seine Hände auf ihren Hintern und greifen zu. So fest, dass sich seine Nägel in das Fleisch bohren. Ihre Tränen schießen vor Schmerzen aus ihr heraus und sie will am liebsten sterben. Er soll sie doch gleich umbringen oder damit aufhören. Er tut es jedoch nicht. Immer wieder stößt er zu und seine Finger krallen sich immer tiefer in ihre Pobacken. Dann sind sie plötzlich wieder auf ihren Rücken und er kratzt auch ihn noch mehr auf. Sunny ist kurz vor einer Ohnmacht, aber dies Rettung vor den Qualen bekommt sie nicht.

Mit voller Wucht genießt er die letzten Stöße, bis zur Erlösung. Die schreit er in den Raum, der von Sunnys Angst und seiner unbändigen und unbeherrschten Lust erfüllt ist. Für sie ist es das Zeichen, dass sie wohl das Schlimmste überstanden hat. Sie lässt die angestaute Luft entweichen und atmet mehrmals tief durch. Jetzt muss er nur noch von ihr herunter, ihre Hände losbinden und verschwinden. Aber er denkt gar nicht daran. Er genießt anscheinend jede Sekunde, in der er ihren Körper spürt.

Seinen erschlafften Schwanz zieht er aus ihr heraus und drückt sie auf das Bett. Er legt sich ganz auf sie und sie spürt, dass sie diesem Mann nie entkommen kann. Seine Kraft und Stärke liegt auf ihrem gesamten Körper. Er deckt sie vollkommen ab, aber er nimmt ihr nicht die Luft zum Atmen.

Seine Hände fahren seicht über ihre Arme und an den Seiten ihres Rückens entlang. Zuletzt schiebt er ihre Haare aus dem Nacken und haucht ein paar Küsse auf ihren Hals. Soviel Zärtlichkeit liegt darin, dass sie an sich und ihren

Gefühlen zweifelt, denn wohlige Schauer laufen über ihren Rücken und überdecken die Striemen und Schmerzen.

„Und jetzt hast du ein paar Stunden Zeit, um dir zu überlegen, was du falsch gemacht hast. Ich komme bald wieder und dann kannst du dich revanchieren“, flüstert er Sunny ins Ohr und erhebt sich. „Ach, und weil du mich ja anscheinend umbringen wolltest, zeige ich dir, wie man eine Frau züchtigen kann“, hört sie ihn hinter sich sagen.

Sunny vernimmt die Worte und muss sie erst einmal in ihrem Kopf sortieren. Züchtigen? Das hat man früher gemacht, wenn jemand nicht artig war. Sie bereut ihren Fehler und diesen Versuch, der nach hinten losgegangen ist, aber es ist zu spät. Sie hört, wie er seinen Gürtel auf seine Beine schlägt.

„Dann bring mich endlich um“, krächzt sie mit letzter Kraft und voller Angst.

„Noch nicht. Einen Tag haben wir noch. Einen Tag, an dem ich dir zeigen werde, was Liebe ist. Den wirst du noch durchhalten müssen oder willst du Ella nicht wieder sehen?“, heuchelt er.

Sunny kann nicht antworten, denn in diesem Moment schlägt er auf ihren schon geschundenen Hintern ein. Ihre Zähne zerbeißen vor Schmerz fast das Kissen, er ist wie im Rausch und es scheint ihm richtig Spaß zu machen. Aber er tut das wahrscheinlich nur, um ihr mit aller Macht zu zeigen, wer hier das Sagen hat.

Sunny hält die Luft an und zählt automatisch die Schläge mit. Warum, weiß sie selbst nicht, aber nach dem Fünften hört er auf. Viel mehr hätte sie wohl auch nicht ertragen oder doch? Warum ist sie nicht in Ohnmacht gefallen? Will ihr Unterbewusstsein, dass sie alles spürt? Sie kann es nicht begreifen, wie sie gerade so reagiert, und momentan fehlen ihr auch die Kräfte dazu.

Kaum hat sich die Tür geschlossen, schreit sie vor Wut in das unter ihr liegende, von Tränen nasse Kissen und bekommt auch noch einen Weinkrampf, den sie nicht unter Kontrolle bringen kann.

Wie dumm ist sie nur gewesen? Warum hat sie nicht das blöde Dessous angezogen und ist mit ihm gegangen? Er hätte sie bestimmt trotzdem nach seinem Geschmack genommen, aber die Schmerzen auf ihren Rücken und dem Po wären vermeidbar gewesen. Beides brennt wie die Hölle und sie kann nichts dagegen tun. Sie ist immer noch angebunden und ihr nützt es in keiner Weise, dass sie jetzt die Beine bewegen kann.

Bei dem Gedanken, dass er erst in Stunden wieder kommen will, dreht sie fast durch. Ihr tut alles weh. Sie spürt das Blut, was an ihrer Hüfte herunterläuft. Ihre Haut auf dem Hintern ist aufgeplatzt und sie wird wohl Tage, wenn nicht gar Wochen, nicht sitzen können. Außerdem stinkt sie nach ihm und ihr wird plötzlich übel, weil sie sich nicht einmal duschen kann.

Marcel

Nach einem ausgiebigen Frühstück und einer nur mit Gesten geführten Unterhaltung, was irgendwie sogar Spaß gemacht hat, haben Ella und Sten wieder die Wohnung unter einen Vorwand verlassen und sind auf den Weg zu dem Treffpunkt.

Marcel wartet schon auf sie und hat längst die Umgebung nach Auffälligkeiten abgesucht. Seinem Blick entgeht nichts und er zeigt Ella und Sten, dass alles in Ordnung ist.

„Was hast du für uns?", fragt Sten ungeduldig.

„Was hast du denn herausgefunden?", stellt Marcel die Gegenfrage und Sten verdreht die Augen.

„Wir sind noch dabei den genauen Standpunkt einzugrenzen", antwortet Sten und legt eine Karte auf den Tisch, wo ein roter Kreis gezogen ist. Für Ella sieht er noch ziemlich groß aus und sie beschleicht das Gefühl, Sunny doch nicht so nahe zu sein, wie sie gedacht hat.

„Okay, passt auf", beginnt Marcel und legt wieder seinen Hefter auf den Tisch.

Ella zuckt mit den Schultern, denn was darin ist, wissen sie ja schon. Oder hat er noch etwas Neues für sie?

„Ich war an mehreren Stellen und habe mit einigen Leuten gesprochen. So habe ich viel erfahren und mir das herausgezogen, was für unseren Fall wichtig ist", erklärt Marcel und legt etliche Blätter vor sich auf den Tisch. „Ich war auf dem Jugendamt und habe nun zwei Männer im Visier. Ein ziemlich schwerer Fall und einer, der auch passen könnte", redet er weiter, aber Ella kann damit nichts anfangen.

„Wer sind die beiden? Vielleicht passt einer zu unserer Ortung", fällt ihm Sten ins Wort.

„Ich würde gern etwas ausprobieren", sagt er leise und schaut Ella eindringlich an.

„Was meinst du?", fragt sie, denn sie beschleicht ein komisches Gefühl, weil sie nicht einschätzen kann, was er mit ihr vorhat.

„Ich möchte mit dir eine Rückführung in die Vergangenheit machen", lächelt er sie an.

„Was? Du willst mich doch nicht etwa hypnotisieren?" Ella ist entsetzt, denn sie hat schon von dieser Methode gehört und Sten hört wieder einmal nur gespannt zu.

„Nein, nicht direkt", lenkt Marcel ein, er sieht Ella die Angst vor diesen Vorschlag an.

„Wie dann?" Ella bleibt weiterhin skeptisch.

„Du brauchst nur die Augen zu schließen und meine Fragen beantworten", erklärt Marcel vorsichtig.

„Und da gehe ich in die Vergangenheit?", entgegnet sie unverständlich.

„Ich helfe dir nur, dich an den letzten Abend mit Sunny zu erinnern. Alles ist in unserem Unterbewusstsein gespeichert und ich versuche mit ruhigen Worten und speziellen Fragen, sie hervorzuholen."

„Und was willst du damit erreichen?", hakt Ella unsicher nach. Wer weiß, was sie alles erzählen könnte, aber anscheinend geht es ihm nur um den bestimmten Abend und da ist nichts weiter passiert.

„Ich denke, der Entführer hat euch Tage vielleicht auch Wochen beobachtet. Er wird ständig in eurer Nähe gewesen sein. Vielleicht erkennst du etwas oder irgendjemanden." Marcel ist ganz bei der Sache und sein Blick vernebelt fast schon Ellas Gehirn.

„Und das soll funktionieren?", piepst sie, denn sie kann sich nicht daran erinnern, dass ihnen jemand gefolgt ist.

„Wir werden sehen. Du musst dich nur darauf einlassen und auf meine Worte hören", nickt Marcel ihr aufmunternd zu.

Ella schaut zu Sten, der auch nur mit den Schultern zuckt. Er hat davon ebenfalls keine Ahnung und scheint genauso gespannt zu sein, ob es klappt. Aber irgendetwas wird in ihm erweckt. Die letzte Nacht! Er selbst hat zu Ella gesagt, dass es ihr Unterbewusstsein war, wodurch sie den Fremden in ihrem Traum gesehen hat.

„Denk an den Traum. Vielleicht ist da wirklich etwas in deinem Kopf, was uns weiter helfen kann", flüstert Sten Ella zu und Marcel wird sofort noch aufmerksamer.

„Was für ein Traum?", will er deswegen wissen.

„Ich habe da jemanden gesehen. Der wollte mich umbringen. Und er hat gesagt, dass ich Sunny nie wieder sehen werde", kommt von Ella und sie muss fast nach jedem Wort schlucken, weil sie nicht über ihre Lippen kommen wollen, zu schrecklich war der Traum.

„Also ist da doch etwas. Lass es uns versuchen. Wir müssen den Kerl finden", fordert Marcel Ella auf, ohne weiter auf den Traum einzugehen. Er ist sich seiner Sache sicher, dass es klappen wird.

„Okay, was soll ich machen?", fragt sie nach einer Weile, in der ihr klar geworden ist, dass sie damit wieder Sunny ein Stück näher kommen kann. Alles, was sie herausfinden, könnte ihnen bei der Suche helfen.

„Setz dich bequem hin, lege deine Hände locker auf die Beine, atme ruhig und regelmäßig und lasse die Gedanken hinter dir. Wenn du bereit bist, schließt du die Augen. Das ist dann das Zeichen für mich, dir zu sagen, was du tun sollst", erklärt Marcel und Ella verinnerlicht jedes Wort von ihm. „Ich werde dich nicht hypnotisieren, aber es fühlt sich vielleicht ein wenig so an", kommt noch, um ihr die letzten Zweifel zu nehmen.

„Kann ich Stens Hand halten?", fragt Ella ganz leise und hofft, von ihm Hilfe zu bekommen. Wie sie aussehen soll, kann sie sich jedoch nicht vorstellen. Aber seine Hand beruhigt sie auf alle Fälle.

„Wenn es dir hilft, kannst du das machen", bestätigt Marcel ihre Gedanken und hat nichts dagegen.

Ella greift nach der Hand von Sten und hält sie fest. So fest, dass man denken könnte, er wäre ihr rettender Anker. Er lächelt und ist damit einverstanden. Er würde Ella immer zur Seite stehen und wenn sie seine Stütze braucht, wird er sie auch geben.

Ellas Atem wird ruhig und sie versucht, alles fallen zu lassen. Dann schließt sie ihre Augen. Das ist das Zeichen für Marcel, aber einen Augenblick wartet er noch und beobachtet Ellas Atmung genau. Erst als sie nach seiner Meinung langsam und regelmäßig Luft holt, macht er sich bereit für die Anweisungen.

„Ella gehe zurück zum letzten Freitagabend", kommt ruhig und einfühlsam von Marcel. „Wo hast du dich mit Sunny getroffen?"

„Direkt vor der Bar. Sunny musste länger arbeiten", fällt ihr ohne weiter zu überlegen ein.

„Seid ihr gleich in die Bar gegangen?", ist die nächste Frage von Marcel.

„Ja."

„Erzähl uns, was ihr gemacht habt."

„Wir sind rein und haben uns wie immer ein Getränk an der Theke geholt. Dann sind wir gleich an einen der Billardtische, weil gerade einer frei geworden ist. Wir haben fast eine Stunde gespielt und danach unser Glas Wein getrunken", erzählt Ella ganz ruhig.

„Wo habt ihr das gemacht?"

„Direkt an der Theke."

„Schau dich um, siehst du etwas Ungewöhnliches? Oder bemerkst du was an Sunny, was nicht normal ist?", fragt Marcel und seine Tonlage dringt immer tiefer in Ellas Kopf ein.

„Sunny schaut sich ständig um. Sie wollte auch nicht so lange bleiben und ich musste den Wein fast auf Ex austrinken", antwortet Ella und ihre Stimme ist etwas unsicher.

„War Sunny am Billardtisch auch schon so? Geh bitte noch einmal zurück", fordert Marcel sie auf.

Es dauert eine Weile, bis Ella wieder etwas von sich gibt. Sie sucht in ihren Erinnerungen nach Auffälligkeiten, wie es Marcel von ihr verlangt. Und sie findet tatsächlich was.

„Sie hat sich auch beim Spielen immer umgeschaut. Und sie hat verloren, was mich schon gewundert hat. Sie gewinnt eigentlich immer und deshalb dachte ich, dass sie abbrechen und nach Hause will“, schlussfolgert Ella, von den Bildern, die sie von dem Abend sieht.

„Versuche, ihren Blick zu folgen“, sagt Marcel ganz leise.

„Der geht zur Theke.“ Man merkt ihr an, wie sie sich anstrengt, den Anweisungen von Marcel, folge zu leisten.

„Siehst du da jemanden sitzen?“

„In der Ecke sitzt ein Mann und schaut zu uns herüber“, sagt Ella schnell und sie drückt automatisch die Hand von Sten.

„Erkennst du ihn?“, fragt Sten deshalb ebenso leise.

Ella antwortet nicht, sie sucht anscheinend weiter in ihren Erinnerungen.

„Gehe eine Woche zurück und genauso den Abend durch“, unterstützt sie Marcel.

Ellas Augen zucken und sie schüttelt den Kopf. Hat sie jetzt den Faden verloren und gibt am Ende etwa auf? Nein. Plötzlich spannt sich ihr ganzer Körper an und Sten tut seine Hand weh, denn Ella drückt stetig mehr zu, aber ohne das sie es wahrscheinlich merkt.

„Wir haben wie immer gespielt und da war alles in Ordnung. Aber als wir zur Theke gegangen sind, blieb Sunny vor mir fast stehen. Ich habe sie beinahe über den Haufen gerannt. Sie starrte in eine Richtung und holte tief Luft“, erzählt Ella aufgeregt.

„Wen hat sie gesehen?“, hakt Marcel nach.

„Er hat da auch schon dort gesessen und uns beobachtet. Es ist derselbe Mann“, kommt schnell von Ella und ihre Stimme beginnt zu zittern.

„Bist du dir sicher, dass es der Mann ist?“, drängt Marcel Ella, es noch einmal zu überdenken.

„Ja, eindeutig“, antwortet sie fester als zuvor.

„Okay, wir hören auf. Ich habe genug gehört“, nickt Marcel zufrieden. „Du kannst die Augen wieder aufmachen“, sagt er und Ella entspannt sich ein wenig, aber die Hand von Sten hält sie immer noch fest.

„Es ist der aus meinem Traum. Wie kann das sein?“, flüstert sie ängstlich zu Sten und sieht die stechenden eisblauen Augen vor sich.

„Kann das sein, dass sie ihn jetzt durch den Traum gesehen hat?“, fragt Sten Marcel, der schnell mit dem Kopf schüttelt.

„Nein. Es ist anders herum. Er war in ihren Erinnerungen gespeichert und hat sich so in den Traum geschlichen“, nickt er beiden zu.

„Und was jetzt? Soll ich ihn etwa malen?“, versucht Ella witzig zu sein, aber ihre Stimme verrät, dass sie ganz weit weg davon ist.

„Nein, natürlich nicht. Wie gesagt habe ich zwei Männer, wo alles darauf hinweist, dass einer von beiden der Entführer sein könnte“, entgegnet Marcel und legt ihr zwei Fotos hin. „Das sind sie. Erkennst du einen von denen?“

Ella schreckt zurück, denn sie schaut in ein wunderschönes Gesicht mit den stahlblauen Augen, die wie es scheint, beginnen sie hämisch anzugrinsen. Sie muss schlucken, weil sich ein Kloß in ihrem Hals gebildet hat. Ihr Herz beginnt zu rasen und mit einem zitternden Finger zeigt sie auf ihn. Das zweite Bild hat sie nicht einmal richtig registriert. Allein die Augen haben alle Aufmerksamkeit auf sich gezogen.

„Er ist es ...“, stottert sie und zieht den Finger sofort wieder weg, als könnte er ihr ihn abbeißen.

„Das dachte ich mir schon“, redet Marcel vor sich hin und lässt das Foto wieder in den Hefter verschwinden.

„Wer ist der Kerl?“, fragt indessen Sten, der alles genauestens beobachtet hat.

„Er heißt Chris Wagner. Beim Jugendamt sowie auch bei der Polizei liegt einiges interessantes vor“, beginnt Marcel zu erzählen. „Er ist bei seiner Mutter aufgewachsen.

Er hatte keinen Vater, sondern zwei Frauen, die ihn aufgezogen haben. Wie vermutet Lesben. Sie haben ihm ziemlich zugesetzt."

„Wie ist er zu dem Monster geworden?", will nun Ella wissen und Marcel redet weiter.

„Sie strebten an, ihn zu einem Mädchen zu machen. Und das nicht nur mit der Kleidung, die er tragen musste, nein, sie haben ihn auch körperlich angegriffen. Einiges ist bis zum Jugendamt durchgedrungen, aber immer, wenn sie eingreifen wollten, traten sie wie eine perfekte Familie auf. Er muss sehr gelitten haben. Später hat er begonnen Kleinigkeiten zu klauen. Deshalb ist er ebenso der Polizei bekannt. Von denen habe ich auch eine Adresse", erklärt Marcel mit leiser Stimme.

„Hast du ihnen gesagt, warum du das alles wissen willst?", fragt Sten und hofft, endlich von der Polizei Hilfe zu bekommen.

„Ich habe es angeschnitten, aber sie sind immer noch auf dem Standpunkt, dass Sunny weggezogen ist. Sie waren, wie vermutet in ihrer Wohnung und haben das gesehen, was wir gesehen haben, nämlich nichts mehr", antwortet Marcel und vernichtet damit Stens Hoffnung.

„Na toll, dann müssen wir allein dort hin?", kommt von Ella und auch sie verliert langsam den Mut.

„Nein, ich habe andere Polizisten hinter mir und die wissen schon Bescheid", nickt Marcel den beiden aufmunternd zu.

„Dann können wir sie heute noch befreien", platzt Ella heraus.

„Wir haben das für morgen angesetzt. Wir müssen ganz sicher sein. Ein Fehler und Sunny wäre tot", hält Marcel dagegen und Ella kann es nicht begreifen, dass sie nicht gleich losgehen.

„Das verstehe ich nicht. Dann müsste doch Sunny einen Tag weniger leiden", beginnt sie fast zu weinen.

„Er hat einen Plan und dir ein Ultimatum gesetzt. Es ist besser, sich daranzuhalten. Er wird vielleicht sogar daran glauben, dass wir überhaupt nicht kommen“, sagt Marcel ruhig, um Ella nicht noch mehr aufzuregen.

„Aber dann bringt er sie um“, schluchzt sie.

„Das wird er nicht tun. Er spielt mit euch und mit Sunny. Er hätte sie schon längst umgebracht, wenn ihm das Spiel nicht wichtig wäre. Wahrscheinlich ist ihm Sunny sogar wichtiger, als wir uns vorstellen können. Vielleicht will er sie auch gar nicht umbringen, sondern für sich gewinnen. Er wartet morgen auf dich und genau morgen, wirst du zu ihm gehen“, hält Marcel dagegen und das kleine Detail überhört Ella.

„Damit er uns beide zusammen umbringen kann“, zischt sie jetzt genervt.

„Er wird niemanden umbringen. Nicht dich und auch nicht Sunny.“

„Wie kannst du dir da so sicher sein?“, geht jetzt auch Sten dazwischen.

„Ich habe alles genaustens unter die Lupe genommen und ein Profil von ihm erstellt“, beginnt Marcel erneut.

„Und was sagt es uns“, unterbricht ihn Ella.

„Es scheint so, als würde er Sunny wirklich lieben“, erläutert er und Ella fällt fast vom Stuhl. Jetzt hat sie seine Andeutung verstanden.

„Er hat ihr Brandwunden zugefügt. Soll das Liebe sein?“, meint sie empört.

„Er sieht das alles etwas anders. Das hat er nur gemacht, um euch abzulenken. Was Sunny davon hält, kann ich natürlich nicht sagen, aber auf diese Basis lässt sich keine Beziehung aufbauen. Das wird ihm jedoch nicht klar sein oder er will es nicht verstehen. Er hat all ihre Sachen geholt und seine Wohnung damit eingerichtet. Er zeigt eindeutig, dass er sie nicht wieder hergeben wird. Er will dich zu sich locken, um sie von dir zu befreien“, erklärt Marcel vorsichtig.

„So ein Quatsch“, entfährt Ella nur.

„Er hasst Lesben. Wie kann er jetzt eine lieben?“, fragt Sten fassungslos.

„Er will sie bekehren. Er wird ihr zeigen, wie schön es mit einem Mann sein kann. Außerdem hat er euch viel länger beschattet, als die anderen. Und das dir Sunny nichts gesagt hat, was sie eigentlich schon gespürt hat, hat auch ihm gezeigt, dass sie dir anscheinend nicht hundertprozentig vertraut und da vielleicht ein klein wenig Platz für einen Mann in ihrem Herzen sein kann." Marcel sagt das mit viel Bedacht, denn er weiß, dass Ella jetzt ausrasten könnte. Aber ganz im Gegenteil bringt er sie zum überlegen.

„Meiner Meinung nach vertrauen wir uns vollkommen. Vielleicht wollte sie deshalb nicht zu mir ziehen, weil sie sich nicht sicher war mit mir", murmelt sie vor sich hin. „Sie hatte schon Männer und ich kann ihr anscheinend doch nicht alles geben, was sie will", redet sie leise weiter.

„Erzähl nicht so einen Mist. Sie liebt dich und das weißt du", rüttelt Sten Ella an den Schulten. „Wenn sie nur auf Männer stehen würde, hätte sie sich doch gar nicht auf dich eingelassen", sagt er noch und wischt ihr zärtlich die Tränen aus dem Gesicht. Und wieder wünscht er sich, dass es anders herum wäre und Ella sich endlich auf ihn einlassen könnte. Und was, wenn Sunny bei diesem Kerl bleiben würde? Wenn sie sich für ihn entschieden hat und die Zärtlichkeiten eines Mannes doch zu schätzen weiß? Ist er zärtlich zu ihr? Sten denkt nicht zu Ende, sondern konzentriert sich wieder auf das Jetzt.

„Das hat er vielleicht so gesehen oder geglaubt, aber so muss es bei Sunny nicht sein", will Marcel beschwichtigen und beobachtet Sten genau. Er scheint zu ahnen, wie es in ihm aussieht.

„Ich liebe sie so sehr", flüstert Ella so leise, dass die Männer sie kaum verstehen, aber die Worte wischen die Gedanken von beiden augenblicklich weg.

„Sunny dich auch", kommt von Sten und nimmt sie in den Arm, mit dem Wissen, nie etwas daran ändern zu können.

„Lasst uns morgen dahin fahren und Sunny da herausholen. Sie wird nicht bei ihm bleiben, nachdem, was er ihr angetan hat. Das wird er sich nur wünschen", sagt Marcel und packt seine Sachen zusammen.

„Wann geht es los?", will Sten wissen.

„Wir treffen uns um zwölf Uhr vor deiner Wohnung", entgegnet er Sten.

„Wie viele werden uns helfen?"

„Ich denke vier bis fünf Mann. Das sollte reichen", antwortet er und hält ihm die Hand hin, denn er will dieses Treffen beenden. Anscheinend hat er viel zu tun. Ob mit ihrem Fall, kann Sten nicht einschätzen, aber er hofft, dass er alles mit seinen Leuten daran setzt, Sunny zu befreien.

Sten reicht ihm seine Hand und Ella ebenfalls. Sie bleiben noch eine Weile wortlos nebeneinandersitzen und keiner traut sich, die Stille zu unterbrechen. Jeder hört die Worte von Marcel noch einmal und wird für sich entscheiden, was sie davon halten sollen.

Nach unendlich scheinenden Minuten steht Ella einfach auf und geht hinaus. Sten folgt ihr und holt sie auf dem Gehweg wieder ein.

„Was willst du jetzt machen?", fragt er sie und kann auf keine vernünftige Antwort hoffen, denn im Moment hätte er auch keine.

„Ich werde versuchen zu arbeiten. Vielleicht lenkt mich das etwas ab", antwortet sie doch.

„Ich bring dich nach Hause", sagt Sten und führt Ella, die wie unter Schock steht, zu seinem Auto.

Schon da machen sich Gedanken in Ellas Kopf breit, die sie sich eigentlich nie antun würde. In ihr steigt Angst auf, Sunny an diesen Chris zu verlieren. Wenn das nun wirklich alles stimmt, was Marcel gesagt hat? Und das Foto sowie den Traum bekommt sie auch nicht wieder aus ihrem Kopf. Diese Augen! Er sieht verdammt gut aus. Das muss sogar Ella zugeben. Und Sunny hatte schon etwas mit Männern. Könnte sie sich von ihm um den Finger wickeln lassen? Ist sie vielleicht doch freiwillig ausgezogen? Und die Videos sind am Ende nur gestellt? Nein, sie hat Sunnys Gesicht gesehen. Sie hatte Angst und Schmerzen, die sie nie wieder vergessen wird. Er hat sie gequält, lässt sie sich trotzdem auf ihn ein? Ella kann es nicht einschätzen. Wie gut kennt sie eigentlich Sunny? Sehr gut und sie würde das niemals tun. Das hämmert sie sich jetzt immer wieder in den Kopf und hält sich daran fest, dass sie morgen wieder an ihrer Seite sein wird.

Sunny

Sunny liegt immer noch regungslos in ihrem Bett. Die Tränen sind versiegt und sie wartet darauf, dass sie befreit wird. Aber was dann? Wird er sie für heute in Ruhe lassen? Kann sie sich endlich duschen? Sein Geruch hat sich in dem ganzen Raum verteilt und ihre Nase hat sich schon fast daran gewöhnt. Aber nur fast. Bringt sie ihn mit dem Erlebten in Zusammenhang, wird ihr sofort wieder schlecht.

Sie hört seine Schritte immer näher kommen und hofft, dass er nicht nur zu Baxter geht. Aber er bleibt stehen und es dreht sich der Schlüssel, der für sie die Freiheit bedeuten könnte. Aber wirklich nur könnte, denn sie wird ihn nie in den Händen halten.

Im nächsten Augenblick sind seine Hände über ihren Kopf und er bindet sie los. Sie zieht ihre Arme nach unten und massiert, die inzwischen eingeschlafenen Finger. Mit einem Ruck dreht er sie herum und sie könnte schon wieder schreien. Auf den geschundenen Rücken zu liegen, treiben ihr erneut die Tränen in die Augen. Aber sie bekämpft sie tapfer, denn sie will ihm nicht zeigen, wie schwach sie ist. Ist sie schwach? Nein, andere hätten vielleicht das schon nicht überlebt, oder aus Verzweiflung es sich genommen. Sunny hingegen will wieder zu Ella. Nichts anderes hat sie im Kopf und es ist ja auch nur noch ein Tag. Morgen wird sie befreit! Werden Ella und Sten sie finden? Sie kann nur noch daran denken und ist sich gewiss, dass Sten herausbekommen hat, wo sie ist. Woher die Sicherheit kommt, kann sie nicht sagen, sie hat sie einfach und hält sie sich fest.

„Hast du dich entschieden? Lange hast du nicht mehr Zeit", knurrt Chris sie an und sie zuckt ängstlich zusammen.

Was soll sie jetzt antworten? Sich für ihn entscheiden und die Qualen nicht erleiden müssen oder gegen ihn und noch einen Tag durchhalten? Sie weiß es nicht, obwohl sie ihm doch schmeicheln könnte und trotzdem morgen zu Ella zurückgeht. Würde er es merken, dass sie nur ihre Haut retten will? Ja, er würde es und da ist sie sich ziemlich sicher. Ihm kann sie nichts vorspielen. Er spielt und bestimmt die Regeln, dagegen kommt sie nicht an.

Chris bekommt keine Antwort und er will auch nicht länger warten.

„Ich werde dir zeigen, dass es besser für dich ist, bei mir zu bleiben", sagt er und reißt sie in einem Zug auf die Beine.

Sie ist geschwächt und so geben sie nach. Er fängt sie auf und schleift sie nackt und so schmutzig wie sie ist mit sich. Ehe sie alles realisiert, steht sie wieder mit dem Rücken an der Stange und er bindet sie fest. Ihre Arme über dem Kopf und sofort beginnen sie erneut zu kribbeln. Sie bekommen wieder zu wenig Blut, aber das ist nicht das Schlimmste. Ihr Rücken scheuert an der Stange und die aufgerissene Haut rubbelt sich unter wahnsinnigen Schmerzen ab. Außerdem steht sie hier vollkommen nackt und sein amüsierter Blick lässt sie erschaudern. Schon ihr Anblick scheint ihn aufzugeilen. Wie könnte es auch anders sein. Sie ist wunderschön und hat einen makellosen Körper, von den Wunden abgesehen.

Aber er wendet seine Augen von ihr weg und setzt sich vor seine Monitore.

„Du wirst sehen, dass es zu spät ist, zurück zu Ella zu wollen", grinst er und Sunny schaut gespannt auf die Bildschirme. Sie sucht nach ihr, sieht sie jedoch nicht. Sie scheint nicht zu Hause zu sein.

Dann steht er neben ihr und senkt seinen Kopf an ihren Hals.

„Schau hin. Sten hat sie erobert", haucht er und küsst sie so zärtlich, dass sie die Bilder nur noch verschwommen wahrnimmt.

Ella liegt in den Armen von Sten und schläft friedlich. Sunny kann nicht wissen, dass er sie nur tröstet, weil sie so einen unheimlichen Traum gehabt hat. Sie kann nicht fassen, wie Ella sich an ihn kuschelt und ihr Kopf liegend auf seiner Brust zur Ruhe kommt. Sie wollte nie etwas von

Männern. Und jetzt, wo sie weg ist, fällt sie ihm um den Hals. Hat er ihr gezeigt, wie es mit einem Mann ist? Sie hat die Erfahrung früher gemacht, aber Ella noch nie. Hat Sten sie wahrhaftig herumbekommen? Hat er die Situation ausgenutzt? Oder will er ihr wirklich nur helfen? Und wenn nicht? Wie wird es ihr gefallen haben, einen Schwanz in sich zu spüren? Es ist etwas anderes als ein Dildo. Echtes Fleisch fühlt sich schon geiler an.

Was denkt sie da? Hat es ihr auch besser gefallen? Hat Chris die Erinnerungen in ihr geweckt und könnte sie wieder mehr davon haben wollen? Er hat ihr Schmerzen zugefügt. Und wenn er das nicht getan hätte? Nein! Sie will keinen Mann mehr. Und Ella wird sie auch davon überzeugen, dass sie das nicht braucht. Sie sind so zärtlich zueinander, da benötigt man keinen Schwanz.

Sie ist so in ihren Gedanken versunken, dass sie nicht einmal mitbekommt, wie sich Chris an ihren Brustwarzen festsaugt. Ein wohliges Gefühl durchfährt sie und holt sie zurück in diesen Kellerraum. Im selben Moment zuckt sie weg und er schaut sie böse an.

„Was? Überzeugt dich das immer noch nicht? Du bist dumm! Du könntest es so gut bei mir haben“, sagt er, während eine Hand zwischen ihre Beine fährt.

Wie kann er sie da anfassen? Sie hat sich nicht einmal gewaschen. Seine Hinterlassenschaft ist noch an ihr und sie beginnt sich vor sich selbst zu ekeln.

„Na, die ist ja schon wieder feucht“, haucht er ihr ins Ohr und sie schüttelt energisch den Kopf.

Sie hört nicht auf ihn und versucht, ihr Becken so weit es geht wegzudrehen. Er kann es aber verhindern, indem er wieder seinen Oberschenkel gegen sie drückt.

„Also, was sagst du?“, zischt er sie plötzlich an und sein warmer Atem schlägt ihr ins Gesicht.

„Du hast mir weh getan und da soll ich mich für dich entscheiden?“, platzt sie heraus, obwohl sie sich nicht auf sein Niveau herunterlassen wollte.

„Ich kann auch ganz anders", entgegnet er ihr und Sunny ist sich sicher, dass er das wirklich kann. Er hat schon mehrmals gezeigt, dass er versteht, zärtlich zu sein. Sie hat es auf ihrer Haut gespürt und sogar darauf reagiert. Aber sie möchte es nicht, die Liebe zu Ella ist viel größer und intensiver.

„Nein", faucht sie ihn deshalb an und das auch mehr, als sie wollte.

Ihre Quittung bekommt sie natürlich sofort. Richtig verärgert lockert er das Seil, was ihre Arme festhält und weil ihre Beine immer noch zu schwach sind, sie zu tragen, rutscht sie in die Hocke. Diesmal kommt sie nicht einmal dazu, es zu erwähnen, dass sie zubeißen würde. Das braucht sie auch nicht, denn dazu wird sie nicht kommen.

Ein Griff an ihren Kiefer und sie öffnet automatisch ihren Mund. Erschrocken beobachtet sie, wie Chris sich mit der anderen Hand die Hose aufmacht und im gleichen Moment zwängt er nicht seine Zunge in ihren Mund, nein, er schiebt seinen Schwanz zwischen ihre Zähne. Er muss keine Angst haben, dass sie ihm etwas antun kann, denn er hat alles unter Kontrolle. Sunnys wohlgeformten und vollen Lippen schließen sich um den immer größer werdenden Penis ihres Peinigers.

Sofort setzt der Würgereiz ein und aufs Neue schüttelt sie sich vor Ekel. Das alles interessiert ihn nicht, ganz im Gegenteil, er beobachtet seinen Schwanz, wie er immer wieder in Sunnys Mund verschwindet. Irgendwie wandern seine Gedanken plötzlich zu Nora. Sie hatte den Spreizer im Mund und bei Sunny hat er seine Finger zwischen den Kieferknochen. Beide können ihren Mund nicht schließen und müssen seinen Schwanz in sich aufnehmen, ob sie wollen oder nicht. Beide haben sie volle Lippen und sie sind zudem auch wunderschön weich. Aber dann drängt sich überwiegend die Erinnerung an Nora durch und eine unsagbare Wut steigt in ihm auf. Er vergisst, dass es Sunny ist, die vor ihm hockt und lässt der Wut freien Lauf. Er rammt seinen Schwanz immer tiefer und schneller in sie hinein. Sunny bekommt keine Luft mehr und sie würgt, weil er zu lang ist und ihr bis in den Hals dringt. Sie versucht, nun doch zu beißen, aber der Griff lässt es nicht zu. Sie kann nur noch beten, dass er fertig wird, denn Baxter ist nicht da, um sie zu retten. In dieser Situation zu sterben wäre das Schlimmste und schon bei dem Gedanken wird ihr schwarz vor Augen. Der wenige Sauerstoff, den sie noch bekommt, reicht nicht mehr aus. Chris bemerkt es nicht, denn er ist in seiner Rage gefangen und wieder denkt er nur an sich und seinen verletzten Gefühlen. Wen er hier und jetzt mit seinem Tun verletzt, kommt ihm gar nicht in den Sinn. Und er wird immer schneller und schneller und dann explodiert er in Sunnys Rachen. Sie reißt es zurück vom Weg zur Ohnmacht und kann nicht anders als schlucken, denn auch ihre Zunge liegt bewegungslos und eingezwängt unter seinem Schwanz. Zufrieden zieht er ihn heraus und lässt den schon schmerzenden Griff an ihrem Kiefer locker. Sunny hustet und holt so tief Luft, dass ihr schwindelig wird. Nebenbei würgt sie, aber was einmal in ihr drin ist, kommt auch nicht wieder raus. Sie ist so geschockt, dass sie sich nicht mal übergibt, aber ihr Gehirn bekommt Sauerstoff und langsam realisiert sie, was überhaupt passiert ist. Er hat abermals die Kontrolle verloren und sie wäre wieder fast gestorben. Warum muss sie das nur alles erleben? Er soll sie endlich umbringen, denn sie will nur noch ihre Ruhe.

Chris wendet sich von ihr ab und lässt sie in der Hocke hängen. Er erkennt sich selbst nicht wieder. Abermals hat er alles um sich herum vergessen und Sunny fast umgebracht. Er stützt sich auf die Werkbank und schüttelt wütend über sich den Kopf. So wird er sie nie behalten können. So treibt er sie immer weiter von sich weg. Und das alles nur wegen Nora. Und seiner verdammten Mutter!

Sunny hatte nein gesagt und das war ihr Fehler, aber auch den hat sie überlebt. Sie hat jedoch gemerkt, dass er nicht bei Sinnen war. Er war nicht er selbst und hat die Kontrolle zum zweiten Mal verloren. Aber diesmal scheint es etwas anderes gewesen zu sein. Sie kann sich aber darüber nicht den Kopf zermartern. Sie sieht ihn da stehen und bemerkt, dass er selbst weiß und es anscheinend auch bereut, so heftig reagiert zu haben. Das hilft ihr aber nicht weiter. Sie ist ihm ausgeliefert, daran kann sie allein nichts ändern. Und dass er sich ändert, ist nicht mehr nötig. Sie könnte niemals vergessen, was er ihr angetan hat.

Er wird und will sie nicht umbringen, aber das Spiel wird immer heftiger und ekelerregender. Und durch die Kontrollverluste ist es für Sunny ein Spiel mit dem Tod.

Jetzt will sie einfach nur noch weg. Sie will unter die Dusche und sich den Finger in den Hals stecken. Alles von ihm loswerden.

Chris hat währenddessen den Keller verlassen, um seine Gedanken zu ordnen, und Sunny wartet derweil auf das nächste Unheil, was auf sie zukommt. Nach unendlichen Minuten kommt er zurück und zieht sie, ohne Worte zu verlieren, wieder hoch. Nackt und zitternd steht sie vor ihm und er mustert sie. Seinen Gesichtsausdruck kann sie nicht deuten. Fühlt er Reue oder denkt er sich schon die nächste Abscheulichkeit aus?

„Ich will ja nicht so sein. Du sollst heute auch noch etwas Schönes haben", schnurrt er wie ein rolliger Kater, denn er ist wieder der, der er eigentlich sein will, der alles unter Kontrolle hat. Der sich an seinen Plan hält. Aber Sunny versucht, nicht zu reagieren, sie kann ihn immer noch nicht einschätzen und seine Sprünge zwischen den Gefühlen ihr gegenüber, verwirrt sie.

Sie hat die Augen geschlossen und wünscht sich nur eines, dass alles nur schnell vorbei ist. Jedoch ahnt sie, dass er das Geschehene wieder gut machen will, was für Sunny aber gar nicht erforderlich ist. Er soll sie einfach in Ruhe lassen und seine Zärtlichkeiten kann er sich schenken.

Chris lässt sich aber absichtlich viel Zeit. Er genießt jede Berührung, denn ihm ist gewiss, dass es wohl, dass letzte Mal sein wird. Seine Hände sind überall an Sunnys Körper und seine Zunge spielt mit ihren Nippeln. Er kann einfach nicht von ihr lassen und sein Schwanz will schon wieder in die Freiheit. Aber jetzt ist erst einmal Sunny dran. Er wandert nach unten und sein Kopf verschwindet zwischen ihren Beinen. Sie ist zu schwach, um sich zu wehren, und ihr Körper reagiert natürlich wieder nicht so, wie sie es gern hätte. Sie zerfließt förmlich und schreit den wahnsinnigen Orgasmus aus sich heraus. Ihr Atem geht so schnell, dass es ihren Kopf vernebelt. Sie hyperventiliert fast und ihr Herz schlägt wie ein Hammer in ihrer Brust. Chris holt sie jedoch ziemlich schnell von ihrem Trip zurück. Mit einer Schnelligkeit, die Sunny gar nicht wahrnimmt, bindet er ihre Beine los und da sie die Hände über dem Kopf hat, dreht er sie einfach an Ort und Stelle um. Seine Finger streifen über ihre Wunden, die er ihr mit den Fingernägeln zugefügt hat. Sie zuckt zusammen, denn die Schmerzen sind kaum auszuhalten.

„Du hattest deinen Spaß, jetzt habe ich meinen", raunt er ihr ins Ohr, aber Sunny kann nicht mehr. Gar nichts mehr! Sie hat nicht einmal mehr Angst. Der heftige Orgasmus, den sie wieder nicht verhindern konnte, aber auch nicht genossen hat, hat ihr die letzte Kraft genommen, die noch in ihr schlummerte. Jetzt hängt sie an dem Kreuz und hört nur ihr Herz in den Ohren pochen.

Das Sunny bei dem allen gar nicht richtig mit macht, hat er erwartet, aber es kümmert ihn nicht und er hat auch keine Lust mehr, auf sie einzugehen. Wer nicht will, der hat schon. Unter diesem Motto rammt er seinen Schwanz wieder in sie hinein. Ohne Vorwarnung und Mitleid gleich gar nicht. Diesmal jedoch hat er sich den Hintereingang ausgesucht. Sunny ist so überrascht, dass sie nicht einmal mehr schreien kann. Bei jedem Stoß wünscht sie sich, es wäre der Letzte. Die Schmerzen sind noch schlimmer, als wenn er sie normal nehmen würde. Ihm scheint die Enge ihres Pos zu gefallen und so genießt er es in vollen Zügen. Immer wieder treibt er seinen prallen Schlegel bis Anschlag in sie hinein. Mal ganz langsam und dann unheimlich schnell.

Irgendwann verliert Sunny das Bewusstsein. Zu heftig sind die Schmerzen und sie ist zu ausgelaugt, um sie zu ertragen.

Chris bekommt es in seinem Wahn nicht einmal mit. Erst als er seine Befriedigung hatte, merkt er, dass Sunny zusammengesunken ist. Er bindet sie ab und nimmt sie auf den Arm. Nun macht sich doch ein wenig Mitleid in ihm breit, aber im selben Moment redet er sich ein, dass sie es nicht verdient hat. Sie lehnt ihn ab und will nicht bei ihm bleiben. Warum soll er dann Mitleid mit ihr haben und sie am Ende noch mit Samthandschuhen anfassen? Sie ist eine Lesbe und wird immer eine sein. Das sieht er jetzt ein und all seine Bemühungen um sie waren erfolglos. Hat er sich genügend bemüht? Oder nur an sich gedacht? Er hat sich an seinen Plan gehalten. Liebe hat da keinen Platz, auch wenn er es noch so gern gehabt hätte. Oder ist ihm die Liebe dazwischen gekommen? Hat sie seinen Plan durchkreuzt? Nein, er hat alles im Griff. Zumindest redet er sich das alles ständig ein, solange bis er selbst daran glaubt.

Er legt sie auf ihr Bett, holt einen Waschlappen, macht ihn mit kaltem Wasser nass und platziert ihn auf ihre Stirn. Das ist das Einzige, was er tut, mehr will er nicht. Sie ist selbst schuld und von einer Bewusstlosigkeit stirbt man nicht gleich. Und wenn auch. Es ist nur noch ein Tag und er hat bekommen, was er wollte. Nur sie nicht. Und das war ihre eigene Entscheidung.

Es ist nur noch eines zu tun. Ella! Sie muss morgen auch sterben, genau wie Sunny. „Zwei Lesben weniger“, sagt er hämisch grinsend und schließt Sunnys Tür.

Und wenn sie nicht kommt, wird er zu ihr gehen. Egal ob dieser Sten bei ihr ist. Dann gibt es eben dieses Mal drei Tote. Irgendwie freut er sich schon auf das Finale.

Er reibt sich die Hände, nimmt sein Gewehr und stiefelt über das Feld zu seinem Hochstand. Er hat sich jetzt Ruhe verdient. Er hat es Sunny bewiesen, dass er ein richtiger Kerl ist. Sie wird es endlich eingesehen haben, aber es ist zu spät. Er hat mit ihr abgeschlossen und morgen läuft das Ultimatum ab.

Ein kleiner Gedanke macht sich trotzdem in ihm breit. Was, wenn er nur Ella umbringt und Sunny behält? Wenigstens ein paar Tage. Oder würde sie sich vielleicht doch auf ihn einlassen, wenn es Ella nicht mehr gibt? Eher unwahrscheinlich. Er könnte jedoch noch so viel von ihr bekommen, oder besser, sich nehmen. Und falls Ella sie dennoch findet, wird sie nicht allein sein. Dann hat dieser Kerl ihr geholfen, ihn zu finden. Er muss sich noch überlegen, was er da macht. Zeugen wird es auf alle Fälle nicht geben, egal wie viele es sind. Egal ob hier, oder in ihrer Wohnung. Zusammen kommen diese Weiber auf keinen Fall mehr. Das ist in seinem Plan nicht vorgesehen. Das alles wird sich jedoch morgen entscheiden.

Mit einem breiten Grinsen lässt er sich auf dem Hochstand nieder und zum Glück ist ein Reh in seinem Revier unterwegs. Die Ablenkung ist damit garantiert.

Ella

Ella kann es nicht fassen, dass sie nicht schon heute Sunny suchen gehen. Was hält sie davon ab? Weil es Marcel so will? Und, wenn sie genau jetzt ihre Hilfe braucht? Was ist, wenn sie morgen zu spät kommen? Wird dieser Kerl auf sie warten? Wann läuft das Ultimatum eigentlich ab? Morgens oder abends? Die Fragen werden immer mehr und hämmern in ihrem Kopf.

Ella läuft, wie ein aufgeschrecktes Huhn in ihrer Wohnung hin und her.

„Beruhige dich", sagt Sten, aber es kommt bei ihr nicht an.

„Hast du die Adresse lesen können?", fragt Ella leise und ganz nah an Stens Ohr. Dafür kuschelt sie sich an ihn und er schaut sie etwas verwirrt an. Er lässt es jedoch zu, denn das Spiel ist noch lange nicht zu Ende.

Marcel hatte den Zettel mit der Adresse kurz auf dem Tisch liegen, ehe er wieder in der Mappe verschwand, und er hat ihn uns wahrscheinlich absichtlich nicht gezeigt. Sten hat ihn zwar auch geortet, aber das ist ein ziemlich großer Umkreis, den sie absuchen müssten.

„Ich habe Durst", kommt von Sten. Er steht auf und zwinkert Ella zu. Sie versteht sofort und folgt ihm in die Küche.

Dort schreibt er schon etwas auf das nächste Blatt des kleinen Notizblockes. Ella steht gespannt neben ihm.

„Ja, aber wir gehen morgen alle zusammen hin", kann Ella lesen und sie schüttelt energisch mit dem Kopf.

„Wir könnten doch schon mal schauen, wo es ist", hält sie dagegen und Sten verdreht die Augen. Er klappert absichtlich laut mit den Gläsern und setzt sich letztendlich an den Tisch.

„Nein, es könnte gefährlich werden", schreibt er.

„Wir sind vorsichtig", steht kurz darauf auf dem Zettel. Nachdem Sten jedoch uneinsichtig bleibt, notiert sie weiter.

„Was, wenn er es doch nicht ist und wir morgen da

hingehen. Inzwischen wäre Sunny vielleicht schon tot.“ Ella steht da und stemmt ihre Hände in die Hüfte. Sten überlegt und muss für sich zugeben, dass er dem nichts entgegensetzen kann.

Sie hat recht und wenn sie wirklich falschliegen, kommen sie am Ende zu spät, weil sie weiter suchen müssen und jede zusätzliche Stunde könnte Sunny das Leben kosten. Es ist zwar unwahrscheinlich und es kann kein Zufall sein, dass Marcel die Adresse hat, die mit der Ortung übereinstimmt.

„Wir zu zweit werden sie nicht befreien können“, kritzelt Sten auf das Papier.

„Aber wir können dann sicher sein, dass sie dort ist.“ Ella wird langsam wütend und Sten lenkt endlich ein. Er nickt ihr zu und kurz darauf verlassen sie gemeinsam die Wohnung. Diesmal spielen sie ihm nichts vor. Sie gehen ohne ein Wort und er kann sich denken, was er will. Sollte er es überhaupt mitbekommen.

Im Auto gibt Sten die Adresse in das Navi ein und lässt es suchen. Ella zappelt neben ihm aufgeregt herum und kann es nicht erwarten, dass es endlich losgeht. Vielleicht kann sie doch schon heute Sunny wieder in die Arme schließen.

„Es wird bereits dunkel“, sagt Sten leise und hofft insgeheim, nicht fahren zu müssen.

„Das ist doch gerade gut. Da können wir unbemerkt vielleicht bis an das Haus herankommen“, entgegnet Ella und sieht Sten böse an.

Sie will jetzt dort hin und wenn er nicht fährt, dann sie eben allein. Die Adresse ist im Navi und so würde sie es auch ohne seine Hilfe finden.

„Schon gut“, murmelt Sten und startet endlich das Auto.

Schnell lassen sie die Stadt hinter sich und kommen immer weiter aufs Land. Das Navi führt sie durch einige Dörfer und der Abstand der Häuser wird stetig größer, bis man fast an keinen mehr vorbeikommt, weil sie mitten auf dem Feld stehen, oder am Rande eines Waldes.

„Sind wir hier richtig?“, fragt Ella nun doch etwas ängstlich.

„Laut Navi ja“, erhält sie eine kurze Antwort, denn Sten konzentriert sich voll und ganz auf die enge Straße. Es wird immer dunkler und sie sehen nur ab und zu ein paar Lichter, die an ihnen vorbeisausen.

Er wird langsamer, denn das Navi will, das sie abbiegen. Gleichzeitig verkündet es, am Ziel angekommen zu sein. Sten fährt eine Auffahrt hinauf und bleibt dann abrupt stehen.

„Was? Willst du nicht weiter?“ Ella sucht in der Dunkelheit irgendeinen Hinweis auf ein Haus.

„Den Rest laufen wir“, antwortet er und macht den Motor aus.

„Hier ist nichts“, protestiert Ella.

„Doch. Hinter den Bäumen habe ich Licht gesehen. Wenn wir weiter fahren, sieht er uns vielleicht kommen“, erklärt Sten und steigt aus. Leise drückt er die Tür zu und Ella macht es ihm gleich. Sie weiß zwar nicht warum, weil sie nichts entdecken kann und auch niemanden, der sie hören könnte. Aber sicher können sie sich nicht sein. So wie er alles seit Tagen beobachtet und belauscht, kann er auch hier Fallen aufgestellt haben. Vielleicht wartet er schon auf sie, weil er mitbekommen hat, dass Sten ihn ebenso gehakt hat.

Ella huscht um das Auto und hakt sich bei Sten ein. Augenblicklich beschleicht sie doch Angst. Es ist inzwischen fast stockdunkel und der Weg ist nur schemenhaft zu erkennen.

„Ab jetzt kein Wort mehr“, flüstert Sten und Ella schluckt alles hinunter, was sie noch sagen wollte.

Zusammen schleichen sie den Weg entlang und kommen den Lichtern in der Ferne immer näher. Sten zieht Ella hinter sich her und sie wagt es nicht, woanders hinzugehen. Er folgt den Bäumen, die wie ein Kreis das Gehöft einrahmen.

Ella zieht an ihrer dünnen Jacke, aber sie schützt einfach nicht vor der Kälte. Sie hat es unterschätzt oder sich fast gar keine Gedanken darüber gemacht, weil es am Tag ziemlich warm war. Es ist jedoch sternenklar und in der Nacht wird es deswegen sehr kühl. Außerdem legt sich Tau auf das Gras, durch das sie schleichen und es kriecht schon an ihrer Jeans hinauf, wodurch sie noch mehr fröstelt. Aber sie lässt sich davon nicht ablenken und folgt Sten, der hoffentlich weiß, was er macht.

Vor ihnen erscheint eine große Scheune und gegenüber ist ein bäuerliches Wohnhaus. Darin brennt Licht und Ella will, dass sie hinübergehen. Sten hält allerdings dagegen, denn er spürt, dass hier irgendetwas nicht stimmt.

Sie kommen gerade an der Scheune an, als sie einen Lichtschein erkennen. Er bewegt sich und Sten ist sofort klar, dass hier jemand mit einer Taschenlampe unterwegs ist. Er zieht Ella in die Scheune, dessen Tor weit aufsteht und drückt sie unsanft an die Bretter.

„Da kommt einer", erklärt er Ella kurz und so leise, dass er es sicherlich nicht gehört hat.

Ella beginnt zu zittern, jetzt vor Angst und nicht der Kälte, die sie schon längst eingenommen hat, denn sie sind anscheinend in Gefahr. Aber was sollte er abends in der Scheune machen wollen? Sie hoffen beide, dass er in das Haus geht und sie nicht bemerkt hat.

Sten lunscht um die Ecke und sieht zufrieden, wie sich das Licht zu dem Wohnhaus richtet. Er erkennt eine große kräftige Gestalt und kann sich nur wünschen, dass er sich in das Haus verzieht. Mit dem will er nichts zu tun haben. Er selber ist eher schmächtig und würde wohl jeden Versuch, sich ihm gegenüber zu wehren, verlieren. Auf der Computerebene ist er ihm garantiert überlegen, aber hier und jetzt und ohne Waffen, traut sich Sten eine Konfrontation mit so einem Kraftpaket nicht zu. Ella steht ganz still neben ihm und ahnt nicht, was Sten gerade durch den Kopf geht.

„Ist er weg", haucht sie ihm noch leiser zu, aber Sten schüttelt nur mit dem Kopf.

Sten sieht, dass dem Kerl ein ebenso großer Hund folgt. Bei dessen Anblick wird ihm noch schlechter. Außerdem hat er eine Waffe, gegen die sie garantiert nicht ankommen. Gerade als Chris die Tür öffnet, schaut der Hund in Richtung der Scheune und beginnt zu bellen.

„Scheiße", ist das Einzige, was jetzt Sten entfährt und er drückt Ella noch mehr gegen die Wand. Er selbst steht nun auch ganz drinnen und sie können nur hoffen, dass der Hund nicht zu ihnen kommt. Und am Ende den Kerl auf sie aufmerksam macht. Raus und fliehen ist sinnlos, denn dann müssten sie über den Hof und wären sofort in seiner Schusslinie. Automatisch halten beide die Luft an, als würde das verhindern, entdeckt zu werden.

„Baxter, wo willst du denn jetzt noch hin? Komm her", ruft Chris und Ella gefriert bei der Stimme das Blut in den Adern. Sie ist so kernig und sprüht vor Kraft, dass sie ihn nicht einmal zu sehen braucht, um eingestehen zu müssen, dass sie gegen ihn niemals bestehen könnten.

Aber im gleichen Moment bleibt ihr Herz stehen. Vor ihnen steht ein Hund, so ein Großen haben sie noch nicht zu Gesicht bekommen. Sie können nicht sagen, was es ist. Ein Schäferhund? Oder eher ein Wolf? Oder beides? Ein Beschützer oder eine Kampfmaschine?

Beide sind wie zur Salzsäule erstarrt und beobachten den Hund, der ihnen immer näher kommt.

Sten kann nicht verstehen, warum er nicht mehr bellt, ist aber glücklich darüber, denn dann folgt der Kerl ihm vielleicht nicht hier her.

Baxter geht direkt auf Ella zu, die keinen Millimeter zurückweichen kann und er schnuppert an ihrer Hose.

Ella schaut zu ihm hinunter und weiß nicht, was sie davon halten soll. Er könnte jeden Augenblick zubeißen und sie bereitet sich innerlich schon auf die Schmerzen vor. Er macht jedoch etwas ganz anderes. Seine nasse kalte Schnauze stupst an Ellas Hand und es macht den Anschein, er würde sie auffordern, ihn zu streicheln. Ella kann sich aber nicht dazu durchringen und das scheint Baxter zu spüren. Er setzt sich vor den beiden hin und schaut sie mit schräg haltendem Kopf an. Er will sie nicht verraten, ansonsten hätte er schon längst gebellt. Ganz im Gegenteil, Ella kommt es vor, als würde er ihr signalisieren, dass er sie kennt. Aber das kann nicht sein. Es macht sich etwas anderes in ihren Kopf breit. Er hat an ihr geschnuppert. Vielleicht hat er einen Geruch wahrgenommen, den er kennt? Sunnys Geruch! Ja, sie benutzen das gleiche Parfüm und ihre Sachen liegen auch manchmal zusammen in der Wohnung herum. Außerdem hat er ja ihre Sachen in seinem gesamten Haus verteilt. Er riecht Sunny, aber warum reagiert er dann nicht? Sein Herrchen hält sie gefangen und er müsste sie doch ebenso als Opfer sehen. Oder ist da etwas anderes? Ist Sunny schon ein Teil von ihnen und er sieht jetzt Ella auch als Familienmitglied? Das kann sie jedoch nicht glauben. Sie würde das nicht tun. Nein, sie darf sie nicht verlassen. Sie liebt Sunny und will sie wieder haben.

Ellas Herz beginnt zu rasen, nicht vor Angst, nein, vor Wut nichts unternehmen zu können. Sie will Sten gerade klar machen, dass sie genau jetzt in das Haus möchte, aber da kommt ihr Chris zuvor.

„Baxter, wo bist du. Komm jetzt her", brüllt er und es scheint, dass die Stimme diesmal näher ist. Ist er etwa auf den Weg hier her? Hier in die Scheune?

Baxter dreht sich zu der anderen Tür, wo er hereingekommen ist und dann wieder zu Ella. Er weiß wohl nicht, was er machen soll.

Ella schaut an sich hinunter und entdeckt einen komplett zerfledderten Ball neben ihren Füßen liegen. Sie muss sich nur ein wenig drehen und deshalb löst sie sich aus der Umklammerung von Sten. Der will sie eher noch fester halten, bemerkt aber zugleich, was sie vorhat. Sie schiebt mit dem Fuß den Ball in Baxters Richtung und er schaut sie wieder nur schief an.

„Nimm ihn und geh. Wir holen Sunny morgen", sagt sie zu dem Hund, der kurz schnauft und dann den Ball ins Maul nimmt. Mit ihm verschwindet er nach draußen und wahrscheinlich gerade noch rechtzeitig, denn in der Tür war schon der Schatten von dem Kerl zu erkennen.

Baxter saust an ihm vorbei und lenkt ihn dadurch von der Scheune und den beiden, die sich wieder zitternd gegen die Holzwand gedrückt haben, ab.

„Na, da hast du ihn ja endlich wiedergefunden", lacht Chris und Ella sieht Sten verdutzt an. Der kann ja auch fröhlich und herzlich? Vielleicht ist er gar nicht so schlimm, wie sie sich das vorgestellt haben.

„Komm mein Guter, wir spielen morgen damit. Heute ist es zu spät. Los rein mit dir". Jedes Wort entfernt sich weiter von Ella und Sten, was sie mitbekommen und somit ihre Anspannung sinken lässt.

Baxter bellt noch einige Male und dann hören sie die Haustür ins Schloss fallen. Fast im selben Moment späht Sten um die Ecke und nickt Ella zu. Der Kerl ist in seinem Haus verschwunden und hat den Hund mitgenommen.

Erleichtert treten sie ins Freie und nähern sich langsam dem Gebäude. Ella will unbedingt durch ein Fenster schauen. Vielleicht sieht sie sogar Sunny. Aber so ist es nicht. Was Ella da erkennt, bringt sie noch mehr durcheinander.

Er sitzt allein an einem Tisch und belegt gerade mehrere Brötchen mit Wurst. Diese stapelt er auf einen Teller und dann beißt er genüsslich selbst in eines. Baxter liegt neben ihm und scheint eingeschlafen zu sein.

Gefährlich? Was, wenn sie da reingehen würden, könnten sie ihn überwältigen?

„Nein, denk gar nicht erst daran", flüstert Sten Ella ins Ohr, der anscheinend ihre Gedanken gelesen hat. Er hat etwas gesehen, was ihn davon abhält. Und jetzt dreht er Ellas Kopf so, dass sie es auch sieht. Auf der Sitzbank liegt ein Gewehr und Ella wird klar, dass sie hier und heute nichts weiter tun können. Sie müssen bewaffnete Polizisten dabei haben, die ihn möglicherweise zurückhalten können.

Ella atmet tief durch und dreht sich zu Sten um. Sie schauen sich an und beide sind sich einig, dass sie gehen sollten. Erst kurz vor dem Auto lässt Sten Ella los und sie setzt sich erschöpft, aber auch sicher zu wissen, wo Sunny ist, in den Wagen.

„Hast du die vielen Brötchen gesehen?", fragt Ella auf einmal und Sten kann ihr gar nicht gleich folgen.

„Sunny ist dort, aber sie isst nicht mit ihm zusammen. Wer weiß, wo er sie festhält, verhungern lässt er sie jedoch nicht", stellt Sten sicher fest und Ella nickt ihm nur zu.

„Der Hund könnte auf unserer Seite sein", kommt leise und nachdenklich von ihr.

„Hast du dir den mal richtig angesehen? Wie willst du ihn für dich arbeiten lassen?", schüttelt er mit dem Kopf.

„Er hat uns nicht verraten. Er weiß, dass ich zu Sunny gehöre", antwortet Ella überzeugt.

„Okay, wenn er sie schon gefressen hat, freut er sich wahrscheinlich jetzt auf dich", lacht Sten und Ella kufft ihn in die Seite.

Nach kurzer Ruhe beginnen beide zu lachen, denn sie sind Sunny einen großen Schritt näher gekommen. Und er macht ihr etwas zu essen, also lebt sie noch. Morgen werden sie sie da herausholen. Mit mehreren Männern, die Marcel angeblich mitbringen will, können sie es mit diesem Kerl aufnehmen. Außerdem sind sie froh, nicht von dem Hund gefressen worden zu sein oder verraten. Vielleicht kann er ihnen wirklich helfen. Das wird sich morgen zeigen.

Mit der Gewissheit, dass Sunny lebt, fahren sie still durch die dunkle Nacht zurück in die Stadt.

Ruhig schlafen kann Ella trotzdem nicht. Sie stellt sich in allen Varianten vor, wie sie morgen Sunny befreien und am Ende steht stets der Kerl mit dem Gewehr vor ihnen. Und der Hund? Wie der in die ganze Sache hineinpasst, kann sie nicht nachvollziehen. Genauso wenig ist sie sich sicher, dass er ihr oder Sunny helfen wird.

Es könnte alles schiefgehen und das ist Ella durchaus klar.

Jedoch überwiegen die schönen Gedanken an Sunny und wie sie sie wieder in die Arme nehmen kann und darüber schläft sie dann doch ein. Die an einen Alptraum hat sie beiseitegeschoben und macht stattdessen Platz für Sunny.

Sunny

Sunny liegt auf ihrem Bett und schreibt wie eine Besessene all ihre Gefühle und das, was sie in den letzten Stunden erlebt hat, auf. Jetzt ist sie so weit, dass sie jede Einzelheit auf das Papier bringt. Natürlich mit einem Hintergedanken, falls sie sterben sollte und dies irgendeiner in die Hand bekommt, können sie Chris für all das verurteilen. Er muss büßen und hoffentlich für eine lange Zeit.

Sitzen kann sie nicht, denn ihr Po hat furchtbare Striemen, die wohl Wochen brauchen, um abzuheilen. Aber sie fühlt sich wieder, wie ein Mensch. Sie hat all diese Scheußlichkeiten von ihrer Haut gewaschen, ohne auf die Schmerzen zu achten und dann fast zehn Minuten Zähne geputzt. Jeder kleinste Gedanke daran, was er ihr angetan hat, lässt sie vor Ekel schütteln und die Schmerzen in ihrem Unterleib aufflammen.

Noch einen Tag. Morgen kommt Ella und holt sie hier raus.

Wie kann sie nur so sicher sein? Sie weiß es nicht. Vielleicht lebt sie auch nur noch durch diese Hoffnung.

Aber was, wenn er sie beide umbringt? Dann sind sie eben woanders vereint. Nur bei ihm will Sunny nicht bleiben. Niemals!

Während sie in ihren Gedanken schwelgt, bringt ihr Chris etwas zu essen. Sie sieht nicht einmal auf, sie will ihn einfach nicht sehen. Er bleibt einen Moment stehen und hat auch Worte auf der Zunge, geht jedoch wieder, ohne etwas gesagt zu haben.

Was denn auch? Er weiß genau, wie weh er ihr getan hat. Ihre Liebe wird er nie erlangen. Das Spiel ist vorbei. Ella wird sie aber auch nicht bekommen. Sunnys Liebe wird zusammen mit ihr sterben. Sie hat es selbst so entschieden. Es schmerzt ihm im Herzen, er muss sich jedoch an seinen Plan halten. In ihm war nie vorgesehen, dass sie sich in ihn verliebt, oder er in sie. Er ist von seinem Plan abgewichen.

Genau das wollte er immer verhindern. Er muss es wieder in Ordnung bringen. Das wird morgen passieren. Da richtet er alles wieder zurecht. Er wird die Lesben bestrafen. Sie haben kein Recht zu leben. Er hasst sie und wird sie vernichten.

Wütend über sich selbst und seine Gedanken, die immer wieder abdriften, schlägt er mit der Faust auf seinen Werktisch.

Im Augenwinkel sieht er, wie Baxter aus Angst seinen Schwanz einzieht und verschwindet. Er ist ihm wohl auch keine Hilfe. Morgen muss er aber seinen Teil erledigen. Baxter gegen Sunny und er gegen Ella. Das Finale des Spieles und schon wieder freut er sich darauf.

Schnell räumt er seine Werkbank auf und legt das zurecht, was er morgen braucht.

Die Schere, um Sunny das letzte Mal die Dessous von ihrem Körper zu schneiden. Wenn sie es anhat. Notfalls zieht er es ihr an, das hat er ja schon einmal gemacht. Dann der Mundknebel, den sie am ersten Tag getragen hat und er sich daran gar nicht sattsehen konnte, um ihr den Mund zu verschließen, damit sie ihr Versteck nicht verraten kann. Es ist auch besser so, er will nichts mehr von ihr hören. Sie hat genug Zeit gehabt zu reden, vor allen sich zu entscheiden. Das Messer. Er nimmt es und dreht es in seiner Hand. Es blitzt im Neonlicht, das den ganzen Tag über angeschaltet ist, weil der Keller kein Fenster hat. Mit einem Lappen putzt er die Klinge, bis er sich selbst darin sehen kann. Er schaut in seine stahlblauen Augen und kann nicht begreifen, wie sie diese Frau nicht beeindrucken konnten. Er selbst könnte sich in sie verlieben. Hat er das nicht? Macht er das nicht alles, weil er in sich selbst verliebt ist? Nein, seine Mutter ist an allen schuld. Sie hat ihn zu dem gemacht, was er heute ist. Er ist ein Einzelgänger, ja vielleicht auch ein Egoist, aber Manns genug das zu tun, was er sich vorgenommen hat. Liebe hin oder her, der Hass ist stärker.

Er legt das Messer weg, denn er will nicht an seine Mutter denken. Wenn er das zulässt, dann könnte es passieren, dass Sunny noch heute sterben würde. Das will er nicht. Er hält sich an den Plan. Zumindest die letzten Stunden. Und bis dahin wird er sich selbst schlafen legen. Er muss morgen fit sein, nicht nur, um Sunny das letzte Mal zu zeigen, was er für ein Mann ist, nein auch dafür, Ella zu überlisten und ebenfalls ihr ein Ende zu setzen. Er vermutet, dass Sten mitkommt, und so muss er beide zur Strecke bringen. Mit Baxter kann er nicht rechnen, er soll sich ja um Sunny kümmern.

Mit einer gewissen Vorfreude löscht er das Licht und geht nach oben. Er legt sich in sein Bett und Sunnys Geruch steigt ihm in die Nase. Er liegt in ihrer Bettwäsche und es ist beruhigend. Was hätte er dafür gegeben, dass sie mit ihm hier zusammen schläft. Aber sie will nicht. Irgendwie befällt ihn ein komisches Gefühl. Will er Sunny wirklich aufgeben? Er muss es wohl, denn er hat ihr zu viel angetan. Sie würde ihn das nie verzeihen. Nun liegt er hier, mit einem lachenden und einem weinenden Auge, und seine Gedanken kreisen ständig um Sunny. Er sieht sie vor sich, den wundervollen Körper, die zarte Haut, ihre vollen Lippen sowie ihre schönen Augen. Mit ihr in seinem Kopf und dem aufkommenden Gefühl, sie jetzt schon zu vermissen, schläft er ein.

Ella + Sunny

Ella schreckt durch einen Knall auf. Mit aufgerissenen Augen liegt sie starr im Bett und lauscht in die Stille, die sie gleich darauf wieder umgeben hat. Was war das denn? Langsam stützt sie sich auf ihre Ellenbogen und schaut sich um.

Hat Sten das etwa nicht gehört? Wo ist er?

Die Antwort findet sie neben sich. Da liegt ein Zettel, auf dem er ihr erklärt, noch einmal ins Büro zu müssen, aber pünktlich heute Mittag wieder da sein wird. Es war die Tür, die er zu laut hinter sich geschlossen hat.

Lässt er sie jetzt wirklich allein? Wie soll sie die Stunden überstehen? Wie kann sie sich nur ablenken?

Zunächst steht sie auf, duscht ausgiebig und zieht sich an. Sie macht sich einen Kaffee und ein Brötchen ist auch schon im Backofen. Sie hat zwar keinen Hunger, aber sie weiß nicht, wenn sie die nächste Möglichkeit bekommt, etwas zu essen. Sowie Marcel kommt, geht es los und da will sie dann auch nicht eine Minute versäumen.

Ella schaltet das Radio an, weil die Stille sie zu erdrücken droht und schlürft an dem heißen Kaffee. Ihre Gedanken schwirren zu dem Hof, wo sie gestern schon waren, dabei merkt sie nicht einmal, dass sie sich die Zunge verbrennt.

Sunny ist dort und sie wird auf sie warten. Aber wann ist das Ultimatum eigentlich genau abgelaufen? Plötzlich breitet sich wieder Angst in Ella aus.

Was, wenn der Entführer meint, dass es schon heute früh zu Ende ist? Niemand kann ihr sagen, dass er bis zum Nachmittag auf sie wartet. Und, wenn sie zu spät kommen? Ella springt auf und rennt vor die Tür. Sie wählt die Nummer von Sten, aber er geht nicht ran. Wo ist er denn? Warum hört er das Klingeln nicht? Ist er etwa mit Marcel allein gefahren, um sie am Ende zu schützen? Sie probiert es nochmal, Sten ist jedoch nicht erreichbar. Ella geht zurück in ihre Wohnung und zieht eine dünne Jacke über.

Sie nimmt ihre Tasche und läuft wieder nach draußen. Fast schon in Panik rennt sie zu ihrem Auto, als ihr Handy klingelt.

„Ella, was ist los? Ich konnte leider vorhin nicht ran gehen", entschuldigt sich Sten.

„Ich dachte, ihr seid ohne mich gefahren", entgegnet sie ihm ihre Vermutung.

„So ein Blödsinn. Wir fahren heute Mittag zusammen", kommt von Sten. „Ich bin in einer Stunde wieder da und bringe auch etwas Leckeres mit", will er sie beruhigen.

„Okay, ich warte dann auf dich", antwortet Ella und macht sich ran wieder auszusteigen.

Aber sie bleibt sitzen und legt das Handy in die Tasche. Sten hat gar nicht gefragt, wieso sie den Anruf entgegengenommen hat. Sie ist außerhalb ihrer Wohnung und ihm hat es nicht interessiert? Wollte er sie nur ablenken? Vielleicht sind sie doch schon dort und haben sie nicht mitgenommen. Marcel ist durchaus klar, was der Entführer immer mit der zweiten Frau macht. Und sie selbst hat es auf einem der Bilder gesehen. Augenblicklich sieht sie das viele Blut wieder vor sich und ihr ganzer Körper bebt vor Angst.

Ella weiß nicht, was sie denken soll, und fasst einen Entschluss. Sie fährt jetzt da hin und wenn Sten nicht dort ist, befreit sie eben Sunny allein. In einer Stunde wird er spätestens merken, dass sie weg ist, und dann kommen sie ihr auf alle Fälle hinterher. Was kann ihr schon in der einen Stunde passieren? Sterben? Sie weiß, dass sie sich in Gefahr bringt, aber was ist denn mit Sunny? Sie ist ihm seit zehn Tage ausgeliefert und das muss jetzt beendet werden. Fest entschlossen, das Richtige zu tun, gibt sie Gas.

Sie hat den Weg noch ziemlich gut im Kopf und findet den Hof wirklich, ohne sich zu verfahren.

Sunny sitzt plötzlich kerzengerade im Bett. Sie hat etwas geträumt, aber sie kann sich nicht mehr daran erinnern. Gleichzeitig fällt sie wieder zur Seite, denn ihr

Körper zwingt sie dazu. Sie kann nicht sitzen und jedes Mal, wenn sie sich in der Nacht auf den Rücken gedreht hat, ist sie aufgewacht. Vor Schmerzen! Was hat er ihr nur angetan? Und da will er, dass sie sich für ihn entscheidet? Nein, niemals.

Sie steht auf und versucht, die schmerzenden Wunden mit dem warmen Wasser der Dusche zu lindern. Das klappt nur mäßig und so trocknet sie sich ab und verbindet die Schnitte in ihrer Haut an den Armen, Beinen und Dekolletee. Sie würde auch gern ihren Rücken eincremen, aber da kommt sie ja nicht hin. Das muss so bleiben und egal, wie stark ihre Schmerzen sind, er macht sowieso mit ihr, was er will. Er verschwendet wahrscheinlich nicht den kleinsten Gedanken daran, wie sehr sie leidet. Deshalb weiß sie auch, dass sie eigentlich gar nichts zu machen braucht, weil er sie heute entweder frei lässt oder umbringt. Wie erstarrt bleibt Sunny mitten im Raum stehen und ihr laufen die Tränen über das Gesicht. Was, wenn er sie wirklich tötet? Was wird dann aus Ella? Bringt er sie auch um? Vielleicht wird sie wenigstens gerettet, aber das scheint wohl nur ein Wunschtraum zu sein.

Sie sieht das Frühstück, was keine Wünsche übrig lässt, sie weiß jedoch nicht, warum sie es essen sollte. Henkersmahlzeit? Sie entscheidet sich dagegen und steht nun vor dem Schrank. Soll sie das Letzte anziehen? Eigentlich müssten ja noch zwei im Schrank hängen. Hat er eines verschwinden lassen? Er muss hier gewesen sein, als sie unter der Dusche war. Auch das Frühstück war vorher nicht da. Hat er sie beobachtet? Ihr beim Duschen zugesehen? Sunny schüttelt es, aber was soll es, er kennt ihren ganzen Körper. Er hat ihn erkundet, mit Augen und Händen, und seine Zunge war fast überall auf ihrer Haut. Schon wieder kommen die ekligen, aber auch die schönen Gedanken und Gefühle auf. Einerseits schüttelt es sie vor Ekel, anderseits kann sie die gigantischen Orgasmen nicht vergessen. Jedoch hat sie sich entschieden und ihre

Quittung dafür auch schon bekommen, es ist trotzdem noch nicht zu Ende.

Sie nimmt den wenigen Stoff aus dem Schrank und wirft es auf das Bett. Am liebsten würde sie sich heute auch wehren es anzuziehen, aber was stellt er dann mit ihr an? Schlimmer als gestern kann es bald nicht werden, es sei denn, er bringt sie um.

Sunny ringt sich durch und streift sich das winzige Stück Stoff über. Zum Glück ist es ein Tanga und so kann nichts an ihrem Hintern weh tun. Das Oberteil ist ein kleiner BH. Er bedeckt wirklich nur das Notwendigste. Zudem ist es in Rot und sie denkt sofort an Blut. Hat er die Farbe mutwillig ausgesucht? Ja klar, was denn sonst. Bei ihm scheint nichts zufällig zu sein, außer sie durchkreuzt seinen Plan. Sollte sie? Nein!

Langsam beginnt ihr Körper zu zittern, weil sie tief innen drin Angst hat, heute wirklich sterben zu müssen.

Chris wirbelt durch seine Zimmer und richtet alles dafür her, wenn Ella tatsächlich kommen sollte. Es breitet sich eine Vorfreude in ihm aus, zwei Lesben mit einem Schlag zu erledigen. Diesmal ist jedoch alles anders. Heute hat er beide hier bei sich. Aber was, wenn sie nicht kommt? Dann muss er zu ihr. Oder sollte er abwarten, ob Ella wirklich erscheint? Sollte sie das nicht, könnte er Sunny noch am Leben lassen. Seine Gedanken spielen ihm schon wieder etwas vor.

„Nein", schreit er in den Raum hinein. „Ich halte mich an meinen Plan", flüstert er hingegen diese Worte.

Für ihn ist entschieden, dass Sunny nicht bei ihm bleiben wird und das Leben mit ihm teilen würde. Er ist sich nur noch nicht ganz im Klaren, ob er es ertragen kann, zu sehen wie sie stirbt. Sie hat in seinem Herzen etwas ausgelöst, was nicht zum Plan gehört und ihm fällt es schwer, dagegen anzukämpfen.

Jetzt wird er erst einmal seinem Plan folgen und er muss abwarten, was sich heute noch ergibt. Er geht in den

Keller hinunter, schließt die Kellerluke und schaut, ob alles an seiner Stelle liegt, wie er es gestern Abend vorbereitet hat. Er lächelt, wer sollte denn auch hier unten etwas verändern. Es ist jedes Detail genauso, wie es geplant hat, und so geht er zuerst Baxter holen und dann Sunny.

Sie verharrt mit dem Rücken zur Tür und die Zeit ist ihr, wie eine Ewigkeit vorgekommen. Erst als er ganz nah hinter ihr steht und sie seinen Atem spürt, verlässt sie die Starre, in der sie gefangen ist.

„Du siehst heute sehr sexy aus", raunt er ihr zu und sie schließt die Augen, um sein Grinsen nicht sehen zu müssen, es reicht, wenn sie seine abscheuliche Freude in der Stimme hört.

„Und hilft mir das irgendwie?", fragt sie sehr leise und schluckt, weil sie sich wirklich getraut hat, den Mund aufzumachen.

„Nein, ich glaube nicht", antwortet er kalt, greift nach ihrem Arm und führt sie in den Keller, wo er sie sofort anbindet.

Irgendwie hat er Angst, dass sie sich in letzter Sekunde wehren könnte, in der Hoffnung, Ella wäre vielleicht schon da. Aber sie tut nichts dergleichen, als hätte sie sich ihrem Schicksal ergeben.

Nur einen Moment später steht sie wieder an der Säule, gefesselt. Rechts und links die Hände an den Querbalken, die Füße so, dass ihre Beine gespreizt sind und den Hals mit dem breiten Band befestigt. Es scheuert wieder an ihrem Rücken, aber sie nimmt die Wunden dieses Mal kaum wahr, denn ihre Angst vor dem, was jetzt kommt, ist viel größer.

Als alle Bänder und Schlaufen angebracht sind und Sunny sich nicht mehr bewegen kann, wendet er sich von ihr ab. Er zieht sein T-Shirt aus und präsentiert ihr seinen gut gebauten Body. Will er sie damit ärgern? Oder sie doch noch umstimmen? Fühlt er sich so sexy? Ja, das tut er und er kann nicht verstehen, wie sie sich davon nicht beeindrucken lassen hat. Wie konnte sie ihn nur ablehnen?

Aber es war ja auch nicht sein Plan, nur seine Fantasie und der geheime Gedanke, der sich unbeabsichtigt eingeschlichen hat.

Er greift nach dem Ball und will dem jetzt und heute ein Ende setzen. Ehe sie genau sieht, was er in den Händen hält, hat Sunny ihn schon zwischen den Zähnen und kann keinen Laut mehr von sich geben. Das einzig Gute an dem Ding ist, dass er ihr nicht seinen Schwanz in den Rachen schieben kann. Aber auch das würde sie wohl überstehen, denn das Schlimmste kommt ja noch.

Seine Finger streichen über ihre vollen Lippen, die den Ball umschließen. Ein Blitzen in seinen Augen zeigt ihr, dass er sich schon wieder an ihrem Anblick aufgeilt. Sie schließt die Augen und wünscht sich, dass es schnell gehen soll und er seine Finger von ihr wegnimmt. Aber diesen Gefallen tut er ihr nicht.

Seine Lippen küssen begierig ihren Hals und die Hände wandern zu ihren Brüsten. Er zieht den BH runter und dann spielen seine Finger mit den Brustwarzen. Sunny durchfährt ein wohliges Gefühl, was sie unbedingt zu verdrängen versucht. Es scheitert jedoch, als eine seiner Hände weiter nach unten rutscht. Sie will das Becken wegschieben, aber der Schmerz, der durch sie hindurch rast, lässt sie innehalten.

Sie muss es zulassen, denn das tut wenigstens nicht so weh, wie ihr geschundener Hintern.

Chris vergisst die Zeit und dazu, was er eigentlich vorhatte. Aber jetzt will er sie ein letztes Mal. Sie beginnt unter seinen Händen zu zittern und er nimmt es als Zeichen, dass es ihr gefällt. Kurz lässt er von ihr ab und holt die Schere. Damit schneidet er den Tanga durch, der zu Boden fällt. Ihm eröffnet sich ein wunderschöner Anblick und er kann sich kaum noch beherrschen. Seine Finger tauchen in Sunnys Schoß ein und er will auch ihr ein letztes Mal eine Freude machen. Ob sie das jedoch so sieht, ist ihm völlig egal. Für ihn ist es ein absoluter Schub und schmeichelt seinem Ego und das reicht ihm anscheinend.

Sunny kann kaum noch atmen mit dem Ball im Mund und kämpft deswegen nicht gegen sein Tun. Sie will, dass es einfach vorbei ist.

Aber so weit kommt es nicht. Chris hält plötzlich inne. Er schaut nach oben und hört die leisen Schritte. Jede einzelne Diele, die unter den Füßen, der da über ihnen laufenden Person knarrt, erkennt er an seinem Geräusch. Er weiß ganz genau, wo derjenige gerade ist. Sunny lauscht ebenfalls und ist ihrer Rettung einen kleinen Schritt näher. Baxter spitzt die Ohren und will bellen, aber Chris winkt nur kurz mit einer Hand und so schnaubt er nur. Er beobachtet schon die ganze Zeit genau, was er mit Sunny macht, eingegriffen hat er jedoch bis jetzt nicht.

Chris ist sich indessen sicher, dass derjenige die Luke zu ihnen nach unten nicht findet und so bleiben ihm noch einige Minuten um zu reagieren.

Er lässt von Sunny ab und greift abermals zur Schere. Mit ihr schneidet er nun all die Verbände, die sie sich angelegt hat, ab.

„Da kommt jemand viel zu zeitig", schimpft er währenddessen. „Er hat mir den letzten Spaß mit dir verdorben. Das wird demjenigen leidtun", flucht er leise weiter und Sunny versucht vergeblich, ein paar Laute von sich zu geben. Baxter ist ihr keine Hilfe, zumindest noch nicht. Für den da oben erst recht nicht, denn er hat vor Chris anscheinend auch Angst.

Sie weiß nicht, wer da über ihnen herumläuft, aber es ist ihre Chance gerettet zu werden, wobei dieser in größter Gefahr ist. Sie kann nur hoffen, dass derjenige bewaffnet ist. Vielleicht ist Chris schneller und am Ende sind zwei tot. Ruckartig schüttelt sie den Kopf, um die Gedanken zu verscheuchen.

Jetzt beobachtet sie Chris und wartet auf seinen nächsten und wohl letzten Schritt.

Chris legt die Schere weg und greift nach dem Messer. Mit dem steht er vor Sunny und wischt ihr die Tränen weg, die sich nun doch auf den Weg über ihre Wangen gemacht haben.

„Nicht weinen. Es ist schnell vorbei. Das verspreche ich dir", flüstert er und Sunny springt vor Angst fast das Herz aus der Brust.

Die Klinge blitzt im Neonlicht und je näher sie Sunnys Haut kommt, umso nervöser wird Baxter. Sie sieht im Augenwinkel, wie er auf den Pfoten hin und her schaukelt und er sogar leicht die Zähne zeigt. Knurren tut er nicht, denn er weiß, dass er Chris nicht stören darf. Seine Augen fixieren ihn und Sunny und sie ist sich sicher, dass er dazwischen gehen würde, wenn er versucht sie umzubringen. Aber das wird er nicht, weil das wohl Baxters Part in diesem Spiel sein wird. Einem abscheulichen und abartigen Spiel!

Er setzt das Messer an und Sunny kann nur still schreien. Er zieht den schon einmal gesetzten Schnitt, der wie eine Halskette um ihren Hals geht, nach. Es ist wieder nicht tief, aber es blutet trotzdem. Langsam lässt er das Messer sinken und seine Zunge fährt über das ausströmende Blut und nimmt es genüsslich in sich auf. Fast zärtlich wandern seine Lippen am Hals entlang. Er schmeckt Sunny und ihr Blut auf seiner Zunge, was alle seine Sinne zu reizen scheint.

Plötzlich hört er wieder ein Poltern von oben und jetzt muss er sich sputen, damit Sunny nicht gefunden wird. Er setzt das Messer erneut an. Diesmal unterhalb der Brust und zieht es nach unten. Zweimal rechts neben den Nabel und zweimal links gleitet es über den zarten Bauch. Kurz vor ihrer Scham enden die Schnitte, und das warme Blut läuft ihren Bauch hinunter und weiter an den Innenseiten ihrer Beine. Wie gern würde er die dadurch entstehenden Narben bis ans Ende seiner Tage küssen und liebkosen. Aber die Entscheidung ist schon lange gefallen. Wenn er Sunny nicht für sich haben kann, dann auch niemand anders. Genau diese Gedanken lässt wieder die Wut in ihm steigen.

Inzwischen ist Baxter aufgestanden und kommt langsam aus seiner Ecke. Seine Ohren sind immer noch gespitzt und er würde gern bellen, aber Chris hat ihm abermals durch Handzeichen klar gemacht, das nicht zu tun. Er gehorcht und Sunny zweifelt plötzlich daran, dass er ihr helfen könnte. Sie hat ein gutes Vertrauen zu ihm aufgebaut, jetzt weiß sie jedoch nicht mehr, ob er doch nur auf sein Herrchen hört. Es wird sich noch zeigen.

Sunnys Atmung wird immer schneller, denn ihr Körper wird von Schmerzen durchflutet. Jede kleinste Bewegung versetzt ihr Stiche, die bis ins Mark gehen.

Chris steht vor ihr und dreht das Messer genüsslich in der Hand. Was hat er jetzt vor? Sunny starrt ihn mit weit aufgerissenen Augen an und von seiner Geilheit ist nichts mehr zu sehen. In seinem Blick kann man nur noch Wut, Mordlust und Besessenheit erkennen. Es ist auch kein Grinsen mehr, was sich auf seinem Gesicht ausgebreitet hat, nein, es ist irgendwie verzerrt und kaum zu beschreiben. Die schönen blauen Augen können ebenso daran nichts ändern. Er ist in einem tiefen und für sie wahrscheinlich tödlichen Rausch gefangen.

Das Messer dreht sich nicht mehr und seine Finger schließen sich wieder fest um den Griff. Dann sticht er zu und Sunny bleibt für einen Moment die Luft weg. Er setzt einen tiefen Schnitt in ihren Oberschenkel. Dieser kann ihr diesmal das Leben kosten und das weiß sie sofort. Er hat ihn nicht vorsichtig gemacht, sondern mit Absicht fast bis auf den Knochen geschnitten.

„Komm her Baxter", ruft er seinen Hund und Baxter kommt tatsächlich.

„Sie gehört jetzt dir. Ich verlasse mich auf dich", redet er weiter, aber Baxter schaut ihn nur an.

Da greift er nach Sunnys Bein, was sie vor Schmerzen fast in Ohnmacht fallen lässt und drückt Baxters Schnauze an die Wunde.

„Beiß zu. Es ist alles für dich", flüstert er und Sunny begreift, was er beabsichtigt. Baxter soll sie umbringen.

Sein Hund soll ihm die dreckige Arbeit abnehmen. Das meinte er damals damit, als er gesagt hat, dass sich jemand anders um sie kümmern wird. Sie hat es ja schon vermutet, aber das er es wirklich so durchzieht, hätte sie dann doch nicht gedacht.

Sie schaut zu Baxter hinunter und dann dringen seine Zähne in ihr Fleisch. Eine Träne läuft aus seinem Auge, als er zu ihr hinauf sieht. Weint Baxter? Kann ein Hund weinen? Tut ihm leid, was er gerade tun soll? Sunny ist verwirrt und weiß in diesem Moment, dass er sie niemals umbringen wird. Aber hilft ihr das noch? Sie verliert eine Menge Blut und sie spürt, wie die letzten Kräfte drohen sie zu verlassen. Baxter macht es jedoch mit Bedacht. Nur so viel, dass Chris beruhigt ist und Sunny nicht zu sehr schmerzt. Ganz im Gegenteil hat es einen anderen Effekt, denn er drückt die Wunde mit seinen Zähnen zusammen und so blutet sie nicht mehr so stark. Ob Baxter wirklich so schlau ist, kann sie nicht sagen, aber Sunny bewegt sich nicht ein Stück und wartet darauf, dass Chris verschwindet.

„Gut so. Und beeile dich", fordert Chris Baxter auf, schmeißt das Messer in die Ecke und geht endlich die Treppe hinauf. Ganz leise schließt er die Luke und Sunny beginnt ihre letzten Sekunden zu zählen. Egal wer da oben ist, ehe derjenige sie findet, hat Baxter sie vielleicht doch schon tot gebissen. Sie verabschiedet innerlich von ihrem Leben, als Baxters Zähne sich von der Wunde entfernen und er erst einmal das Blut von ihrem Bein leckt. Seine kalte Schnauze und ein leises Knurren holt Sunny aus ihrer Angst zurück. Baxter schaut zu ihr hinauf und wedelt aufgeregt mit dem Schwanz. Sie hat sich also nicht in ihm getäuscht.

Will er sie doch nicht töten? Will er ihr sogar helfen? Hat sich ihr Vertrauen zu ihm wirklich gelohnt? Was soll sie aber nun tun? Ihr bleiben auch ohne Baxters Zähne vielleicht nur noch Minuten. Die Wunde blutet jetzt wieder so stark, dass sie immer schwächer wird. Baxter will ihr jedoch helfen und macht ihr das mit Schnüffeln und Anstupsen klar. Aber die Zeit ist gegen sie. Mit dem Knebel im Mund kann sie ja nicht einmal etwas sagen und wie soll sie Baxter dann verstehen. Er ist durchaus sehr schlau und sie sollte ihn nicht unterschätzen, sondern schnellstens einen Weg finden.

Ella schleicht über das Anwesen. Ihr Auto hat sie unten an der Straße zurückgelassen, sie darf sich auf keinen Fall selbst verraten. Sie hält sich stets an Bäume und Hecken, die ihr eine gewisse Deckung geben, bis zum Wohnhaus. Gegenüber sieht sie die Scheune, in der sie sich gestern versteckt haben. Da ist ihnen der große Hund begegnet. Er hätte sie leicht umbringen oder zumindest diesen Kerl ans Messer liefern können, aber es hatte sich ganz anders entwickelt. Schnell schaut sie um sich, kann das Tier jedoch nicht entdecken. Und wenn, dann würde er sie heute bestimmt auch nicht verraten, oder ihr sogar den Weg zu Sunny zeigen. Darauf hoffen, kann sie aber nicht.

Sie drückt sich an die Hauswand und lugt um die Ecke in ein Fenster hinein. Es ist die Küche und sie ist leer. Schnell geht sie vorbei und steht jetzt vor der Haustür. Diese ist zu ihrem Erstaunen ein Stück offen.

Ist das jetzt ein gutes Zeichen oder eher nicht? Ist er vielleicht nicht zu Hause oder nur um die Ecke und wird sie im nächsten Moment entdecken? Vielleicht beobachtet er sie schon. Hat er die Tür absichtlich aufgelassen, um sie hinein zu locken? Sie kann es nicht sagen und sie weiß auch nicht, was sie tun soll. Ihr Körper ist anscheinend mit all dem nicht einverstanden. Ihr Magen rumort, das Herz kommt mit schlagen gar nicht hinterher und ihre Beine würden am liebsten davon rennen. Sie ist nicht so stark wie Sunny, aber sie hat sich dafür entschieden, ihr zu helfen, und deshalb ist sie auch hier.

Sie muss allen Mut zusammennehmen und hineingehen, denn hier zu stehen bringt ihr und Sunny überhaupt nichts. Also tritt sie so leise wie möglich durch die Tür in das Innere des Hauses. Es hat keinen Flur, wie die meisten Häuser und so steht sie mitten in der Küche. Ihr

Blick fällt auf den Tisch, der liebevoll mit allem, was man zu einem Frühstück braucht, gedeckt ist. In beiden Tassen war Kaffee und die Teller wurden ebenso benutzt. Hat Sunny hier gefrühstückt? Gemeinsam mit ihrem Entführer? Lebt sie etwa wirklich mit ihm zusammen? Hat Sunny sie schon vergessen?

Die Fragen überschlagen sich in Ellas Kopf und sie zweifelt an dem, wozu sie eigentlich hier ist. Was, wenn Sunny gar nicht mehr mit ihr mitgehen will? Wenn sie sich für einen Mann entschieden hat? Hat sie das? Ellas Gefühl sagt nein und sie hört darauf. Sie schüttelt den Kopf und schleicht so leise, sie nur kann weiter.

Als Nächstes kommt sie in das Wohnzimmer, wo ihre Augen in Kürze alles versuchen zu erfassen. Sunnys Bilder in der Anbauwand, zwei benutzte Weingläser auf dem Tisch und halb abgebrannte Kerzen. Kerzen von Sunny. Eine Couch auf der die Kissen von ihr liegen. Alles spricht zu Ella und will ihr einreden, das Sunny hier wohnt und wahrscheinlich auch glücklich ist. Sie schaut noch einmal zurück. Die Bilder zeigen nur Sunny. Hat sie Ella schon aus ihrem Leben gelöscht? Weiß sie eigentlich, dass all ihre Sachen hier sind? Und benutzt sie diese auch? Aber warum ist sie dann nicht hier? Sie lässt sich jedoch, von den durcheinanderwirbelten Fragen nicht beirren. Sie kennt Sunny. Auch wenn sie sich gegen sie entschieden hätte, dann auf keinen Fall innerhalb einer Woche. Sie hat schon immer mehr Zeit gebraucht, um sich auf jemanden einzulassen. So schnell baut sie ein vollkommenes Vertrauen zu einem anderen nicht auf. So gut kennt Ella sie und geht deshalb erst einmal weiter. In das Bad schaut sie nur kurz und kann nichts Auffälliges sehen. Zumindest nichts, was so ins Auge sticht, wie zum Beispiel die Kerzen im Wohnzimmer. Als Letztes öffnet sie die Tür zum Schlafzimmer. Das Doppelbett ist mit Sunnys Bettwäsche bezogen und zerwühlt. Der Duft von Sunny steigt ihr in die Nase. Ist er von ihr oder kommt er von den vielen Sachen, die hier sind. Sie kann es nicht sagen und ihre Augen schweifen weiter. Am Schrank hängen Sunnys Kleider. Erst als sie sich umdrehen will, spürt sie etwas Komisches. Jetzt bleibt Ellas Blick ein bisschen länger an den Sachen von Sunny haften. Irgendetwas stimmt hier nicht. Sie schließt die Augen und ruft instinktiv die Bilder des Videos ab. Da hingen die Stücke genauso am Schrank. Jedes Einzelne hängt heute noch so da und wurde nicht bewegt, geschweige denn getragen.

Welche Frau berührt oder zieht ihre Kleider nicht an, die sie schon an den Schrank gehangen hat? Ella macht einen Schritt zurück, denn ihr wird plötzlich klar, dass die gesamte Wohnung nur gestellt wurde. Hat er sie etwa in eine Falle gelockt? Was soll sie jetzt tun? Wie kann sie hier ungesehen wieder verschwinden? Und wo verdammt ist Sunny? Lebt sie überhaupt noch?

Auf die Fragen bekommt sie keine Antworten, aber es legt sich von hinten eine Hand auf ihren Mund, eine andere packt sie unsanft am Arm und dann wird sie mit einem Ruck hinausgezerrt.

Ella schlägt wild um sich, aber es nützt ihr nichts. Die Füße in der Luft, schwebt sie fast zurück, durch das Wohnzimmer und der Küche ins Freie. Sie ist erstaunt, welche Kräfte dieser Kerl hat, denn sie ist ja nicht mal so ein zierliches Persönchen. Hatte da Sunny überhaupt eine Chance? Mit dieser Frage im Kopf landet sie unsanft mitten auf dem Hof, zwischen Wohnhaus und Scheune.

Blitzschnell ist sie wieder auf den Beinen und kümmert sich weder um ihre Sachen, die schmutzig und an manchen Stellen zerrissen sind, noch um die Schürfwunden, die sie eben erlitten hat. Sie will nur eins, ihn nicht mehr im Rücken haben.

Kaum steht sie, erblicken ihre Augen einen Mann, der aus einer Zeitschrift entsprungen zu sein scheint. Sie scannt ihn unwillkürlich ab. Groß, kräftig, braungebrannt, Waschbrettbauch und zu guter Letzt, stahlblaue Augen. Welche Frau soll da nicht dahinschmelzen? Sie! Ella will nichts von Männern, wollte sie noch nie, aber dieses

Exemplar verschlägt sogar ihr für den ersten Moment die Sprache.

Er scheint vor ihr zu posieren, denn er bemerkt ihre Blicke, die ihm zu verschlingen scheinen.

Hat er Sunny entführt? Hat er sie dazu gebracht, auszuziehen und hier mit ihm zu leben? Nein. Sie wäre dann wohl irgendwo im Haus gewesen. Sie hätte sich bemerkbar gemacht oder ihr irgendwie mitgeteilt, dass sie nicht mehr zurückkommt. Sunny würde sie nie ins offene Messer laufen lassen, auch wenn sie sie verlassen hätte.

Sie stehen sich gegenüber und keiner beginnt zu reden. Beide wissen nicht, was der andere vorhat. Sie kann ihm natürlich nichts anhaben, aber ist sie ohne Hilfe gekommen? Seine Augen machen einen Rundumblick, erkennen kann er jedoch nichts. Sie können sich versteckt haben oder hat sie sich wirklich allein hierhergetraut?

Ella hingegen schätzt ihre Chancen ein, kommt aber zu dem Schluss, gegen ihn nicht kämpfen ist kaum möglich. Außerdem hat er ein Gewehr, was sie erst in diesem Moment sieht und ein mulmiges Gefühl in der Magengegend verursacht. Ihr können nur klug gewählte Worte helfen, um den Zeitraum zu überbrücken bis Sten und Marcel hier sind. Jetzt kann sie nur hoffen, dass Sten es eher bemerkt, dass sie weg ist und er Marcel mit seinen Männern in kürzester Zeit dazu holen kann.

Sunny kämpft inzwischen ums Überleben. Sie hat schon sehr viel Blut verloren und Baxter vermag ihr nicht zu helfen. Oder doch? Sie kann es ja mal versuchen. Reden ist nicht möglich, so muss sie ihm mit den Augen zeigen, was er machen soll. Er wartet schon gespannt auf ihre Anweisungen, was er mit aufgeregtem Schwanzwedeln zeigt.

So sieht sie zu ihm und dann zu ihrem Handgelenk, was angebunden ist. Sie hat schon einmal versucht, ihm klarzumachen, dass er sich anschauen soll, wie Chris die Schnallen festbindet. Ob er es noch weiß, denn das er es beobachtet hat, hat sie gesehen. Zum Glück hat Chris heute ihre Arme nicht über ihren Kopf gebunden, dann hätte sie überhaupt keine Chance. Sie probiert es immer wieder und Baxter folgt ihrem Blick. Er schaut sie mit schief gehaltenen Kopf an und versucht, ihre Zeichen zu deuten.

Sunny versucht es noch einmal. Sie nickt in die Richtung ihrer rechten Hand und wackelt sogar mit den Fingern. Baxter scheint sie zu verstehen, aber wie soll er hochkommen?

Ihr Blick geht durch den Raum und sie entdeckt den Hocker, wo am Anfang immer die Schüssel drauf stand. Sie nickt in die Richtung und will Baxter verständlich machen, dass er den Hocker heranschieben muss. Sunny schaut nicht schlecht, denn Baxter macht, was sie ihm mit den Augen angewiesen hat. Der Hocker fällt allerdings um und sie ahnt Schlimmes, nun hier angebunden verbluten zu müssen. Aber sie hat die Rechnung ohne Baxter gemacht. Er gibt nicht auf, stellt sich auf die Hinterpfoten, stützt sich an dem Querbalken ab und seine Schnauze macht sich an der Schnalle zu schaffen. Dazu braucht er bei seiner Größe den Hocker überhaupt nicht. Seine Zähne bearbeiten das Leder, er zieht und reißt daran, bis sie wirklich aufgeht. Sunny glaubt zu träumen, aber Baxter bellt, wahrscheinlich aus Freude, dass es geklappt hat. Jetzt kann sie sich selbst weiter befreien. Erst den Hals und den Knebel, dann unter großer Mühe das andere Handgelenk. Währenddessen macht Baxter die Schnalle an ihrem linken Fuß auf und sie bekommt, beim aufstellen ihres Beines mehr Halt. Beide Arme sind frei und sie rutscht an der Säule nach unten. Die zusätzlichen Schmerzen lassen sie jedoch kurz wegtreten. Baxter aber lässt nicht locker. Er schubst sie und leckt ihr, mit seiner nassen und kalten Zunge, über das Gesicht. Langsam lichtet sich wieder alles in ihrem Gehirn und sie macht ihren rechten Fuß los. Baxter schwänzelt um sie herum und wartet auf weitere Anweisungen. Sunny setzt sich zunächst locker hin und begutachtet die tiefe Wunde in ihrem Bein. Sie reißt einen der Riemen, wo ihre Füße befestigt waren ab und zeigt Baxter die zerschnittenen Verbände. Der Ball ist zwar aus ihrem Mund, aber sie sagt trotzdem kein einziges Wort. Jeder Laut könnte Chris wieder dazu bringen, zurückzukommen. Sie kann ja nicht wissen, dass er schon längst das Haus verlassen hat. Auch nicht, dass es Ella ist, die sie vorhin über sich gehört haben.

Einen nach dem anderen bringt Baxter die Mullfetzen zu Sunny und so kann sie einen nicht gerade perfekten, aber einen vorerst genügenden Druckverband anlegen. Mit dem Lederriemen bindet sie ihn so fest, dass sie fast wieder in Ohnmacht fällt. Aber sie hält durch, sie muss durchhalten. Oben ist jemand gewesen und der kann sie befreien. Sie weiß nicht, wer es ist, ihre Hoffnung auf Rettung ist jedoch noch einmal aufgeblüht. Wenn derjenige aber nicht gegen Chris ankommt? Was, wenn es doch Ella ist? Sie würde er garantiert umbringen. Oder ist es Sten? Auch er wird gegen Chris nicht viel ausrichten können. Und beide zusammen? Sie kann es nicht einschätzen und so bleibt ihr nur Baxter.

Sie schaut zu ihm, der immer noch unruhig hin und her läuft. Er ist der Einzige, der jetzt, dem der da oben ist, irgendwie unterstützen kann.

„Baxter", flüstert Sunny und augenblicklich steht er vor ihr und spitzt die Ohren. „Geh nach oben. Wenn es Ella ist, dann helfe ihr bitte", murmelt sie weiter und sie merkt, wie ihre Kräfte immer mehr schwinden.

Baxter scheint zu verstehen und läuft die Treppe hinauf, kommt aber im gleichen Moment wieder zurück. Bringt er die Luke nicht auf? Sind sie beide hier unten gefangen? Kann da oben niemand Ella helfen? Sunny kommen Tränen der Verzweiflung, aber Baxter ist schlau. Er will sie nur nicht wehrlos zurücklassen. Er bringt ihr das Messer und legt es neben ihre Hand hin. Ein kurzes und leises Bellen folgt dem, als würde er sie nun auffordern, diesmal seine Anweisung anzunehmen. Sie greift danach, auch wenn es immer noch voller Blut ist. Es ist ihr egal, Hauptsache sie hat etwas, sollte er doch wieder zurückkommen. Fest umschlingen ihre Finger den

Messergriff und dann zwinkert sie Baxter zu, der sich umgehend auf den Weg nach oben macht.

Sunny kann jetzt nur hoffen, dass Baxter noch rechtzeitig eingreifen kann. Warum eigentlich Ella? Wie kommt sie darauf, dass es nur sie sein kann? Und warum will sie, dass der Hund ihr hilft und jemand anders nicht? Doch, wenn es Sten ist, muss er ihm auch helfen. Aber er steht eben erst an zweiter Stelle. Und nach dem, was sie auf dem Video gesehen hat, muss sie sowieso klarstellen, welchen Rang er bei den beiden hat. Sunny lächelt vor sich hin. Sie ist eifersüchtig. Das Gefühl hatte sie noch nie, es gab zu keiner Zeit einen Grund dafür, aber dadurch steigt die Angst um Ella ins Unermessliche.

Während der Gedanken hört sie die Kellerluke zufallen. Baxter ist oben und sie hat ihm einen Auftrag gegeben. Einem Hund, der sie eigentlich töten sollte. Und Chris weiß nichts davon, dass gerade er, sein bester Freund, gegen ihn agiert und Sunny sogar von den Fesseln befreit hat. Sein durchgeplantes Spiel läuft plötzlich in die falsche, aber für sie richtige Richtung. Sein eigener Hund durchkreuzt seinen peniblen Plan.

Langsam geht Chris in Position und richtet das Gewehr auf Ella. Krampfhaft schluckt sie ihre Angst weg und schaut auf die Waffe, die ihrem Leben in Sekunden ein Ende setzen kann.

Ella starrt Chris an und legt sich die Worte zurecht. Sie hat den Mut, denn sie sieht Sten an der einen Hausseite und Marcel an der anderen stehen. Sie sind da und werden ihr helfen. Sind sie auch schnell genug? Wenn Chris sie erblickt, wird es wohl aus mit ihr sein, das Gewehr zielt auf sie und er hat es durchgeladen, das hat sie selbst mitbekommen. Oder hat Marcel seine Waffe mit? Sicher! Darauf verlassen kann sie sich jedoch nicht. Deshalb holt sie tief Luft und geht in den Angriff über.

„Du schießt sowieso nicht. Wo ist denn dein Messer, damit bringst du doch die Frauen um", sagt sie laut und bemerkt, wie Chris etwas zuckt.

„Was willst du mir damit sagen?", fragt er und kneift seine Augen zusammen.

„Wenn du mich und Sunny umbringst, hast du sechs Frauen auf dem Gewissen", redet Ella weiter und mit jedem Wort wird sie innerlich stärker.

„Woher weißt du das?" Chris schaut Ella verdutzt an.

„Warum Sunny? Die erste Frau war rothaarig und die zweite blond. Kannst du dich nicht entscheiden, auf welchen Typ Frauen du stehst?" Ella schaukelt sich immer mehr hoch, obwohl sie weiß, dass die Haarfarbe überhaupt keine Rolle bei ihm spielt und Chris reißt jetzt die Augen auf.

„Halt´s Maul, du bist jedenfalls zu fett", faucht er fassungslos.

„Sunny stört es nicht", versucht Ella hämisch zu grinsen.

„Das alles hat doch nichts mit der Haarfarbe zu tun", sagt Chris, bestätigt somit ihre Gedanken und er denkt nur an seinen Plan.

„Ich weiß. Aber was können wir denn dafür, dass deine Mutter eine Lesbe war? Warum hast du sie denn nicht umgebracht, wo sie dich doch so gequält hat?", sprudelt es aus Ella heraus und Chris scheint seine Fassung kaum noch halten zu können.

„Lass meine Mutter aus dem Spiel", zischt er sie an.

„Sie ist doch an allem schuld", schreit Ella und nun verliert sie fast die Fassung.

„Vielleicht, aber jetzt stehst du nun mal vor mir und Sunny ist bereits tot. Du solltest ihr folgen", beruhigt sich Chris und richtet wieder das Gewehr auf Ella.

„Du hast bei deinem Spiel einen Fehler gemacht", sagt Ella und schaut ihm direkt in die Augen, um jede Reaktion mitzubekommen.

„Ich habe einen Plan und ich mache keine Fehler“, kommt von Chris, aber Ella merkt, dass er seinen eigenen Worten nicht zu glauben scheint.

„Wäre ich sonst hier?“, fragt sie und sieht im nächsten Moment auch Baxter, der an der Haustür erscheint.

„Egal, wie du mich gefunden hast, du bist zu spät“, antwortet er und zielt nun direkt auf Ella.

„Du lügst. Ich fühle, dass Sunny noch lebt“, sagt sie laut und Baxter reagiert mit einem Kopfnicken.

Wie schlau ist nur dieses Kerlchen. Er hat sie gestern nicht verraten und jetzt tut er alles, dass Chris ihn nicht bemerkt. Ebenso sieht Ella, wie Sten und Marcel den Hund auch beobachten und greifen deshalb nicht ein. Sten wird wohl Marcel alles erzählt haben und so binden sie Baxter in diese Aktion mit ein.

„Ihr Lesben könnt doch gar nicht fühlen“, schreit plötzlich Chris und trifft Ella damit tief im Herzen.

„Wahrscheinlich mehr als ihr Männer. Wir kennen uns bis ins kleinste Detail“, widerlegt Ella seine Worte und sieht Sunnys schönen Körper vor sich.

„Die kenne ich jetzt an Sunny auch. Und sie ist nicht gegen meine Behandlung gewesen. Sie hat es genossen und sie ist unter meinen Händen zerflossen“, lacht Chris und denkt an die Orgasmen, die er Sunny geschenkt und sie noch nie so erlebt hat.

„Wie kann man etwas genießen, wenn es erzwungen wird“, keift Ella und kann nur hoffen, dass das alles Sunny nicht komplett zerstört hat. Sie vermag sich nicht im Geringsten vorzustellen, wie sie damit umgehen würde.

„Was überlegst du? Willst du auch mal so eine Behandlung“, grinst Chris sie hämisch an.

„Wir brauchen keine Männer“, flucht Ella und hat keine weiteren Worte, genauso wenig, wie sie Ahnung vom Sex mit Männern hat.

„Dein guter Freund Sten kann es dir doch mal zeigen. Er steht voll auf dich und du brauchst ihn nur mal ran lassen“, lacht Chris immer mehr.

„Es ist ein Freund und wird es immer bleiben“, sagt Ella fast schon sprachlos darüber, was er ihr ratet und wie er alles zu kennen scheint.

„Das denke ich auch, denn jetzt und hier ist Schluss mit euch Lesben“, knurrt Chris plötzlich und richtet das Gewehr wieder auf Ella.

Aber alles, was er eben gesagt hat, ist momentan unwichtig, denn als Chris abdrücken will, kommt Baxter in ein paar Sätzen und springt ihn von hinten an.

Chris stürzt nach vorn und das Gewehr fliegt einige Meter durch die Luft. Zum Glück konnte er den Abzug nicht betätigen.

„Baxter du blöder Hund. Geh runter von mir. Spinnst du?“ Er schlägt um sich, aber Baxter scheint sogar für ihn zu schwer zu sein. „Du solltest dich doch um Sunny kümmern. Lass mich sofort wieder hoch“, wettert Chris und er hätte es fast geschafft, ihn abzuschütteln.

Deswegen packt Baxter ihn im Genick und augenblicklich hört das Gezappel auf. Jetzt hat er Angst, unbändige Angst vor seinem eigenen Hund.

Ella ist von der Schnelligkeit des Hundes beeindruckt wie auch die von Marcel. Keine fünf Sekunden später kniet er auf dem Rücken von Chris und legt ihm Handschellen an. Baxter hat freiwillig Platz gemacht, sich das Gewehr geschnappt und aus der Reichweite von Chris gebracht. Jetzt läuft er aufgeregt auf dem Hof hin und her und beobachtet, die immer mehr werdenden Polizisten.

Sten nimmt erst einmal Ella in den Arm, aber als Chris wieder auf den Beinen steht, muss sie zu ihm. Marcel hält ihn fest und ehe er ihn an seinen Kollegen übergeben kann, steht Ella vor ihm.

„Ach, du hast nicht einen, sondern zwei Fehler gemacht“, sagt sie zu ihm und ist seinem Gesicht ganz nahe.

„Ich mach keine Fehler“, knirscht er zwischen seine Zähne hindurch und versucht, dabei zu grinsen, aber es gelingt ihm nicht, denn er sieht immer mehr Polizisten auf sich zukommen. „Ihr werdet es noch bereuen“, schnauzt er

Ella an, während er über ihre Worte nachdenkt. Er kann einfach nicht glauben, wieder versagt zu haben. Und diesmal ist es wohl richtig daneben gegangen.

„Ein Fehler war, dass du geglaubt hast, besser zu sein, als ein IT-Spezialist. Denkst du wirklich, ich bin rein zufällig an den Blumentopf auf meinem Küchenschrank gekommen? Wir wollten nur einen Raum haben, wo du nicht bist." Ella unterbricht kurz und Chris glaubt nicht, was er da hört. „Ach, und die Wanze hat uns auch nichts ausgemacht, genauso waren wir schon vorher in Sunnys Wohnung, man kann ja Kameras auch auf Dauerschleife schalten", legt Ella sicher nach und nun grinst sie ihn an.

„Ihr habt gespielt?", fragt Chris fassungslos und sieht, wie sich sein Plan in Luft auflöst.

„Ja, genau wie du. Nur, dass wir das Spiel zu unseren Gunsten verändert haben. Und der zweite Fehler" Ella hält kurz inne und nickt Baxter dankend zu. „Ist, dass du deinem eigenen Hund zu viel Vertrauen geschenkt hast. Er weiß ganz genau, wer hier Unrechtes tut", legt sie nach und lässt die angestaute Luft entweichen, denn sie hat ihr Ziel erreicht.

„Baxter hat sie längst umgebracht", versucht er immer noch Angst zu schüren.

„Sunny lebt, genauso wie gestern Abend. Warum gibst du ihr so viel zu essen, wenn sie sterben soll?", steigert sich Ella nun wieder hinein.

„Gestern?", kommt fassungslos von Chris.

„Denkst du etwa, Baxter hat den Ball in der stockfinsteren Scheune allein gefunden?", grinst jetzt Ella immer breiter und mit Vergnügen und genießt die Oberhand über ihn. Chris stiert sie an und dann Baxter, aber es kommt kein Wort mehr über seine Lippen. „Er hat uns nicht verraten und deshalb auch Sunny nicht umgebracht", sagt Ella und wendet sich dann doch angewidert von ihm ab und Chris wird abgeführt. Er ist absolut sprachlos und nun versteht er, dass Sunny wahrscheinlich lebt. Baxter, sein eigener Hund ist ein Verräter! Er kann es nicht fassen.

Dann wird Ella aber klar, dass sie das Ziel noch nicht erreicht hat. Wo ist Sunny? Lebt sie wirklich noch oder hat sie ihre Worte nicht richtig überlegt und wünscht sich das alles nur? Baxters bellen stoppt ihre Fragen und will ihr den Weg zeigen. Er ist an der Haustür und wartet schon auf sie. So schnell wie Ellas Beine laufen können, folgt sie Baxter in das Haus. Vor der Kellerluke stoppt er und zeigt ihr mit einem Bellen, dass sie sie öffnen soll. Ella steht vor einer steilen Treppe, die nach unten führt und ihr wird übel. Was erwartet sie da? Ist Sunny dort? Baxter bellt abermals, diesmal jedoch schon aus dem Keller. Ella steigt hinab und sieht Sunny am Boden liegen. Aber da ist so viel Blut. Vor ihr tauchen wieder die Bilder der toten Frauen auf. Lebt sie noch? Baxter schubst sie an, aber sie reagiert nicht. Ella kniet sich neben sie und es ist ihr egal, dass sie sich mitten in dem Blut niedergelassen hat.

„Sunny", flüstert Ella und ihre Hände umgreifen vorsichtig ihr Gesicht.

Sie haucht ihr einen Kuss auf die Wange und dann öffnet Sunny die Augen. Augenblicklich füllen sie sich mit Tränen und Ella nimmt sie nur schweigend in den Arm.

„Ella, wir sollten sie hier schnellsten rausbringen", sagt Sten einfühlsam, der ihr in den Keller gefolgt ist.

„Mein Bein. Ich habe zu viel Blut verloren", schluchzt Sunny und schaut beide trotzdem mit einem glücklichen Blick in den Augen an.

„Der Notarzt ist gleich da", will Sten Sunny beruhigen und legt erst einmal seinen Pulli, den er schnell ausgezogen hat, auf Sunnys nackten Körper. Ella hat gar nicht richtig wahrgenommen, dass Sunny hier vollkommen entblößt daliegt, weil ihr ganzer Körper mit ihrem eigenen Blut verschmiert ist.

„Du bist gerettet", lacht Ella sie an und versucht mit dem Pullover so gut es geht, das Nötigste zu bedecken.

„Du musst noch etwas holen", sagt Sunny schnell und greift hektisch nach Ellas Hand.

„Was willst du denn von hier mitnehmen?“, fragt Sten verständnislos. Ihre Sachen können sie später holen und wohl auch erst, wenn die Polizei alles untersucht hat. Aber er merkt, dass sie etwas ganz anderes meint.

„In dem Zimmer, wo ich die ganze Zeit war, ist ein Notizbuch. Das darf niemand in die Hände bekommen“, antwortet Sunny und macht sogar Anstalten aufzustehen.

„Was steht denn da drin?“, will Ella wissen.

„Alles, was ich erlebt und gefühlt habe“, jammert Sunny, aber Sten hält sie fest, da sie zum Stehen bestimmt zu wenig Kraft hätte.

„Wo ist es denn?“, fragt Sten und ist schon auf der Suche, was es hier in dem Keller noch alles gibt.

„Baxter“, versucht, Sunny zu rufen, aber es ist nur ein leichter Hauch von einer Stimme. Trotzdem ist er sofort bei ihr. „Zeige Sten mein Zimmer und wo das Buch ist“, flüstert sie dem Hund zu und schon muss Sten machen, dass er hinter ihm herkommt. Beide verschwinden in dem dunklen Kellergang, wo die weiteren Räume sind.

„Dein Zimmer?“, kommt ganz leise von Ella und sie scheint die Worte von Sunny nicht zu verstehen.

„Das erkläre ich dir alles zu Hause“, lächelt Sunny und Ella ist erst einmal zufrieden, denn sie weiß, dass sie jedes Detail erfahren wird. Sie hatten noch nie Geheimnisse voreinander und das hat sich bestimmt auch durch das Erlebte nicht geändert.

Aber will sie es überhaupt alles wissen? Verkraftet sie das? Oder wäre es besser, das Kapitel schnellstens abzuschließen? Das wird jedoch nicht so einfach gehen, Sunny muss das Ganze verarbeiten.

Ella steht auf und macht dem Arzt Platz, der mit zwei Sanitätern und einer Trage eingetroffen ist. Sofort kümmern sie sich um Sunny und Ella hat Zeit, sich etwas umzuschauen. Bei dem Anblick der Säule und den Fesseln, die daran hängen, wird ihr übel. Was musste Sunny nur alles durchleiden? Wird sie das verkraften oder hat es sie zerstört? Ella kann es noch nicht einschätzen und die Zeit wird es wohl zeigen. Dann dreht sie sich um und sieht die vielen Monitore. Sie erkennt ihre eigene Wohnung und die von Sunny. Ein mulmiges Gefühl breitet sich in ihrem Bauch aus und ihr wird klar, dass er wirklich alles gesehen hat. Sie wusste es zwar, aber es hier und jetzt zu sehen und zu begreifen, ist etwas völlig anderes. Starr ist ihr Blick an den Bildschirmen geheftet, als sie etwas Nasses an ihren Fingern spürt. Sie schaut nach unten und Baxter schiebt seinen Kopf in ihre Hand. Automatisch beginnt sie ihn zu streicheln. Sie wendet sich angewidert all dem Unglaublichen ab und hockt sich neben dem Hund. Seine Augen sagen ihr, dass sie keine Angst haben muss und wie er ihr geholfen hat, zeigt ja auch das Vertrauen zu ihr und Sunny. Ella schlingt ihre Arme um Baxter und er erlaubt es ihr. Ella vergräbt ihr Gesicht in das weiche und warme Fell und sie lässt ihren Tränen freien Lauf. Baxter hält still und bietet ihr bedingungslos seine Stütze an.

Sten ist inzwischen auch wieder da, dass Notizbuch in seinen zitternden Händen und beobachtet Ella.

„Lass uns gehen", sagt er plötzlich und mit einem Blick, der Ella Angst macht. Er kann nicht beschreiben und auch nicht verstehen, was er gesehen hat. Er will einfach nur noch weg hier.

Ella lässt Baxter los und sie gehen gemeinsam nach oben. Auf dem Hof und im Haus sind schon Polizisten, die alles unter die Lupe nehmen. Sten reicht Ella das Notizbuch, denn er kann und will es nicht bei sich haben. Schnell lässt Ella es unter ihrem T-Shirt verschwinden, bevor es jemand sieht. Nur sie und Sten wissen, dass es das Büchlein gibt, und so soll es auch erst einmal bleiben. Sunny allein, muss entscheiden, was damit passiert und wer es lesen darf.

„Sunnys Sachen", flüstert Ella zu Marcel, der sie zu Stens Auto schiebt.

„Ich kümmere mich darum. Sie bekommt alles wieder", lächelt er sie an. „Lass die Polizei erst mal ihre Arbeit machen", redet er weiter und Ella nickt verständlich.

„Wo ist Sunny?“, fragt sie und schaut sich hektisch um.

„Schon auf den Weg ins Krankenhaus. Dort kannst du sie besuchen gehen. Sie weiß, dass du nachkommst, aber sie muss schnellstens operiert werden“, erklärt Marcel und öffnet ihr die Autotür.

„Operiert?“, japst Ella ängstlich.

„Sie hat eine tiefe Wunde am Bein. Das muss versorgt werden“, lächelt Marcel Ella verhalten an, denn auch er spürt die innige Liebe der beiden und ihre Angst um Sunny. Ella kann nur zaghaft nicken, denn sie hat nur überall Blut gesehen und ist jetzt froh, dass sie in guten Händen ist.

„Und Baxter?“, will sie auch noch wissen und sträubt sich, in das Auto einzusteigen. Er sitzt mitten auf dem Hof und weiß nicht, was er von den vielen Leuten halten soll.

„Der wird wohl ins Tierheim kommen“, antwortet jetzt Sten und er klingt so, als würde es ihm nichts angehen.

„Was? Er hat Sunny gerettet und mich auch“, sagt Ella entsetzt.

„Was willst du damit sagen?“, hakt Marcel nach. „Es ist trotzdem ein Hund von einem Verbrecher“, redet er weiter und kann den Wirbel um ihn nicht verstehen.

„Er soll bei uns bleiben“, entgegnet Ella hart und weigert sich, einzusteigen, und hält gegen die Hand auf ihrer Schulter, die sie hinunterdrücken will, dagegen.

„Was willst du denn mit so einem großen Hund mitten in der Stadt?“, entfährt es Sten, der Ellas Gedankengänge ebenso nicht folgen kann.

„Er kommt mit. Später kann er ja zu Sunnys Eltern auf den Bauernhof. Aber hier lasse ich ihn auf keinen Fall und das er ins Tierheim kommt, wäre das Letzte“, protestiert Ella, verschränkt trotzig, wie ein kleines Kind die Arme vor der Brust und die Männer schauen sich kopfschüttelnd an.

„Dann wartet mal. So einfach mitnehmen könnt ihr ihn nicht“, sagt Marcel und geht hinüber zu seinen Kollegen.

Sten kann es nicht glauben, aber er greift nicht ein. Die beiden haben in den letzten Tagen so viel erlebt, da kommt es auf einen Hund, der vielleicht ihre Seelen heilen kann, auch nicht mehr an. Ob es ihm möglich ist, weiß er jedoch nicht. Er selbst wird alles versuchen, aber vieles wird wohl vor ihm verborgen bleiben. Währenddessen holt eine Decke aus dem Kofferraum und legt sie auf die Rückbank, denn das Nicken der Polizisten, weiß er zu deuten.

Im nächsten Moment kommt auch schon Baxter an der Seite von Marcel und Ella hält die hintere Autotür für ihn auf. Mit einem Satz und einem Bellen, wo man seine Freude heraushören kann, springt er in das Auto und auch Ella steigt zufrieden ein. Sie winkt Marcel noch einmal dankend zu und dann geht es nach Hause. Für ein paar Minuten können sie das Gehöft mit seinen Grausamkeiten hinter sich lassen. Aber nur ein Blick in Baxters Augen, die Traurigkeit und Freude zugleich ausstrahlen, sagt Ella, dass der schwerste Weg noch vor ihnen liegt.

Sunny hat die Operation gut überstanden und ihr Bein kam wieder in Ordnung. Sie erholte sich sehr gut und die Wunden sind mit der Zeit alle verheilt, auch dank Ellas guten Pflege, die sie vom ersten Moment an angenommen hat. Nur die Seele hat gelitten. Wie lange das jedoch dauern wird und ob sie überhaupt geheilt werden kann, steht in den Sternen.

Sunny hat das Notizbuch mit ihren intimsten Aufzeichnungen Ella zu lesen gegeben und sie sah darin die Möglichkeit, sie etwas zu verstehen. Auch wenn Ella es kaum verkraftet hat, steht sie stets zu Sunny und sie versuchen gemeinsam, in den Alltag zurückzukehren. Sie leben zusammen in Ellas Wohnung, denn Sunny kann sich nicht überwinden, ihre eigene zu betreten. Zu viel hat Chris darin berührt und ihre Sachen, die er mit zu sich in sein Haus genommen hatte, wollte sie ebenso nicht wieder zurückhaben. Jedes einzelne Stück hätte sie unaufhörlich an ihren Peiniger erinnert. Sunny hat und musste neu beginnen.

Sten ist zwar immer da, aber seine Hilfe ist begrenzt. Er sieht jetzt die Liebe der beiden jetzt anders oder vielleicht nun erst richtig. Auch wenn er seine Liebe verloren hat, ist es eine noch tiefere Freundschaft geworden.

Sunnys Verbrennungen im Dekolletee hat sie mit einem wunderschönen Tattoo bedecken lassen und der Anblick jeden Tag im Spiegel gehört der Vergangenheit an, wobei die Buchstaben unweigerlich in ihr Herz gebrannt sind. Auch wenn man es nicht mehr sieht, sie allein spürt es.

Die 10 Tage bei Chris haben ihre Spuren hinterlassen und sie werden stets immer im Gedächtnis bleiben.

Baxter konnte zur Genesung ebenfalls viel beitragen, vor allem für die Seele, weil er einfach unbegrenzte Liebe schenkt. Jetzt lebt er bei Sunnys Eltern, da es in der Wohnung am Ende doch zu eng wurde und er hat niemals irgendwelche Auffälligkeiten gezeigt, wie so viele vorausgesagt und davor gewarnt haben. Er ist ein herzensguter Hund, sodass man nur Freude mit ihm haben kann. Ella und Sunny sind immer noch tief dankbar, dass er ihnen so geholfen hat.

Chris wurde für viele Jahre verurteilt und man kann nur hoffen, dass er nie mehr einer Frau so etwas antun kann. Seine Mutter hat sein Leben geprägt und sein Hass gegenüber lesbischen Frauen, wird er wohl niemals verlieren. Es ist eine tief sitzende Hassliebe, die wohl sein ganzes Leben, zwischen ihm und den Frauen stehen wird.

ENDE

Über die Autorin

Ich, Angela Zimmermann, wurde 1966 geboren, bin Mutter eines erwachsenen Sohnes und lebe heute mit meinem Mann in Dippoldiswalde / Deutschland.
Nach mehrjähriger Tätigkeit in dem Beruf als Uhrmacherin widme ich mich nun dem Schreiben.
Das Interesse dazu, war schon lange da, und 2011 fand ich endlich die Zeit und Ruhe, alles niederzuschreiben.
Mit dem Erscheinen des ersten Romans 2014 im Verlag DeBehr begann eine Wende in meinem Leben. Insgesamt fünf weitere Romane sind im Telegonos-Verlag erschienen.

Ich lote mit den Geschichten die Grenzen der menschlichen Existenz aus und befasse mich mit Erscheinungen, die über das normale Fassbare für uns hinausgehen.

Mit einem Thriller für starke Nerven möchte ich nun meine Leser begeistern.

Veröffentlichte Romane:
Als du nicht da wart, hielt unsere Liebe mich fest
Geliebtes fremdes Wesen
Mein neues altes Leben

Trilogie:
Angie – Die Prüfung
Angie – Zwischen Gegenwart und Vergangenheit
Angie – Das Familienband